16	3	2	13
5	10	11	8
9	6	7	12
4	15	14	1

Giacomo Leopardi

CANTOS

Edição bilíngue

Tradução, introdução e notas de Álvaro A. Antunes

editora 34

EDITORA 34

Editora 34 Ltda.
Rua Hungria, 592 Jardim Europa CEP 01455-000
São Paulo - SP Brasil Tel/Fax (11) 3811-6777 www.editora34.com.br

Copyright © Editora 34 Ltda., 2021
Tradução, introdução e notas © Álvaro A. Antunes, 2021

A FOTOCÓPIA DE QUALQUER FOLHA DESTE LIVRO É ILEGAL E CONFIGURA UMA APROPRIAÇÃO INDEVIDA DOS DIREITOS INTELECTUAIS E PATRIMONIAIS DO AUTOR.

Edição conforme o Acordo Ortográfico da Língua Portuguesa.

Esta tradução foi publicada originalmente pela
Interior Edições, de Além Paraíba, MG, em 1985,
e revista pelo seu autor especialmente para esta edição.

Imagem da capa:
Giorgio Morandi, Paese, *1936, óleo s/ tela, 53,5 x 63 cm*
Galleria Nazionale, Roma (detalhe)

Capa, projeto gráfico e editoração eletrônica:
Franciosi & Malta Produção Gráfica

Revisão:
Fabrício Corsaletti, Alberto Martins

1ª Edição - 2021

CIP - Brasil. Catalogação-na-Fonte
(Sindicato Nacional dos Editores de Livros, RJ, Brasil)

Leopardi, Giacomo, 1798-1837
L339c Cantos / Giacomo Leopardi; edição bilíngue; tradução, introdução e notas de Álvaro A. Antunes; — São Paulo: Editora 34, 2021 (1ª Edição).
384 p.

Texto bilíngue, português e italiano
Tradução de: Canti

ISBN 978-65-5525-086-2

1. Poesia italiana. 2. Antunes, Álvaro A. I. Título.

CDD - 851

CANTOS

FRAGMENTOS

Introdução

Álvaro A. Antunes

A construção dos *Cantos*

Quase dois séculos desde a sua morte, Giacomo Leopardi (1798-1837) permanece (seu pequeno livro de *canti* permanece) o *outro*, não o menor mas, um pouco, o oposto, pico-pilar de uma das maiores literaturas produzidas pela civilização ocidental. A *umana* tragédia de Leopardi é um expor-se ao inferno, purgatório e paraíso desta vida: o salto sem retorno ileso. Mas não é necessário opô-lo a Dante; sua singularidade é clara: nenhum outro poeta, em qualquer língua ou tempo, tão terna, dolorosa, sábia e corajosamente ousou tocar o mistério de ser sem retrair a mão jamais. Ao dilema que um dia Faulkner viria a propor, Leopardi responderia — entre a dor e o nada, ambos: ninguém tem escolha. Que Leopardi tenha construído em torno deles os seus *Cantos*, ao contrário do que por muito tempo se pensou, faz pelo ser humano o que Dante fez por Deus: prova-o digno de amor. Talvez por isso, poucos poetas são tão visceralmente amados quanto ele.

Apreender a totalidade do pensamento e da poética de Leopardi é tarefa ainda incompleta, e quem se arriscaria a prever quando, e se, terá fim? Contínua, intensa e apaixonadamente revistos, o que parecera maior, hoje nem tanto; o menor, não mais. A melhor crítica leopardiana vem, em intervalos de tempo cada vez mais curtos, iluminando aspectos, dimensões e planos que, até bem pouco, ou passavam despercebidos ou eram tomados por menos relevantes. É imensa a relação de obras que o espírito atento, minucioso e erudito da crítica italiana (principalmente) já dedicou à poesia e prosa de Leopardi. Esta constante atenção tem motivações variadas: a mutação constante do gosto estético que induz a releituras, a raiz leopardiana de muitos procedimentos poéticos contemporâneos, a evidente necessidade de contrabalançar a exagerada ênfase ao Leopardi idílico que predominou até por volta dos anos quarenta do século XX. Tais razões, contudo, não sobrepujam os dois fenômenos que mais pressionam a crítica: o insaciável interesse do público pela obra de Leopardi e sua irredutibilidade, dos *Canti* principalmente, a uma leitura única e final.

Compostos ao longo dos seus vinte anos de vida adulta, os *Cantos* se apresentam numa sequência que, na sua quase inteireza, foi pensadamente estabelecida por Leopardi. Por isso, é plena de significação a análise do que foi antes tomado por incômodas contradições e hoje se percebe uma representação intencional do esforço, extenso no tempo, como foi dito, de pôr a nu com dureza de aço, transparência de cristal e em poesia como raramente se voltou a escrever naquela língua, a crueldade essencial com que a vida esmaga o humano. A progressão dos poemas no livro lembra um aríete que, em movimentos cada vez mais curtos e velozes, ganha força e mais e mais abala a muralha que ataca.

Imersos numa linguagem que, fruto de um rigor estilístico laboriosamente urdido sobre uma cultura literária e filológica tão fantasticamente vasta quanto precoce, espelha aqueles movimentos em cada mais recôndito elemento que a constitui, os *Canti* recompensam como pouquíssimas obras o esforço de análise minuciosa. Significativamente clássica e moderna, canônica e transgressora, a poesia de Leopardi se retesa e se distende, veda e revela, se recusa e se oferece à fruição com total propriedade em relação ao pensar e ao sentir. Não por outro motivo, segmentos dos *Cantos*, que, a princípio, parecem pecar por uma vestimenta retórica e sintática cerrada, alcançam o coração e a mente de quem se dedica a lê-los: Leopardi nunca trai, nem mente. A pulsação de sua alma é nua, sincera e humaníssima vacilação diante do mistério. E cada instante deste embrenhar-se, progredindo e recuando às vezes, está nos seus *Canti*.

É assim que toda tentativa de (redução à) síntese do poder poético deste pequeno livro tem resultado contestável e frágil. Avançar além da enunciação das teses e antíteses que Leopardi deixou nos *Cantos* como marcos do seu percurso intelectual corre o risco de obscurecer, mais do que iluminar: o abismo do duplo, sob a superfície meramente antinômica, perpassa os poemas. As constantes temáticas fundamentais se apresentam polarizadas: a natureza, mãe e madrasta; as eras antigas, gloriosas e heroicas, mas (ou porque) inocentes, e a era presente em seu ócio covarde, mas (ou porque) sábia; juventude-sonho-ilusão-esperança-solidariedade-amor e, em cristal contraste, velhice-verdade-desilusão-pessimismo-solidão-morte.

Até bem pouco, os *Canti* pareciam tão somente a poesia da dor universal. Hoje se sabe: sim, mas não só. Talvez poesia *com* dor universal, pois, como se polpa sob aquela casca, surge sempre o amor leopardiano por nossa espécie: ainda que, como todas, nascida para a morte, a única a questioná-la para além do instinto. A leitura complementar da prosa que Leopardi não publicou em vida e a disponibilidade da obra-prima que é o seu *Epistolario* vieram revelar uma grandeza humana e uma fertilíssima amplitude intelectual e poética insuspeitadas até as primeiras décadas do século XX. Quase todos os seus contemporâneos que o amavam só entenderam o porquê de tanta dor à luz de sua trágica existência; pelo resto (a maioria), ou foi desprezado ou ridicularizado. Jamais chegaram a perceber como a obra de Leopardi, através da sistematização do seu pensamento pessimista e por força do seu intelecto sincero, honesto e nobre como poucos, transcende, ainda que deite nela suas raízes, a infelicidade absolutamente ímpar de sua vida. Os *Cantos* de Giacomo Leopardi foram algumas vezes lidos como a *história de uma alma*, mas, ainda uma vez esquiva ao rótulo, é mais adequado assinalar que, indiscutível como é o seu vínculo temático, filosófico e sentimental com a vida do poeta, a obra é muito menos o desenrolar daquela vida em poesia do que um lapidar de brutos barros gerais, os quais conferem aos *Canti* sua densidade e penetração marcantes, os resguardam e validam.

A prodigiosa faculdade crítica (e autocrítica), os numerosos exemplos de rigoroso repúdio, parcial e integral, a certas peças menores de sua produção poética, assim como a intenção didascálica de que jamais abriu mão, certamente são fortes indícios de que alguns dos primeiros poemas, que, por certos critérios, são os menos bem sucedidos, estão presentes nos *Cantos* para conferir à obra sua unidade estrutural. Mesmo abarcando a totalidade de sua vida e contendo marcos do seu desenrolar, não parece adequado ler nos *Canti* a biografia de Leopardi: contraindicam-no o desrespeito à ordem cronológica de composição e a nossa nítida percepção de que os poemas e passagens autobiográficas comparecem pelo que têm de exemplarmente universal. Mas, para melhor julgar a grandiosidade desta poesia, que de um pessimismo individual ascende ao fulcro de uma dor cósmica, é útil conhecer os pontos cruciais deste fluxo de ideias e sentimentos: ele nos fornece um dentre muitos ângulos pelos quais os *Cantos* se descortinam um todo coeso. *Grosso modo*, há cinco tempos na vida de Giacomo Leopardi cujo conhecimento permite penetrar melhor seu livro de poemas: a fria infância, a adolescência de suma erudição, a transição do erudito ao belo (na chamada "conversão literária"), a transição do belo ao vero (na "conversão filosófica"), e a plena maturidade intelectual da última década e meia de sua curta existência.

O período da infância foi marcado pelo peso imposto à sua imaginação e sensibilidade, singulares desde a mais remota idade, por um ambiente familiar social e politicamente dominado pelo mais absoluto conservadorismo, pelas restrições (mantido intacto o véu das aparências) advindas da quase falência da família,[1] e por uma religiosidade opressiva. Vivida num isolamento de rigor desumano,[2] a infância de Leopardi foi inteiramente desprovida do afeto essencial.[3] Mais tarde em sua vida, progressivamente mais e mais trágica, pôde algumas vezes olhá-la nostalgicamente nos *Canti*, embora, em algumas anotações autobiográficas, traços de amargura turvem a sinceridade daquele olhar.

Uma precocidade prodigiosa viria a transformá-lo, menino ainda, num fenômeno de erudição respeitado por alguns dos mais eminentes estudiosos europeus da herança clássica que com ele travaram contato. Dominado por um "talvez desmesurado" desejo de glória, logo sobrepujou os tutores que o conde Monaldo Leopardi, seu pai, depois

---

[1] A inaptidão de Monaldo Leopardi quase levou a família à falência. O pai de Leopardi acabou por ceder à esposa, a marquesa Adelaide Antici Mattei, o controle sobre os negócios da família. Monaldo veio a ser declarado juridicamente incapaz de gerir as finanças familiares por quase duas décadas. A mãe de Leopardi, ao contrário, se revelou habílissima administradora, mas tirânica. Pelo resto da vida de Leopardi (cuja morte antecedeu à da mãe por duas décadas), Adelaide jamais o apoiou, e raramente se dispôs a ajudá-lo. Segundo sua nora (Teresa Teja, a mulher de Carlo), "a condessa Adelaide amava seus filhos, mas de um modo cristão-austero, [...] levando a extremos a reserva costumeira das famílias nobres da época [...] e tendo por máxima não sucumbir a qualquer demonstração de ternura. Podia lhes dar a mão para que a beijassem, mas jamais abraçava os filhos contra o peito".

[2] Isolamento apenas amenizado pelos irmãos Carlo e Paolina, que foram, talvez, as pessoas que mais o amaram, e as que ele mais amou, em toda a sua vida.

[3] "O olhar de nossa mãe acompanhava-nos sempre: era sua única carícia", declarou Carlo Leopardi, muitos anos depois.

de tê-lo iniciado, trouxera para educá-lo. Desde os dez anos de idade produz, em italiano e latim, o que chamou de *libretti puerili* numa profusão espantosa.[4] Entre os treze e quatorze, e sem ninguém capaz de guiá-lo, passa, literalmente, a viver na riquíssima biblioteca paterna.[5] Desordenada e vorazmente, depois de, sozinho e em pouco tempo, acrescentar ao latim e italiano, o grego e o hebraico e o inglês e o francês e o espanhol, domina um mundo dois mil anos velho, sem conhecer do seu mais que a mísera Recanati onde nascera. Começa o período da erudição.

Sete anos submetendo seu corpo, que, se não vigoroso, era saudável, a um esforço "louco e desesperadíssimo", transformaram-no completamente. Os sofrimentos físicos de Leopardi são imunes ao exagero. A passagem crucial da infância à adolescência foi igualmente precocíssima e ele próprio a supunha a raiz de todos os seus males físicos. Esquadrinhada por muitos, a origem das doenças que o acometeram ao longo da vida parece ter sido uma violenta e irreversível disfunção endocrínica. Leopardi pisou a biblioteca paterna um menino são e deixou-a com uma escoliose deformadora, os olhos incrivelmente frágeis deslocados da órbita e uma hipersensibilidade em seu metabolismo que o tornavam presa pouca de um elenco infindável de males, que, instalados, não o abandonavam mais.

Sete anos submetendo sua mente, desde antes poderosa, a um empenho gigantesco de aprendizagem tornaram-no um dos poetas mais cultos e adestrados da história das literaturas. Há um quê de cruel na passividade com que seu pai permitiu a ruína de sua saúde. Talvez o conde Monaldo Leopardi, como já foi sugerido, imaginasse para o fi-

[4] Aos quinze anos, entre muitas outras obras de classicista, Giacomo compilou uma "História da astronomia"; editou (i.e., corrigiu e fixou o texto) da *Vida de Plotino*, de Porfírio; produziu um comentário aos retóricos do século II d.C.; um trabalho sobre o advogado, gramático e retórico romano Frontão; um "Ensaio sobre os erros populares dos antigos", e inúmeras traduções de obras clássicas. Leopardi se referia de modo irônico a estes trabalhos como *libretti puerili*, "livrinhos de juventude". Eram, ao contrário, obras de erudição severa e austera, que ele viria, anos depois, a considerar inconsequentes.

[5] A biblioteca ainda existe como era, no Palazzo Leopardi, em Recanati. Sobreviveu aos séculos e contém em torno de 20 mil itens, entre obras e manuscritos, parte adquiridos, parte resultantes da apropriação do saque de monastérios ao longo dos séculos de história da *Gens Leoparda*.

lho a fama e grandeza que parece ter desejado para si próprio. Suposição razoável é a de que o sonhava num cargo eclesiástico importante (cardeal, ou, quem sabe, o cume). Afinal, o pequeno Giacomo[6] era pouquíssimo dado às brincadeiras da infância, vivia aos pés do oratório, queria sempre ouvir muitas missas e dizia feliz o dia que lhe permitira muitas. A concentração inicial dos estudos de Leopardi nos autores mais obscuros do período final da antiguidade clássica, nos primeiros formadores da doutrina cristã, parece o último estertor de uma indireta influência paterna em seus estudos.

Ousando muito além dos *libretti puerili*, começa então a compor uma longa sucessão de obras de caráter eminentemente filológico, reconstruindo fragmentos, compilando, corrigindo e resgatando textos esquecidos. Esta sólida formação erudita é uma das características distintivas da obra de Leopardi: forneceu-lhe paradigmas de estilo, propôs-lhe *personae* e, principalmente, acendeu nele o desejo de criar uma lírica italiana nos moldes gregos, gênero que afirmava inexistente. A sobriedade, musicalidade e severa sintaxe do seu verso são o resultado magistral desse esforço de transcriação, muitas vezes tentado e poucas, se alguma, tão bem-sucedido quanto o seu. Mas isto viria mais tarde: a filologia leopardiana, cujo mérito e importância vêm sendo recuperados, não deixa ainda entrever a originalidade da sua obra literária. Por enquanto, ensaios e tediosos tratados, pouco mais que um infindável desfilar de citações, evoluem para uma prosa pedantemente afrancesada, que, por sua vez, evolui para traduções de importância e mérito crescentes. Peculiar, no entanto, é a presença esparsa de toques de sátira, o algo de audácia com que compara e comenta contribuições de contemporâneos seus, já um sinal da corajosa independência de pensamento que, cedo, o afastaria da influência do pai, culminando, mais tarde, na sua nobre solidão.

Estes anos de estudos solitários, o incalculável saber acumulado, imergem o coração de Leopardi em crises que não mais o deixarão. Sonhando felicidades futuras, suportou a privação total do romance da juventude, perdeu quase todo traço de beleza física, compartilhou o extremismo reacionário e absolutista do pai, teve fé no saber e o empre-

---

[6] Segundo escreveu, muitos anos mais tarde, o pai; o que imediatamente torna duvidoso o testemunho, posto que a Monaldo sempre interessou descrever Giacomo como, autoritária e egoisticamente, o sonhou, e não como, concretamente, o filho foi.

O Palazzo Leopardi (à esquerda) e a igreja de Recanati.

gou convencional e reverentemente: pelo resto da sua vida lamentou-se, mas o fez criando.

Para a apreciação dos *Cantos*, este é o tempo que está na raiz da linguagem dura das *canzoni*.[7] Buscando, talvez, imitar o singular sequenciamento do pensamento permitido pelas línguas flexionadas que, nesta época, conhecia talvez até melhor do que a sua, seu verso se contorce construindo hipérbatos, quase sínquises, que exigem dos leitores modernos um esforço de reconstrução sem o qual não se alcança a intenção lírica do poema. E esta, por sua vez, chega-nos brandindo um arsenal de recursos clássicos da arte da retórica que transforma as *canzoni* em quase compêndios daquela arte relegada. Mas cabe aqui o comentário de Ezra Pound: "É possível que somente Cavalcanti e Leopardi possam alçar a retórica ao território da poesia [...] Em Leopardi há uma tal sinceridade, um tal fogo de sombrio pessimismo, que não se pode censurar ou questionar demais seu método".

Em 1815, dezessete anos de vida, *nel mezzo del cammin* da sua reclusão na biblioteca paterna, tem início o período que Leopardi chamou de sua "conversão literária": a passagem "da erudição ao belo". Lendo os poetas gregos[8] e, acima de tudo, traduzindo os que mais o tocavam, se descobria poeta. A consequente transformação do seu mundo interior, hoje se vê, acaba por lançar Leopardi irreversivelmente num curso de colisão, primeiramente com Recanati e a família e, mais tarde, num movimento cada vez mais amplo, com toda, para ele, falsa fonte de verdades impostas pela sociedade laica ou pelo divino. Estudando sob a orientação de seus tutores, Leopardi lera os poetas latinos com a frieza mecânica das provas de intelecto. Os gregos, ele agora mais

---

[7] Como forma poética na literatura italiana, a *canzone* remonta a Petrarca (que, por sua vez, foi influenciado pelas formas da poesia provençal), atinge um primeiro apogeu entre os poetas do *dolce stil nuovo* (principalmente Dante e Cavalcanti), resiste pelos séculos seguintes e renasce esplendorosamente com Leopardi. *Grosso modo*, a *canzone* leopardiana contém um número variável de estrofes, com (perto de) uma dezena até (perto de) duas dezenas de versos. Cada *canzone* define para si um esquema estrófico regular, com liberdade quanto à disposição das rimas mas em geral combinando *endecassilabi* e *settenari* (na versificação de língua portuguesa, decassílabos e hexassílabos, respectivamente).

[8] Aqui, registre-se a existência de lacunas importantes e surpreendentes na biblioteca paterna, principalmente os historiadores e poetas dramáticos gregos.

maduro e livre, regaram-lhe a emoção e encontraram-na semente. Frutos deste encontro são, em 1816-1817, o "Inno a Nettuno" e as duas "Odae Adespotae", uma deliciosa burla que iludiu severíssimos eruditos. Leopardi publicou-as como se fossem frutos de um trabalho meramente filológico, acompanhadas de minúcias de ordem factual tão complexas e astutas que faziam soar verdadeira a nota introdutória em que afirmava serem os poemas três originais gregos que um "amigo" resgatara de um códice descoberto numa pequena biblioteca em estado de destruição quase total. O hino aparecia como sua tradução para o italiano do original grego; das duas odes publicou seus supostos textos originais, acompanhados de tradução para o latim. E eram, todos eles, supostos originais e respectivas traduções, composições integralmente suas. Começa também a desvendar a literatura italiana que ele, até então, tão pouco conhecia: maravilha-se com Dante e Petrarca.

Anos cruciais se sucedem. O conceito de *ilusão*, esta mais leopardiana das palavras,[9] única a merecer todos os adjetivos, do mais terno ao mais torpe, se entranha no cerne do seu pensamento. O sofrimento físico se exacerba; alterna instantes de vulcânica vitalidade com dolorosas depressões; os olhos passam a ser um tormento insuportável (posto que portas do único sentido que lhe era vital no seu isolamento); se vê sem nada da beleza que a Grécia antiga colocara no topo das aspirações humanas; sua erudição não a compensa, não garante felicidades futuras, não o cura; por fim, quando pensar em partir, verá o extremismo paterno, que ele engrandecera com sua precocidade, voltar-se contra ele, aprisionando-o sob a condenação de que era um menino (o que, mas não simplesmente, era).

Além da fina fraude referida, às traduções dos *Idílios* de Mosco e da pseudo-homérica *Batracomiomaquia* (*Guerra dos Ratos e Rãs*), os

---

[9] O campo semântico de *inganno*, a palavra que Leopardi usa, é, na sua obra, bastante amplo e complexo. Um dicionário de nossos dias atribui a ela, entre outras, as seguintes acepções: "ilusão; erro de quem se engana; astúcia fraudulenta com a intenção de enganar; percepção errada da realidade por parte dos sentidos; imagem da realidade que se baseia apenas em nossos próprios sonhos e desejos; esperança vã". As últimas acepções são especialmente importantes para Leopardi, mas note que a penúltima, quando ele a aplica à humanidade primitiva e clássica tende a uma conotação positiva, e a última, aplicada aos modernos, tem, como se esperaria, conotação negativa. Este arco de significados desta palavra verdadeiramente crucial continua a ser, mesmo em nossos dias, um ponto focal de muitos estudos sobre a poética leopardiana.

primeiros grandes frutos da conversão literária, sucedem-se, ainda em 1815, três outras traduções, todas marcantes: a do primeiro canto da *Odisseia*, a do segundo livro da *Eneida* e, em 1817, a da *Titanomaquia*, um episódio da *Teogonia* de Hesíodo. Mas a erudição não fora relegada: todas estas traduções, se já são trabalhos de poeta, projetam-se da tradição setecentista, ao mesmo tempo em que a enriquecem com reflexões críticas inovadoras. Os textos de contorno começam a lançar as bases do Leopardi polemista antirromântico e neo-helênico, mais até que neoclássico: é toda uma doutrina de equilíbrio que, nos *Canti*, só em raras ocasiões cede ao arrebatamento romântico. Já se percebe o uso da erudição não como um fim em si, mas como um instrumento na busca de uma linguagem própria. Se os seus juízos de caráter estritamente filológico, à luz do conhecimento atual, oscilavam entre grandes achados e erros cabais, muito mais relevante é o trato do texto enquanto poesia: traduz visando regar a língua italiana. Não mais decifrador apenas: caça a beleza "naquele divino meio que é o lugar da verdade e da natureza." Assim, pertence ao período da conversão literária a implícita adesão a alguns princípios neoclássicos, personificados na Itália pelo imenso respeito dedicado a Vincenzo Monti (que, neste estágio da vida de Leopardi, merece deste uma admiração maior que a devotada a Ugo Foscolo ou a Vittorio Alfieri). A defesa da poesia como imitação da natureza, da espontaneidade e pureza com que o poeta deve olhá-la, permanecerá um conceito central na poética leopardiana. O quanto essa atividade de reflexão estética lança raízes se pode medir num trabalho surpreendente e quase profético: a tradução em doze versos do epigrama de Antífilo Bizantino, "Sobre um sepulcro aberto por um arador". Na característica música de *endecasillabi* e *settenari*, nas rimas magistralmente espaçadas, na sua própria brevidade e *pathos*, o poema prenuncia a grande poesia leopardiana: já é quase um *canto*.

Neste fértil 1816, Leopardi definitivamente assimila a tradição poética italiana que até aqui quase relegara. Um radical agravamento das suas condições de saúde, colocando sua vida em risco, parece ter cristalizado a melancolia potencial de sua decadência física. Este choque brutal, trajado com a linguagem de Dante e Petrarca, aparece na *cantica*[10] "Aproximação da Morte". Mais tarde a repudiou, mantendo

[10] O termo *cantica*, usado por Leopardi, remonta à *Divina comédia* de Dante,

A biblioteca do Palazzo Leopardi, em Recanati.

somente os primeiros 82 versos do primeiro canto, que, minuciosamente retocados e com o personagem-narrador substituído por uma moça, aparecem, desde a última edição supervisionada por Leopardi, como o fragmento "Morto o raio do dia..." (XXXIX) nos *Canti*. Resgatando-o, Leopardi dá mostras de considerar a *cantica* sua primeira composição poética de relevo. É importante ressaltar que é este o instante em que Leopardi põe em outro plano sua preocupação clássica e efetua a transição definitiva para a contemporaneidade neoclássico-romântica, cujas práticas, já na *cantica*, comparecem em simbiose. Com sua dor por guia, a poesia de Leopardi inicia o cerco ao absoluto da morte que durará toda a extensão dos *Cantos*.

Três movimentos de 1817 refletem o esforço de um Leopardi que tenta emergir da escuridão e isolamento que quase o destruíram: todos terão consequências definitivas nos rumos de sua vida. Ao receber os magros volumes contendo sua tradução do segundo livro da *Eneida*, envia um exemplar aos três homens que ele mais admirava na Itália da época: o Cardeal Ângelo Mai, Vincenzo Monti e Pietro Giordani. As cartas de resposta são progressivamente estimulantes: a de Mai é cortês; a de Monti, amável e espirituosa; a de Giordani, francamente entusiasmada, e, com ele, Leopardi trava, desde este início, uma amizade apaixonada, que lhe serviu, até perto do fim, de consolo em seus momentos mais desesperados.

Giordani, hoje bastante esquecido, era uma figura eminente na literatura italiana da época. Prosador famoso, politicamente progressista, grecista reconhecido, é sua a glória de ter reconhecido e reagido com o devido assombro à grandeza daquele menino recluso numa aldeia miserável. Giordani sonhara toda a vida com um modelo ideal de poeta necessário na decadência italiana e soube, desde o primeiro contato, reconhecê-lo em Leopardi. Chegou a escrever, numa iluminadora coincidência, que Monti e Mai (os dois outros destinatários da tradução da *Eneida*) eram, juntos, "o dedo de um pé daquele colosso". Nas suas cartas a Giordani, pela primeira vez em sua vida, Leopardi encontra um seu igual: sua sofreguidão é correspondida pelo velho literato com um afeto ao mesmo tempo paternal e humilde. Nos anos imediatamen-

---

que usou o termo para referir-se a cada uma das três partes principais ("Inferno", "Purgatório" e "Paraíso") do poema, cada uma contendo vários cantos, em *terza rima*.

te seguintes, Giordani será o estímulo concreto, ainda que indireto, das principais tomadas de posição da vida e da poesia de Leopardi.

Em julho ou agosto, escreve a primeira palavra na primeira das 4.526 páginas manuscritas do *Zibaldone*,[11] seu "caos escrito".[12] Neste 1817, as condições de saúde de Leopardi agravaram-se, impedindo-o de ler e estudar. O ócio a que se vê compelido provoca uma primeira e comparativamente branda introspecção, um inquieto e voraz olhar dentro de si. A hiperatividade mental transborda então para uma memória escrita que só irá se encerrar quinze anos depois. O *Zibaldone* só teria sua publicação iniciada em 1898, quando se comemorou o centenário de nascimento do poeta. Os póstumos *Pensieri*, quase totalmente elaborados sobre anotações do *Zibaldone*, vieram à luz em 1845, mas são, compreensivelmente, partículas daquela imensa e singularíssima miscelânea. Há de tudo no *Zibaldone*: desde trivialidades a formulações filosóficas de crucial importância, passando por notas filológicas, pelos registros do cotidiano que se espera encontrar num diário comum e por opiniões críticas sobre as artes, com natural relevo para a literatura. Desde que se tornou acessível, o *Zibaldone* provou-se fundamental a quem queira desvendar a concentrada mágica dos 41 *canti* de Leopardi: é no seu intrincado tecido, e não na obra propriamente literária, que se deve buscar a *storia di un'anima* que ele disse um dia iria compor. O início da redação do *Zibaldone* simboliza e assinala a primeira reação (através da razão, da atividade filosófica já quase intencional e consciente) contra um ambiente agressivo e opressor. Ainda que, no princípio, o *Zibaldone* recolha preferencialmente opiniões estéticas, o fato de registrá-las num documento íntimo, em oposição aos ensaios e tratados que produzia para o olhar e julgamento públicos, demonstra que, neste instante de sua vida, o Leopardi tolhido e despoticamente censurado

---

[11] *Zibaldone* é um termo que um dicionário, primeiramente, define como: "na culinária, um prato composto de muitos e variados ingredientes; por extensão, uma misturada de coisas diversas; um ajuntamento confuso de pessoas", para em seguida consagrar a acepção leopardiana: "um caderno de folhas soltas, depois costuradas num todo, no qual se anotam, sem ordem e à medida que ocorrem no pensamento, eventos, notas, reflexões, excertos de leituras, planos, esboços".

[12] Expressão atribuída a Giuseppe Antonio Vogel, um dos tutores de Leopardi, que sugerira ao menino Giacomo que nele registrasse seus pensamentos e emoções. Vogel morreu em 1817, um dos mais infelizes entre tantos anos infelizes de Leopardi.

pelo obscurantismo do pai, já percebe a necessidade de ruir uma visão de mundo que aceitara com docilidade: sua inteligência magnificamente treinada irá progressivamente esquadrinhar cada poro de sua angústia, crua e inestancavelmente. Passa a perseguir a formulação de um sistema filosófico: no *Zibaldone*, logo se descortina a floração de um desenho lógico da luta entre a verdade e a ilusão na alma humana.

Como última e mais violenta vaga, imprevista e perturbadora, Leopardi prova a paixão, personificada numa prima distante, sete anos mais velha e casada com um homem de mais de cinquenta: Geltrude Cassi-Lazzari, que, por três dias, se hospedou no Palazzo Leopardi em Recanati. A sensação deste primeiro amor vem fisiologicamente descrita (com analogias ao famoso poema de Safo, poeta com quem Leopardi tanto se parece e de quem tanto difere) no *Diario del primo amore*. Ingênuo e atormentado, fixa ali "as vísceras do amor" para que possa, temendo não mais encontrá-lo e percebendo que dele "será sempre escravo", sofrer outra vez sua tempestade. Esta devastadora experiência da paixão permite a Leopardi entrever em si mesmo um ânimo, uma ânsia de vida diferente do mero desejo de glória que o guiara até então. Marcada, sempre, por um matiz idealista, a atitude de Leopardi passa a incluir a motivação do amor, embora os obstáculos impostos pela sua deformidade física e por aquela mesma idealização que o faz preferir a memória à vivência, o pensado ao percebido, parecem tê-lo condenado a jamais consumá-lo. O belo poema X dos *Canti* é escrito, como o *Diario*, em meio ao choque provocado pela partida de Geltrude: intitulara-o "Elegia I"; mais tarde, retrabalhando o texto, modifica-o para "O primeiro amor".

Em seu conjunto, estes três movimentos (a amizade com Giordani, o início do *Zibaldone* e o primeiro amor) abrem três veredas básicas da poesia dos *Cantos*: a predominantemente artística, polêmica e satírica, projetada contra a tradição e a contemporaneidade; a da especulação filosófica, construída com os instrumentos da razão; e a do amor insaciado, não mais que imaginado, fantasia, delírio e recordação, cuja única ligação com a realidade consiste em mínimas, fugazes presenças (o dia nascendo, um rumor de cascos, uma janela, o ouvido ávido, como ocorrem em "O primeiro amor").

1818: poucos dias depois da partida de Geltrude Cassi, aquela vitalidade inesperadamente descoberta será atiçada por um artigo de tese sobre a poesia romântica nascente, escrito por Lodovico di Breme.

Leopardi sai em defesa dos preceitos clássicos que os românticos se propunham derrubar. Em março, expede a primeira parte de sua réplica para publicação num periódico, prometendo para breve a segunda e final. O ensaio intitulava-se *Discorso di un italiano intorno alla poesia romantica*. A tentativa de defesa frustrou-se: o texto não foi publicado senão em 1906. Vista em perspectiva, a importância do *Discorso* é múltipla: revela o domínio leopardiano da eloquência e, embrionários, a paixão, a ironia, o desprezo, o titanismo que, em poucos meses, irá alçar-se à poesia das duas *canzoni* patrióticas; exibe, na exortação final aos jovens da Itália, o estado emocional que perpassa aquelas *canzoni* (cuja ternura quase elegíaca é sem precedentes neste tipo de composição); e, finalmente, é a primeira ocasião em que Leopardi sistematiza suas reflexões sobre a natureza do fenômeno poético e, fazendo-o, isola-se além da oposição neoclássico-romântica: híbrido para alguns, síntese para outros, Leopardi é vertiginosamente único na literatura italiana e ocidental.

Em julho, provavelmente, reencontra Geltrude Cassi, e, com ela, a tormenta. Escreve a "Elegia II", da qual quatorze versos, dos 82 originais, compõem, levemente alterados, o fragmento "Aqui, vagando..." (XXXVIII) nos *Canti*. O expurgo foi certeiro: os trechos recusados, para os padrões do Leopardi maduro, estão demasiadamente marcados pela efusão condenada pela doutrina do "divino meio". Mas a leitura integral da "Elegia II", enquanto documento do estado de ânimo do poeta neste decisivo 1818, revela o quanto este amor ignorado pela amada bem poderia motivar sua poesia heroica, o único gesto possível a um amante quase imobilizado pela doença. Os últimos anos do século XX viram surgir um quase consenso em torno da tese que faz as duas *canzoni* patrióticas, em parte pelo menos, brotar destes componentes íntimos, em detrimento da visão anterior, que as pretendia resultantes de uma suposta conversão política, análoga à literária, o que a evolução posterior da poética leopardiana se encarrega, enfim, de desmentir.

Em setembro, quando a consciência de seu isolamento e prisão em Recanati encontrava-se dolorosamente acesa, em grande parte como resultado do diálogo por cartas que mantivera com Pietro Giordani no último ano e meio, este vem à pequena aldeia para encontrar-se com Leopardi. Como um signo da crudelíssima disciplina que os pais lhe impunham, registre-se que foi nesta ocasião que, pela primeira vez em sua vida, saiu de casa sem ter a seu lado um aio ou parente: dirigiu-se sozinho e sem buscar prévio consentimento para receber o amigo. Seu pai, a contragosto, deixou passar em branco a infração. Giordani foi recebido pelo conde Monaldo Leopardi com fria formalidade, embora, no íntimo, o intimidasse a perspectiva de que um ateu e liberal quase lendário viesse a infectar a mente de seu menino Giacomo. E não sem razão: mesmo que Giordani houvesse mantido uma atitude neutra na cristalização da nascente insurgência de Leopardi contra a Recanati onde "tudo é morte", como destinatário das cartas onde aquela rebelião alcançava o estágio da palavra, sua influência sobre a dramática, se bem que muda, ruptura de Leopardi com o mundo e o pensamento de Monaldo foi, aos aleijados olhos do arquiconservador, a mais perniciosa. Imediatamente depois do contato pessoal com Giordani, o sentimento heroico e patriótico, a indignação com o estado atual de uma Itália escrava e joguete na mão das potências europeias da época, já expressa anteriormente no fecho do *Discorso*, semeada num esboço em prosa que englobava o enredo das duas, sintonizada com a pregação neoclássica da poesia como ação civil e exercício de virtude, e recomendada, enquanto gesto, pela necessidade de engrandecer-se aos olhos da mulher que amava, explode nas duas *canzoni* que abrem os *Cantos*: "À Itália" e "Sobre o monumento a Dante que se preparava em Florença".

Quando, em janeiro de 1819, as duas *canzoni* chegam ao público, reunidas num volume impresso em Roma, repercutem com uma intensidade nunca mais repetida por outra obra de Leopardi. Giordani, de Piacenza, relata: "As vossas *canzoni* correm por esta cidade como fogo elétrico: todos as querem, todos estão por elas possuídos. Jamais vi (jamais jamais) poesia ou prosa, nem obra alguma de engenho, tão admirada e exaltada. Fala-se de vós como de um milagre". O entusiasmo sincero de Giordani trai sua alegria por vislumbrar em Leopardi o poeta capaz de inventar a chamada *lirica civile*, um gênero que, remontando a Petrarca, muitos tentaram, em especial nos séculos XVII e XVIII, mas, no juízo tanto de Giordani quanto de Leopardi, sempre sem sucesso. O amigo sonha para Leopardi a transferência deste para uma das cidades vivas da Itália. Lá, ele poderia se colocar na vanguarda do braço literário da resistência à dominação estrangeira. É duvidoso que Leopardi houvesse alguma vez compartilhado integralmente esta antevisão do seu futuro. De qualquer modo, a perspectiva de abandonar Recanati transformou-se em obsessão. O período da conversão literária, entendido como o processo de transformação do erudito em poeta, encerrara-se. As duas *canzoni*, ainda que distantes da altura que Leopardi virá a alcançar, só são passíveis de reparos porque é inevitável compará-las com o resto dos *Canti*: tão logo sejam deles destacadas, revelam-se, enquanto poesia patriótica, esmagadoramente superiores a tudo que se tentara antes, com a possível exceção das odes civis de Petrarca, que Leopardi tanto admirava.

O caráter episódico da poesia patriótica na obra de Leopardi parece claro, ainda que tenha voltado ao gênero depois das *canzoni* de 1818. Já se disse que, nestas, o tom elegíaco move-nos mais do que o apelo à bravura. Nas suas outras incursões, o clamor por uma Itália grandiosa é, de modo ainda mais flagrante, apenas o dado factual que lhe permite contrapor a vileza da humanidade moderna aos exemplos de nobreza das eras passadas. A poesia leopardiana durante algum tempo estará, no íntimo, voltada para a expressão e destaque, convencional e literário ainda, desta queda, não tanto por suas consequências sociais ou culturais, mas porque procura, na decadência dos tempos, a relação de causa e efeito para sua dor pessoal, cujo signo é a Itália aprisionada. E aprisionado se sentia em Recanati. Perplexo pelo vulto dos seus males físicos, agravados pela hostilidade paterna aos rumos que seu pensamento e sua poesia tomavam, Leopardi aguça o olhar para dentro de si. Até porque data de 1819 uma agudíssima doença em seus olhos que o impediu de ler qualquer coisa por todo aquele ano.

O efeito devastador deste acidente levou a uma radicalização profunda do pessimismo leopardiano. Cada vez mais remota a possibilidade de partir de Recanati com o consentimento do pai, que endurecera a censura à sua correspondência, Leopardi submerge num estado depressivo gravíssimo, que descreveria a Giordani numa carta alguns meses depois: "Estou tão atordoado com o nada que me circunda, que nem sei como tenho forças para tomar a pena e te responder. Se neste momento enlouquecesse, creio que minha loucura seria sentar-me sempre e sempre com os olhos atônitos, com a boca aberta, com as mãos entre os joelhos, sem rir nem chorar nem me mover, senão à força, do lugar onde estivesse. Não tenho mais ânimo de conceber nenhum desejo, nem mesmo de morte, não porque a tema de algum modo, mas não vejo mais diferença entre a morte e esta minha vida, e, desta, nem mesmo a dor me consola mais. Esta é a primeira vez em que o tédio não apenas me oprime e cansa, mas me angustia e lacera como uma dor gravíssima; e estou tão aterrorizado pela vanidade de todas as coisas, e pela condição dos homens, mortas todas as paixões, como extintas estão na minha mente, que fujo dela para fora de mim, percebendo que é um nada o meu próprio desespero".

Pensa continuamente na morte. Duas *canzoni* não incluídas nos *Cantos* (quando ele tentar publicá-las isoladamente em 1820, o pai o impedirá), escritas em princípios de 1819, falam de mulheres mortas em circunstâncias trágicas. No *Zibaldone* e nas cartas a Giordani,[13] a morte figura mais e mais como salvação. A crise dos olhos teve o efeito de um vórtice que, colhendo tempestades dispersas, lhes deu forma, atraiu o que se movia aleatoriamente e canalizou-o num progressivo e penetrante movimento de perfuratriz. Da eloquência emocionada, mas igualável, das duas *canzoni* patrióticas à perfeição absoluta de "O infinito", um dos mais belos poemas de todos os tempos, há um salto vertiginoso de perícia e genialidade, embora estejam separados no tempo por não mais que um ano, em cujo centro teve lugar o que Leopardi chamou de sua "conversão filosófica".

Numa célebre passagem do *Zibaldone*, Leopardi explica "a mutação total em mim, e a passagem do estado antigo para o moderno", alguns meses depois do ocorrido. Ele efetua ali uma análise, friamente formulada, do que eram antes, e em que se transformaram, sua poesia e ele próprio. Leopardi já havia enunciado (no *Discorso*) a oposição entre poesia da imaginação e poesia dos sentimentos: associava a primeira aos poetas antigos que, olhando a Natureza, povoaram-na de mitos: era a poesia verdadeira, "material, fantástica e corporal"; da segunda, dizia ser a única possível aos modernos, que romperam o vínculo essencial com a Natureza e submeteram-se à tirania da Razão e da Verdade: "metafísica, racional e espiritual", não a considerava poesia, mas filosofia. Leopardi, aqui, usa o termo com um sentido bastante amplo, a abranger a poesia tal como praticada pelos românticos, e mesmo pelos poetas, contemporâneos seus não alinhados com as ideias nascentes, em cuja obra a individualidade do poeta ocupa o primeiro plano inclusive, e principalmente, na contemplação da Natureza: olhar não mais direto, transparente e imaculado como o dos antigos. Lê-se no *Zibaldone*: "No curso de um ano, 1819, no qual privado do uso da visão

[13] Em certos trechos, grafa as palavras italianas com letras do alfabeto grego, que o pai não conhecia, para fugir à violação de seu conteúdo.

e da contínua distração da leitura, comecei a sentir minha infelicidade de um modo muito mais tenebroso, comecei a abandonar a esperança, a refletir profundamente sobre as coisas [...], a tornar-me filósofo de profissão (de poeta que eu era), a sentir a infelicidade inevitável do mundo, em lugar de conhecê-la, e também isto por força de um langor corporal, que quanto mais me afastava dos antigos, mais me aproximava dos modernos. [...] Bem se pode dizer [...] que poetas não eram senão os antigos, e não são agora senão as crianças e os muito jovens, e que os modernos que têm este nome são apenas filósofos. E eu, com efeito, não me tornei sentimental senão quando, perdida a fantasia, tornei-me insensível à natureza, e totalmente dedicado à razão e à verdade, em suma, filósofo". Na frieza deste relato, é impossível fechar os olhos à dor da desilusão, de ter que renunciar ao que amava para ceder ao que condenara, mas é típico da grandeza humana de Leopardi ter feito desta derrota o ponto de partida para a sua conquista de um humanismo peculiar: usou-a conscientemente para abrir caminho ao mais escuro da alma humana: a dor pessoal concentricamente se expande e engolfa a espécie, com uma ternura de que poeta algum, antes ou depois, foi igualmente capaz.

Passo a passo construída, esta expansão teve marcos importantes. Em julho de 1819, num dos momentos mais infelizes de sua vida, planeja fugir de Recanati. Sem que ninguém o soubesse, nem mesmo Carlo ou Paolina (notando o desespero do irmão, vigiavam-no, temendo algo extremo), Leopardi preparou tudo: tentou obter o passaporte, necessário à sua entrada nos diversos Estados em que se dividia a Itália,[14] reservou dinheiro e escreveu cartas para deixar ao pai e a Carlo.[15] Monaldo descobriu o plano do filho e dissuadiu-o com promessas. Acreditava que a culpa era de Giordani e de outros literatos que teriam incitado o seu menino a rebelar-se. Leopardi se deu ao trabalho de refutar a tola insinuação do pai.

Em algum ponto do verão-outono daquele ano, surgem os primeiros frutos do período da conversão filosófica: Leopardi escreve poemas

[14] Os dados pessoais que forneceu: "Idade 21 anos. Estatura baixa. Cabelos negros. Sobrancelhas negras. Olhos cerúleos. Nariz comum. Boca regular. Queixo semelhante. Tez pálida".

[15] Viriam, ambas, a parar nas mãos de Carlo, sem que Monaldo Leopardi visse a que lhe era endereçada.

que chamou *idílios*.[16] O que se supõe ser o primeiro destes guarda semelhanças suficientes com os poemas de Teócrito e Mosco, aos quais a palavra é naturalmente associada, e dele restam nos *Canti* os versos que compõem o fragmento "Ouve, Melisso..." (XXXVII), mas para os outros dois é preciso recorrer à definição do próprio Leopardi: "Idílios: experiências, situações, sentimentos, aventuras históricas do meu espírito". A estes dois outros idílios chamou de "O infinito" e "À lua". São poemas curtíssimos e sua concisão responde por muito da magia que transmitem. Feitos de versos brancos, sua impressionante coesão, ausentes as rimas e a armadura das formas fixas que Leopardi anteriormente usara, é obtida com o bem mais sutil emprego de *enjambements* (principalmente) e com uma subordinação do ritmo ao pensamento e à elocução tão magistral e nova que viria a tornar-se um traço distintivo da melhor poesia leopardiana.[17] O salto de qualidade em relação às *canzoni* de 1818 e às que viria a escrever no ano seguinte marcou profundamente, e condicionou, boa parte dos críticos e leitores dos *Cantos*. Se hoje é preciso restabelecer o equilíbrio entre o Leopardi idílico e o Leopardi, digamos, filosófico (até porque, nos seus últimos anos, ambos se fundem), os idílios, marcadamente, variam pouco em qualidade: nenhum desce abaixo das fronteiras do gênio.

---

[16] O termo vem do grego e é a forma diminutiva de *eidos*, entendido como "um poema curto, descritivo, de construção complexa, primariamente com um tema pastoral". Assim, um *idílio*, na poesia grega, é entendido como uma pequena cena, ou quadro, i.e., uma representação figurada.

[17] Os idílios leopardianos têm um precursor nos chamados *conversation poems* de Samuel Taylor Coleridge, embora não haja indícios que Leopardi o tenha lido. Entre 1795 e 1807, Coleridge escreveu cerca de oito poemas que M. H. Abrams, em 1965, descreveu assim: "[o eu lírico do poema] começa com uma descrição da paisagem; um aspecto ou mudança de aspecto na paisagem evoca um processo variado mas que integra memória, pensamento, antecipação e sentimento, e que continua a interagir intimamente com o mundo exterior e concreto. No curso dessa meditação, o eu lírico alcança uma compreensão mais profunda e clara, confronta uma perda trágica, chega a uma decisão de cunho moral, ou soluciona um problema emocional. Muitas vezes o poema retorna e termina onde começara, no mundo exterior, mas com uma perspectiva interna alterada, um entendimento aprofundado que é o resultado da meditação que acabou de ter lugar". Ainda que esta caracterização dos *conversation poems* de Coleridge seja específica a estes, muito dela se aplica ao idílio leopardiano. Dois dos *conversation poems* mais famosos são *Frost at midnight* e *Dejection: an ode*.

Idillio

L'Infinito

Sempre caro mi fu quest'ermo colle,
E questa siepe, che da tanta parte
Del ~~celeste confine~~ l'ultimo orizzonte il guardo esclude.
Ma sedendo e mirando, ~~un infinito~~ interminato
Spazio di là da quella, e sovrumani
Silenzi, e profondissima quiete
Io ~~no~~ nel pensier mi fingo, ove per poco
Il cor non si spaura. E come il vento
Odo stormir ~~fra~~ tra queste piante, io quello
Infinito silenzio a questa voce
Vo comparando: e mi sovvien l'eterno,
E le morte stagioni, e la presente
E viva, e 'l suon di lei. Così ~~fra~~ tra questa
~~l'Immensità~~ Infinità ~~il mio~~ s'annega il pensier ~~mi annega~~ mio:
E 'l naufragar m'è dolce in questo mare.

Manuscrito do poema "O infinito".

"O infinito" e "À lua" foram quase certamente escritos depois daquela profunda depressão mencionada na carta a Giordani. A conversão filosófica em curso já permite a Leopardi amar a memória:[18] o tempo presente convida à anulação de "O infinito"; o tempo passado é o mítico lugar da doçura em "À lua". Em outubro de 1820, outro idílio: "A noite do dia de festa". Daí até o verão de 1821, compõe "O sonho" e "A vida solitária" e completa o primeiro grupo de idílios, assim referidos para distingui-los dos *grandes idílios* de 1828-1829, ditos, às vezes, *pisano-recanatensi*, com base nos locais onde foram escritos.

Talvez por aparecer como um item de uma lista de projetos de obras a serem escritas, a definição dada aos seus idílios por Leopardi não alude diretamente ao sentido original na língua grega, mas ele é bem satisfeito nos poemas que ele classificou como tais. O típico idílio leopardiano, segundo a útil análise de Geoffrey Bickersteth na sua tradução dos *Canti* para o inglês, contém três estágios. Uma pequena cena, em geral da natureza, é descrita, concisa e objetivamente. Nela só comparecem os elementos necessários: é, não só o quadro, mas a moldura que exclui o resto da realidade do espaço emocional que emerge, no segundo estágio, quando, ao concreto, o poeta opõe o imaginado: o "duplo" que permite dar relevo às circunstâncias da vida do poeta — e, por extensão, da de cada ser humano — suscitadas pela cena. O terceiro estágio é a contribuição original de Leopardi a este esquema quase banal: o atrito da realidade com a imaginação é expresso, não pelo pensamento, mas pela emoção que funde a ilusão e a verdade num todo que as ultrapassa. Como assinalou Bickersteth, neste último estágio, o risco que Leopardi incorre, artisticamente falando, é grande, embora imprescindível para que o poema se realize integralmente. Isto porque, se o filósofo vem a suplantar o poeta, a fusão pelo sentimento pode não se dar, e o poema não vai além de um exercício de intelecto. Com as inequívocas exceções de "O infinito" e "À lua", nos idílios de 1819-1820, a vitória do poeta é menos incontestável do que nos chamados *grandes idílios* de 1828-1829, e, na cronologia geralmente aceita, a ameaça do filósofo ao poeta cresce a cada poema: depois de julho de 1820, quando anotou no *Zibaldone* sua conversão filosófica,

---

[18] O primeiro título de "À lua" foi "A recordação", depois aproveitado, no plural, para um dos maiores idílios do grupo de 1828-1829.

ainda escrevera os três últimos idílios do primeiro ciclo. Pode-se supor que, neste ponto, a pressão do filósofo tenha reclamado mais e mais espaço para se expressar. Em outubro de 1821, Leopardi cede à pressão: daí até sua tão sonhada partida de Recanati (para Roma, em novembro de 1823), escreverá as seis *canzoni* que se convencionou chamar *filosóficas*.

Entre as duas *canzoni* patrióticas, de 1818, e as do ciclo iniciado em outubro de 1821, Leopardi retomara aquela forma poética na *canzone* "A Ângelo Mai, quando encontrou os livros de Cícero 'Da república'", em janeiro de 1820. Cronologicamente, ela cinde em dois o ciclo de idílios, mas, na forma e conteúdo, seu verdadeiro papel consiste em efetuar a transição do Leopardi patriota para o Leopardi pensador. Embora escrita no calor do entusiasmo pela mais recente descoberta do Cardeal Ângelo Mai (seis livros, quase inteiros, antes perdidos, da obra de Cícero), a *canzone* parece programaticamente escrita para ocupar, como o faz na edição definitiva dos *Cantos*, o ponto intermediário entre os dois grupos: é, ao mesmo tempo, patriótica e filosófica. O tom elegíaco subjacente nas *canzoni* de 1818 ressurge com contornos mais claros do travo pessimista que seu pensamento amadurecera na grande crise de 1819. Por outro lado, a razão, atacada nos versos, é a intrusa que, leopardianamente manchada pela emoção, confere ao poema um sabor de novidade. Uma história da decadência italiana através dos seus grandes homens, de Dante a Alfieri (poetas todos, com a exceção de Colombo), permite a Leopardi vincular a infelicidade, a covardia, a vergonha, não mais da Itália do seu tempo apenas, mas da Itália fundada por Dante, à morte das ilusões, fecundas criadoras de bravura, virtude e nobres gestos. A razão assassina que o homem moderno tanto preza o seduz à inércia, ao vazio e à infelicidade. Nas seis *canzoni* de 1821-1822, os paradigmas das belas ilusões que alimentavam o homem antigo ora se afirmam, ora vacilam, enquanto, em Leopardi, a dor pessoal se vai convertendo em dor atemporal.

As duas primeiras *canzoni* deste grupo, escritas em outubro-novembro de 1821, afirmam a vitalidade, o estoicismo, o pensamento elevado: "Nas bodas de minha irmã Paolina" (que jamais se realizaram) e "A um vencedor no *pallone*" (um jogo assemelhado ao da pelota basca, muito popular na região das Marcas, à qual pertence Recanati). Guardam os últimos traços do Leopardi poeticamente comprometido com a restauração da grandeza cívica da Itália, mas, nelas, a filosofia já é mais que um acidente indesejado. Éticas, sarcásticas, heroicas, irônicas,[19] estas duas *canzoni* contêm, no seu interior, o movimento pendular ilusão-desilusão: de uma à outra oscilará nas quatro seguintes.

"Brutus, o jovem"[20] é um longo solilóquio em defesa do suicídio que Leopardi, já então, tantas vezes contemplara. É um poema negro e violento, acusador, em que Leopardi usa o Brutus histórico como *persona* para afrontar a crueldade dos deuses, cara a cara, com a lógica dos desesperados. O pêndulo se move em busca da ilusão perdida em "À primavera, ou das fábulas antigas"; volta novamente à desilusão em "Último canto de Safo", mas não com tanta amargura quanto em Brutus. Por fim, retorna uma vez mais ao elogio da aurora do mundo em "Hino aos patriarcas, ou dos princípios do gênero humano", também menos convicto. E pousa. O mergulho do primeiro grupo de idílios às *canzoni* filosóficas estava completado. O silêncio da poesia em Leopardi irá durar seis anos, com pequeníssimas quebras. O período da plena maturidade intelectual começava. Sua ruptura com Recanati, e tudo que a aldeia simboliza, radicalizara-se a níveis extremos. A exploração dos grandes temas filosóficos que dominaram sua mocidade como que exaurira o seu desejo de prosseguir escrevendo em versos: o resultado alcançado nas *canzoni* não parece ter satisfeito a um poeta agora excepcionalmente consciente das pré-condições, contextos e limitações do fazer poético.

A pequena e detestada Recanati tem por trás a muralha dos Apeninos; encastelada na crista de uma serra, dela se vê o mar. O impasse na mente de Leopardi só será rompido quando descobrir, cruzando a muralha, se ocultam algo ou se, além, só há miragem. Há tempos, Gior-

---

[19] O preâmbulo à reimpressão das notas do autor à edição das suas dez *canzoni* em forma fixa, completadas com o acréscimo da "À sua senhora", de 1823, publicada em Bolonha em 1824, é uma peça virtuosística de autoironia, uma crítica-contra publicada num jornal e referindo-se a ele mesmo na terceira pessoa, quase como se a mostrar a facilidade do fel.

[20] O qualificativo distingue este Brutus, Marcus Junius, o assassino de Júlio César (que se matou depois da derrota do seu ideal e exército republicanos na Batalha de Filipos para as forças comandadas por Marco Antônio e por Otávio, mais tarde imperador sob o título de Augusto), a um só tempo, de seu pai, conhecido como Brutus, o velho, e de Lucius Junius Brutus, suposto ancestral de ambos e considerado o fundador da romana república.

Nè de l'umano affanno,
Squallide balze, i luttuosi accenti
Voi negletti ferir, mentre le vostre
Paurose latèbre Eco solinga,
Non vano error de' venti,
Ma di ninfa abitò misero spirto,
Cui grave amor, cui duro fato escluse
De le tenere membra. Ella per grotte,
Per nudi scogli e moribonde arene
Se non ignote ambasce e l'alte e rotte
Nostre querele
Fida insegnava. E te d'umani eventi
Disse la fama esperto,
Flebile augel che tra chiomato bosco
Non lunge il rinascente anno saluti,
E lamentar ne l'alto
Ozio de' campi, a l'aer muto e fosco,
Antichi danni e scellerato scorno,
E da nefando suol profugo il giorno.

Manuscrito do poema "À primavera".

dani e outros lutam desesperadamente para arrancar Leopardi da reclusão onde mais e mais somente se envenena: tentam postos na Cúria Romana, postos acadêmicos, qualquer mínima garantia de subsistência que lhe permita suportar a inevitável oposição de Monaldo e a consequente supressão de ajuda financeira, agravada pela indiferença da mãe, detentora de todo o poder e inarredável em sua dureza de faca. O mundo *al di là* de Recanati o perturba: o não tê-lo provado, o não saber se a amargura e a infelicidade (entranhadas, e, agora, quase naturais) resultam das circunstâncias trágicas da sua vida ou se todos os seres, e eras, compartilham-nas. Em 17 de novembro de 1822, com o consentimento paterno, Leopardi deixa Recanati com a família de seu tio Carlo Antici. Destino: Roma.

Sainte-Beuve disse de Leopardi: "Ele julga Brutus o último dos antigos, mas é ele quem se revela como tal. É triste como um antigo que chegasse tarde demais" (a Roma, se poderia talvez acrescentar). O violento transplante de Recanati à capital do *Stato Pontificio*, do qual era súdito, arremessa Leopardi ao centro de uma nova crise. Três dias depois de sua chegada, escreve a Carlo: "Se pensas que quem te escreve é Giacomo, teu irmão, muito te enganas, porque aquele está morto ou desfalecido", e desvenda, mais adiante: "Restava-me ainda aquele fio de esperança do qual sou capaz, que sem me inflamar nem tampouco alegrar-me, basta, ainda assim, para sustentar a vida. Mas chegado aqui, e vista esta horrenda desordem, confusão, nulidade, mesquinharia insuportável e desmazelo indizível, [...] a paciência e a confiança em mim mesmo, que, por longuíssima experiência, pareciam-me insuperáveis e inexauríveis, não apenas foram vencidas, foram destruídas". Na mesma carta, retoma a distinção entre saber e sentir com que explicara, no *Zibaldone*, a sua mudança de atitude em relação à "infelicidade inevitável do mundo". Eis o que achou das grandezas de Roma: "E nas grandes coisas que vejo, não provo o mínimo prazer, porque sei que são maravilhosas, mas não o sinto".[21] Tudo o decepciona, desilude ou assusta, principalmente o ambiente literário, de que se supunha privado em Recanati: julgou os homens de cultura que encontrou em Roma indignos de tal nome; decepciona-se até com o Cardeal Ângelo Mai; só

---

[21] No seu poema, *Dejection: an ode*, de 1802, Coleridge exprime um sentimento semelhante quando escreve: "*I see, not feel, how beautiful they are*", i.e., "Vejo, não sinto, quão belas são".

nos estrangeiros, como Barthold Niebuhr e André Jacopssen, viu um pouco do solo fértil que buscava. A verdade é que, no grande mundo de Roma, exposto, a consciência da sua irremediável incompatibilidade física e mental com uma vida e uma cultura "tão pobre, vil, tola, nula, que me arrependo de tê-la visto e vê-la", arde insuportavelmente. De Sanctis, certeiro: "O erro não estava em Roma, mas nele". Obrigado a interagir socialmente, sente-se "incapaz de ação e de vida interior, sem por isso tornar-me mais apto à exterior. [...] Aquele estado foi talvez o mais penoso e mortificante que eu porventura tenha provado em minha vida [...] porque [...] perdi quase completamente toda opinião de mim mesmo, toda esperança de êxito no mundo e de dar algum sentido à minha vida". A estadia em Roma, que se prolongou até fins de abril de 1823, teve o efeito impiedosamente rude de erodir toda a autoconfiança que Leopardi arduamente entesourara. Na noite de 6 de maio de 1823 retorna ao (assim o chamou) sepulcro de Recanati. Em setembro do mesmo ano, escreve sua última *canzone* de estrofe fixa, "À sua senhora": um *canto* calmo, um "hino de amante" ao sublime, à idealidade etérea e eterna, uma condenação à *impoeticità* do mundo moderno, como assinalaram alguns. Nas várias tentativas de segmentação *a posteriori* dos *Canti*, é um quase consenso tomar-se esta *canzone* como o fecho de uma suposta primeira parte da obra, marcada pelos combates entre ilusão e verdade, dissolução e ação, memória e presente. O eterno choque entre o sentir e o saber arranca de Leopardi o elogio da ilusão, daquilo "que não se encontra": do só, mas sempre, imaginado. É, de fato, uma quase despedida. Por quase cinco anos, que vão deste setembro de 1823 ao renascimento pisano em abril de 1828, não escreve em verso senão traduções (das quais duas, de 1824, sobre originais gregos de Simônides,[22] tornaram-se os *canti* XL e XLI), e a epístola "Ao conde Carlo Pepoli", de 1826, esta o ponto médio que anuncia a segunda parte do *Cantos*. Leopardi calara o poeta para dar lugar ao magnífico prosador das *Operette morali*. Em dezembro de 1823, envia as dez *canzoni* (retendo, portanto, os idílios) para serem publicadas com quarenta escudos que economizara do dinheiro que a mãe lhe dava. Em setembro de 1824, as quinhentas cópias do livro das *Canzoni del conte*

[22] Não o mais famoso, dito de Ceos (c. 556-468 a.C.), que é personagem na *canzone* "À Itália", mas o de Amorgos (que viveu no século VII a.C.).

Giacomo Leopardi finalmente ficam prontas: haviam iludido a censura paterna com a ajuda de um fictício Alberto Popoli, a quem as várias provas eram endereçadas; haviam obtido, depois de duas negativas, o *imprimatur* dos censores do Estado e da Igreja. A recepção do público é predominantemente negativa: acusam as *canzoni* de serem obscuras, repetitivas, escritas numa língua não suficientemente pura; diz delas um resenhista que "são tão fortes que produzirão mais estupor que comoção". Leopardi retruca: "provo sempre um grande prazer quando sou informado do mal que se diz de mim".

Em 1824, Leopardi encerra-se: as reminiscências do conde Monaldo sobre o filho nesta época descrevem-no numa apatia tão férrea que, na mesa do jantar, o pai tem que picar a comida e lhe entregar ou não se moveria. Escreve poucas cartas aos amigos que antes mereciam enchentes de ânsia e ardor. Nas palavras de Nico Naldini: "Um colóquio mais íntimo está em andamento no decorrer de 1824: com um sorriso metafísico, Leopardi persegue e contempla 'a verdade' que antes tanto 'odiara e detestara'; desenvolvendo o seu pensamento dentro deste 'arcano infeliz e terrível da vida do universo', debruça-se sobre a metafísica materialista indo mais fundo na descrição da trágica negatividade do real, da miséria humana inelutável, do vazio eterno e da ansiedade sem limites da existência. O seu pessimismo histórico e psicológico evolui para um pessimismo cósmico e universal que demole não só toda forma de espiritualismo mas, com aquele, os mitos e as certezas do seu tempo: a esperança cristã mas também o otimismo laico; a soberba humanística com sua concessão antropocêntrica; a suposta felicidade do mundo antigo, como também suas ilusões e seus ideais magnânimos. Mesmo o mito da bondade e providencialidade da natureza oscila em direção ao polo oposto: o da sua cruel indiferença, o de poder inimigo dos seres." E o mesmo Naldini cita Sebastiano Timpanaro, um dos mais iluminadores críticos leopardianos: "A doença deu a Leopardi uma consciência particularmente precoce e aguda do pesado condicionamento que a natureza exerce sobre o homem, da infelicidade do homem como ser físico; [...] a experiência da deformidade e da doença de modo nenhum limitou-se, em Leopardi, a ser um motivo de lamento individual, um fato privado e meramente biográfico, muito menos um mero tema de poesia intimista; torna-se em vez um formidável instrumento cognitivo. Partindo daquela experiência subjetiva, Leopardi chegou a uma representação da relação homem-natureza que exclui toda escapatória religiosa". E afirma: "A grandeza de Leopardi — e o seu isolamento na inteligência europeia — está exatamente em ter refutado esta saída religiosa".

Estas observações sensíveis de Naldini e Timpanaro concisamente descrevem a última expansão concêntrica da dor leopardiana, a que convencionalmente diz-se cósmica, tingida pela sombra da acepção grega: o todo ordenado, sem confins de tempo e espaço. De fato, nos primeiros dias de 1824, escreve a primeira das *Operette morali*. E, num jorro vertiginoso mas de *artesanía* distensa, cristalina, doce cruelmente, amarga amantemente, com intervalos de poucas semanas no máximo, alguns dias na maioria das vezes, em meados de novembro estão compostas vinte peças de "um livro de sonhos poéticos, de invenções e de *capricci* melancólicos". As *Operette morali* são a prosa canônica da moderna língua italiana: Alessandro Manzoni, contemporâneo e velado rival de Leopardi como árbitro do estilo na Itália do século XIX, reconheceu-o. Mas dizê-la canônica não quer dizer arcana ou impenetrável: pelo contrário, o "estupor" que o crítico acusara nas *canzoni* é aqui nudez luminosa e ofuscante. As *Operette* não são, em prosa, uma duplicação dos *Canti*: imaginar que fossem seria negar a perícia e seriedade artísticas de um dos escritores mais pródigos nestas qualidades em todas as literaturas. Contudo, é imperioso destacar a inseparabilidade das duas obras: por Leopardi e por nós que as lemos. As *Operette* compelem, em prosa, ao veredito irrecorrível da grandeza poética de Leopardi, pois que são obras de um poeta que engendra seu próprio fermento. O Leopardi prosador monta seu mosaico (que, pronto, não dá sinais de juntas) de um pessimismo tão voraz que, por fim, a si mesmo viria a devorar: restará um tênue pôr da lua que, no negror, faz nítido o humano muito mais do que antes. 1824 quase encerra o *Zibaldone*: já contém 4 mil páginas manuscritas que constituem um monumento único na literatura universal. O *Zibaldone* é mais que um *pensées*, que um *journal intime*: é o caos de ser, escrito. As poucas centenas de páginas que ainda virá a acrescentar ao manuscrito retomarão, cada vez mais espaçadamente, o interesse apenas filológico, até a anotação final em 4 de dezembro de 1832. As *Operette*, no plano literário, descarnam o *Zibaldone*; os *Pensieri*, mais tarde, completariam a colheita enquanto seleção subjetiva do autor. Mas, *quella grande mescolanza* permanece, felizmente, íntegra, quase dois séculos mais tarde, sob o nosso indiscreto e comovido olhar.

Durante, e imediatamente após, a composição das *Operette*, Leopardi lê com interesse o *corpus* da literatura e filosofia, principalmente gregas, de cunho satírico, ético e moral: ecos da ironia de Luciano de Samósata, além da forma dialogada, são visíveis nas *Operette*. Sua nova atitude neste encontro consiste em extrair daquelas obras não o saber filológico e não o deleite literário, mas um, por assim dizer, manual de filosofia prática: aqui e ali, Leopardi dá pistas de estar mais e mais voltado a uma filosofia que produza instrumentos de um viver imperturbável, escudo contra o ataque da natureza à condição material do homem, armas contra a dor. Verte algumas daquelas leituras para o italiano.

Leopardi emerge das *Operette morali* quase completo: falta-lhe apenas a experiência de um amor sustentado no tempo, e vário na forma de fazer tremer o alicerce, fundamentalmente frágil, que, agora, o sustenta. E este amor virá: da quase Beatriz que foi Geltrude Cassi ao alcunhar de Aspásia a mulher amada, há um arco de amadurecimento somente permitido pelo grande mundo que jaz além de Recanati. Ele o trilhará na (quase contínua) sua primeira peregrinação, que, a partir de 1825, o levará a percorrer Milão, Bolonha, Ravena, Florença até, em 1828, o, assim chamado, renascimento poético em Pisa.

Nos primeiros anos de Leopardi no mundo além, executa trabalhos editoriais e compila antologias para Antonio Fortunato Stella, um tipógrafo e editor veneziano sediado em Milão; publica um volume, *Versi del conte Giacomo Leopardi*, contendo quase toda a sua produção poética não incluída na edição das *canzoni*; trava contato com importantes personagens de literatura da época e, com alguns, sedimenta amizade, entre eles seu velho amigo Giordani; recusa empregos no braço acadêmico da Cúria, um benefício eclesiástico que lhe é de direito com a morte de um tio religioso; recusa propostas de colaboração regular e remunerada em revistas literárias; sustenta-se, assim, com a infamante renda advinda de sua extenuante (para o seu organismo frágil) colaboração com Stella e com aulas particulares de parca remuneração, posto que à mãe não apela, por orgulho próprio e pelo quase certo insucesso de qualquer tentativa. São anos duros em que Leopardi pouco se transforma internamente enquanto a doença o vai fustigando de queda em queda. Uma anotação no *Zibaldone*, feita em fins de 1825 quando se encontrava em Bolonha, silenciosamente grita: “Sou, se me perdoas a metáfora, um sepulcro ambulante: trago dentro de mim um ho-

Retrato de Leopardi realizado por Luigi Lolli em Bolonha, em 1826.

mem morto, um coração que foi sensibilíssimo e nada mais sente".[23] Mas o segundo amor estava prestes a contradizê-lo. O percurso de sua mente exterminara todo traço de titanismo, de crença no combate e na virtude heroica como justificação da vida; buscara a imperturbabilidade e a resignação que nascem da sabedoria e que implicam, no seu caso, uma postura de impregnável solidão, ao mesmo tempo solidária com a dor de cada homem, e não o egocentrismo (seu sofrimento físico funcionando como ímã) que muitos julgaram ver. Nos quatro anos de silêncio desde as *Operette* até o renascimento pisano, Leopardi fala do homem e poeta que foi como de um estranho. Numa carta de 1825 a Giordani, escreve: "Quanto ao gênero de estudos que faço, tanto quanto estou mudado daquele que fui, assim também estão mudados os estudos. Tudo que contenha emoção e eloquência me entedia, dá-me a impressão de uma brincadeira e de criancice ridícula. Busco só e integralmente a verdade, que um dia tanto odiei e detestei. Sinto prazer de sempre, e melhor, trazer à luz e tocar com a mão a miséria dos homens e das coisas, e de horrorizar-me friamente, especulando este arcano infeliz e terrível da vida do universo. Percebo bem agora que, extintas as paixões, não resta nos estudos outra fonte e fundamento de prazer senão uma vã curiosidade, cuja satisfação tem, no entanto, força bastante para causar deleite, coisa que no passado, enquanto no meu peito ardeu a última centelha, eu não podia compreender". Artisticamente falando, Leopardi, ao longo destes anos (e a epístola "Ao conde Carlo Pepoli", de 1826, tem que ser vista nessa perspectiva para que não se incorra no erro de anatematizá-la, como tantos o fizeram), está resolvendo o tecnicamente complexo problema de criar, com a poesia das *canzoni* e dos idílios, e com a prosa das *Operette*, uma integralmente nova poética do pensamento que as contenha, desenredadas e retecidas por força da verdade esculpida, harmônica e ritmicamente, no *canto* leopardiano sem precedentes e sem sucessores. A epístola de 1826

---

[23] Um eco, talvez, destes tercetos de Guido Cavalcanti ("Tu m'hai sì piena di dolor la mente"): "*I' vo come colui ch'è fuor di vita,/ che pare, a chi lo sguarda, ch'omo sia/ fatto di rame o di pietra o di legno,// che si conduca sol per maestria/ e porti ne lo core una ferita/ che sia, com' egli è morto, aperto segno*" ["Eu vou como quem vê-se além da vida,/ pareço, a quem me vê, pessoa fria/ feita de folha ou de pedra ou de pau,// que se conduza só por maestria/ e que em seu peito porte uma ferida:/ de que está morto, lúcido sinal"].

é, sem dúvida, artisticamente inferior, inclusive a poemas não recolhidos nos *Cantos*, mas, entendida como um marco de percurso, encontra plena justificativa e pode ser lida como elemento estrutural da obra acabada. E mais ainda por negar a imperturbabilidade desejada, visto que a epístola "Ao conde Carlo Pepoli" perturba-se ao condenar, ao prometer, augurar, ironizar: é como se a mão negasse a mente e decaísse de volta à contenda (por mais que calma e consciente, ainda assim, contenda).

Leopardi confiara o manuscrito das *Operette* a Giordani para que lhes conseguisse um editor em Florença. A demora que se seguiu foi mal compreendida por Leopardi ao supor que o amigo não lhes atribuía importância. Giordani, ao contrário, sabia do seu valor, mas também da possibilidade de serem censuradas, e por isso protelava a publicação. Com a intenção de avaliar a reação da censura, encaminhou três das *Operette* à revista literária *L'Antologia*, publicada pelo grupo liberal de que faziam parte Giovan Pietro Vieusseux e Gino Capponi. Mas o resultado foi a pública exposição da profunda divergência de Leopardi com o grupo florentino: a descrença do poeta na felicidade como fruto do progresso socioeconômico, expressa numa das *Operette* publicadas, é um dos focos principais deste conflito de posições. Aos olhos dos bem-intencionados intelectuais florentinos, Leopardi (que, com as *canzoni* patrióticas de 1818, tanta esperança suscitara) é uma decepção. Reconhecem-lhe a pureza de estilo, a nobreza de caráter, a erudição incomparável, apiedam-se com seu sofrimento físico, mas percebem não poder contar com sua participação política contra o opressor,[24] se isso implica, e assim é, compartilhar crenças que, aos olhos do Leopardi de agora, não passam de fontes de mais sofrimento e dor para a espécie humana. Porém, dos seus amigos florentinos só merecerá reparos privados (nas cartas que estes trocam entre si): publicamente ajudam-no,

---

[24] Com a derrota definitiva de Napoleão em 1814, as potências europeias da época convocaram o Congresso de Viena (1814-1815) para restabelecer entre elas uma acomodação de interesses e esferas de controle. Na península italiana, o efeito das decisões do Congresso foi o de restaurar o mosaico de governos independentes que vigorara no período anterior à Revolução Francesa e à ascensão de Bonaparte. Neste mosaico italiano, o poder dominante era a Casa de Habsburgo e o Império Austro-Húngaro, cujo instinto era de total oposição ao intenso desejo de unificação que, como tantos outros, o grupo florentino de Vieusseux e Capponi expressava.

e o ajudarão ainda, financeiramente até. Leopardi, por seu lado, lhes dedicará a primeira coletânea de seus poemas a levar por título a palavra *Canti*, num pequeno texto de emocionante gratidão e comovente grandeza na sua desesperança. Mas pelo grupo romântico, liderado por Niccolò Tommaseo, foi acre e publicamente atacado pelo seu isolacionismo e por sua condenação do que passava então por poesia moderna: são sinais, tênues ainda, do tipo de reparo que o levará à mordacidade da "Palinódia ao marquês Gino Capponi" e, fora dos *Cantos*, às sátiras *Paralipômenos da Batracomiomaquia* e *Os Novos Crentes*, nos anos finais de sua vida. Na reunião solene de 28 de março de 1826 da Accademia dei Felsinei, em Bolonha, lê para os presentes sua epístola "Ao conde Carlo Pepoli". Os amigos conseguem fazê-lo acreditar que os presentes o haviam ouvido com admiração, mas na realidade, sua voz fraca, seu ânimo amargo e o difícil significado dos versos (conforme o testemunho de um dos intelectuais ali presentes) só conseguiram difundir tédio e mal-estar pelo auditório. Foi a primeira e última aparição pública de Leopardi lendo seus versos. A grandeza de sua obra o tornaria inevitável depois de sua morte mas, em vida, e por mais que o ansiasse, estava condenado a não provar o amor, fosse o do público, fosse o de uma mulher, como a condessa Teresa Carniani-Malvezzi, sua segunda amada.

Casada e bem mais velha que ele (como também o era Geltrude Cassi), Leopardi a conheceu em Bolonha, na primavera de 1826. Loura e "não de todo inimiga do sexo forte" (palavras de Monti, que manteve um relacionamento com ela), gostava de ter à sua volta os literatos em moda, escrevia poemas e traduzia do latim e do inglês. Na carta a Carlo em que, em maio, Leopardi comunica-lhe o encontro com Teresa Carniani, relata que trocam confidências e leem um ao outro seus poemas e que ela, ao ouvir os dele, "muitas vezes chora, de coração, sem falsidade; os elogios de outros não têm para mim nenhuma substância, todos os dela convertem-me em sangue, e permanecem todos em minha alma". E, uma vez mais, se apega, em desespero: "Em suma, este convívio forma e formará uma época bem marcada em minha vida, porque me desenganou dos desenganos, convenceu-me de que, verdadeiramente, há no mundo prazeres que pensei impossíveis, e que sou capaz ainda de ilusões estáveis, malgrado o conhecimento e o hábito contrário tão radicado; meu coração ressuscitou, depois de um sono, antes, uma morte completa, que durara tantos anos". Mas, se Teresa Carniani ocupou por mais tempo sua mente, muito menos marcas deixou que Geltrude Cassi. Foram uma primavera e um verão de contínuo contato, interrompido apenas por uma ida de Leopardi a Ravena, mas, exceto ele, qualquer um podia ver a unilateralidade do afeto: em outubro, um pequeno bilhete que ele dirigiu a Teresa Carniani revela que esta lhe declarara claramente o quanto aquele convívio a entediava, e eis o fim do segundo encantamento. Numa carta de maio de 1827, repreende um amigo por ter imaginado que ele continuasse a andar com "*quella puttana della Malvezzi*". Passou o inverno de 1826-27 em Recanati, fugindo do frio de Bolonha; corrigia as provas das *Operette*, que viriam a ser publicadas em junho de 1827, e preparava para Stella uma *Crestomazia Italiana* de prosadores. Nas raras vezes que sai de casa, as pessoas cochicham: "o sabe-tudo", "o filósofo", "o eremita", "corcunda presunçoso"; as crianças, mais sádicas, fazem quadrinhas obscenas e zombam dele quando passa. Em fins de abril, volta a Bolonha; em fins de junho, mês em que as *Operette morali* saem da tipografia de Stella em Milão, parte para Florença ao encontro de Giordani e outros. É no decorrer deste meio ano passado lá que verdadeiramente trava contato com o círculo literário mais importante da Itália de então, mas não se integra. Entre outras barreiras, a imposta por seu estado físico é intransponível. Em 1827, a lista de males de maior e menor gravidade de que sofria em caráter permanente é impiedosamente extensa. Cada mais ínfima intenção, de viajar ou escrever ou conversar com amigos, tudo enfim, raramente é permitido pelos males que já condicionam inteiramente os seus passos. Eis dois trechos de cartas, a primeira, de julho, e a segunda, de agosto: "Estou aqui há duas semanas, tratado com muita gentileza pelos florentinos, mas triste pela péssima saúde e, em particular, pela moléstia dos olhos que me obriga a manter-me em casa o dia inteiro, sem ler nem escrever. Não posso sair de casa senão à noite, no escuro, como os morcegos. Estarei aqui todo o verão, o inverno em Pisa, se não me sentir mal demais, em cujo caso voltarei a Recanati porque quero morrer em minha casa". "Estou cansado da vida, cansado da indiferença filosófica, que é o único remédio contra os males e contra o tédio, mas que acaba por entediá-la também. Não tenho outros planos, outra esperança senão morrer."

O contato com o grupo florentino, infelizmente, isolou Leopardi ainda mais. Respeitavam-no, amavam-no até, mas não o liam: só Giordani lhe foi sempre fiel admirador. Neste 1827, escreve duas outras *ope-*

rette morali, e escreveria duas mais em 1832; compila uma *Crestomazia italiana poetica*, publicada por Stella em janeiro do ano seguinte; colhe material para uma projetada *Enciclopédia das coisas inúteis* que jamais será levada a cabo. Nico Naldini define com precisão os contornos do dissídio entre Leopardi e os literatos de Florença neste instante da vida do poeta: "Aquilo que distingue a cultura florentina, o entusiasmo filantrópico e a fé otimista no progresso, o seu utilitarismo que, literariamente, toma corpo no ideal do escritor 'útil', seu moderacionismo conciliador, seu iluminismo expurgado de todo extremismo, e um espiritualismo orientado para os ideais de reformas religiosas e sociais, não podiam senão empurrar Leopardi ao isolamento, resultante de um oculto, mas vez por outra manifesto, ostracismo que reage ao extremismo ideológico de seu pensamento. Este ambiente de cultura católico-moderada não pode pretender ver nenhuma concordância ou conforto no que Leopardi está escrevendo naqueles dias". E Naldini ilustra sua conclusão com esta belíssima passagem do *Zibaldone*: "Tudo é mal. Isto é, tudo aquilo que é, é mal; que cada coisa exista é um mal; cada coisa existe por um propósito maligno; a existência é um mal e organizada para o mal; o propósito do universo é o mal; a ordem e o estado, as leis, o evoluir natural do universo não são a não ser um mal, nem dirigidas a outra coisa a não ser ao mal. Não há outro bem a não ser o não ser: nada existe que seja bom a não ser aquilo que não é, as coisas que não são coisas: todas as coisas são más. O todo existente, o complexo de tantos mundos que existem, o universo não passa de uma pequena pinta, uma espinha em metafísica. A existência, por sua natureza e essência própria e geral, é uma imperfeição, uma irregularidade, uma monstruosidade. Mas esta imperfeição é uma coisa mínima, verdadeiramente uma pinta, porque todos os mundos que existem, não importa quantos e quão imensos sejam, não sendo no entanto infinitos nem em número nem em tamanho, são consequentemente infinitamente pequenos em comparação com o que o universo poderia ser se fosse infinito; e o todo existente é infinitamente pequeno em comparação com a infinitude verdadeira, por assim dizer, do não-existente, do nada". Esta passagem, entre as mais célebres do *Zibaldone*, é a suma do extremismo leopardiano: à litania inicial, aríete e perfuratriz, segue-se a elegante formulação filosófica (cuja possibilidade de refutação deve interessar-nos pouco: Leopardi é poeta), tanto mais terna quanto mais absolutamente negativa, porque, em Leopardi, entre o nada da existência e a existência do nada, há a nudez do homem, frágil-forte na sua insaciabilidade comovente e desesperada, em busca, sempre, da dignidade última. Quando todos docilmente desviam o olhar, Leopardi fixa-o na treva como Dante fixara-o na luz, e está pronto para o movimento final. Nos anos que lhe restam, sua poesia trilhará de novo os mesmos caminhos de antes: os idílios da ilusão e da memória, os irmãos Amor e Morte, o desprezo à mentira, e à pequenez, o testamento final. Tocado pela doença e pelo terror ao frio e névoa e vento atrozes, parte no fim do outono para Pisa, onde a poesia lhe renascerá.

Os sete meses que passou em Pisa foram bons para Leopardi: tudo lhe agrada, tudo o encanta. Em fevereiro, como se um *étude*, escreve o "Divertimento" (XXXVI): docemente irônico, leve como o ar de perpétua primavera que ele tanto amou em Pisa. Parece um pouco um programa da obra futura: ferramentas novas para uma nova poesia, com a lima surgindo severa, as quinas e cortes abrindo espaço para a líquida música dos *canti* finais. Na segunda semana de abril, "O renascimento": o primeiro poema de importância incontestável em quase cinco anos. E, seis dias depois, o primeiro dos *grandes idílios*: "A Sílvia". Frutos de um empenho intencionalmente dirigido, estes dois poemas exibem uma técnica tão prodigiosa no contrastar uma velha estrofe arcádica e o novíssimo *canto* leopardiano que sugerem uma consciente demonstração do efeito benigno da sua independência filosófica e do seu extremismo e marginalização no mundo literário. "O renascimento", ao contrário do que se disse, não peca por trajar um tema grave num ritmo de alegria quase menina: é preciso entender a felicidade com que Leopardi volta a sofrer, pois há muito aceitara que sua única esperança era manter-se um degrau acima do "sólido nada". É grande a tentação de romancear o que se passou em sua mente nos seis dias que separam os dois poemas e imaginar que mapa o conduziu de um *tour de force* à antiga a um *canto*[25] leopardiano plenamente desenvolvido. A maturidade artística alcançada em "A Sílvia" é estonteante: os qua-

[25] Convencionou-se chamar *canzone libera* a de estrofes irregulares quanto à extensão e a distribuição das rimas, mesclando livremente versos graves de onze e sete sílabas (dez e seis, na contagem francesa que se adota também em português). Leopardi as dizia *canti*, porque, em termos excessivamente simples, o desenho melódico (o qualificativo aqui é quase próprio) não as submete a outra lei senão à da emoção e pensamento que se interpenetram.

se dois séculos que nos separam da sua composição não têm muitos outros exemplos de arte poética tão cabalmente bem-sucedida, e ainda hoje é um dos seus poemas mais admirados, como, de resto, o são os demais idílios que escreveria na "horrenda noite de Recanati", para onde voltaria, em novembro de 1828. Em 4 de maio, morre seu irmão Luigi;[26] um mês depois, segue para Florença onde permaneceu até voltar a Recanati. A poesia dos anos por vir é, nas palavras de Sergio Solmi, o "quanto daquele mundo que, tão duramente submetido ao poder destrutivo das ideias, lhe foi possível salvar e reconquistar pouco a pouco".

Nos meses que passa em Florença, sua saúde deteriora-se mais e mais. Os amigos preocupam-se; chega a se espalhar um rumor de que morrera pouco depois de ter partido de volta à sua terra. O obstinado empenho dos amigos em conseguir-lhe meios de sobrevivência prossegue: recusa a oferta de uma cátedra de estudos dantescos na Universidade de Bonn — impensável que pudesse sobreviver ao clima das regiões ao norte; a colaboração com Stella chega ao fim; muitos motivos o impelem a voltar a Recanati e a impossibilidade financeira de manter-se por conta própria não é o menor. Em junho, um encontro de muitíssima importância para a vida que lhe resta ocorre em Florença: conhece Antonio Ranieri, jovem napolitano, a quem de pronto se apega apaixonadamente e que, passado algum tempo, se tornará seu companheiro inseparável até o leito de morte.

Em nenhum outro período a imagem de Recanati como um sepulcro foi tão real para Leopardi: "Ficarei aqui não sei quanto, talvez para sempre. Creio que chegou ao fim o curso da minha vida". Mas, entre agosto e outubro, escreve os outros quatro *grandes idílios*: "As recordações", "A calma depois da tempestade", "O sábado da aldeia", e o "Canto noturno de um pastor errante da Ásia" (este, iniciado em outubro, é interrompido pelo inverno, e só será terminado em abril do ano seguinte). "O pardal solitário" (cujo desenho parece ter estado em sua mente por mais de dez anos, e que é o poema de mais incerta datação nos *Canti*) e "Imitação" (de um poema francês de Antoine-Vincent Arnault, que, com alguma confiança, se pode dizer foi lido por Leopar-

[26] Giacomo era o primogênito, seguiram-no, em intervalos de um ano, Carlo, Paolina e mais sete outros, dos quais só Luigi e Pierfrancesco sobreviveriam à primeira infância.

di em 1818) parecem atribuíveis a este período também. Por esses idílios apenas, Leopardi ocuparia o lugar incontestavelmente seu nas literaturas italiana e ocidental. Neles, alcança o ideal que se propusera: versos de superfície tão simples (que, em outras mãos, seriam mesmo julgados banais) incendeiam-se de música e emoção, frutos de uma perfeição técnica tão alta que, por isso mesmo, se dissipa, inconspícua. Harmônicos, plenamente gregos no seu apego à essência e a nada mais, os idílios *pisano-recanatensi* elevam a língua italiana a um plano que exclui a proposição de modelos anteriores e nobremente impede a procissão de imitadores que seria óbvio imaginar. Saber e sentir: onde um e onde o outro nestas máquinas de magia poética? Entrevê-se nestes grandes idílios o princípio da projeção humanista sobre o pessimismo leopardiano: a personalização da dor no menino Giacomo; em Sílvia; na gente humilde da aldeia; no pardal; no pastor errante; na folha da rosa e na folha do louro. A natureza (todos os sentidos), agora "mãe e madrasta", está nua ao olhar, cristalino e em chamas, do Leopardi que sabe e sente e, sem conceder nem à razão nem à emoção a soberania, as acorrenta em canto.

O nosso olhar distante pode perceber com clareza que o sublime nestes idílios emana de uma rara mescla: por um lado, Leopardi é singularmente senhor do seu intelecto; por outro, sua arte poética é única, no seu tempo histórico, em sua transparência — embora, às vezes, não se recuse a urdir formas delicadamente intrincadas. Ao se mesclarem nestes idílios, um tal domínio do intelecto, expressado por arte assim transparente, produz um efeito raro, inusitado e comovente: o de, incisivo, audaz e amplo, nos alcançar, razão e emoção, sempre puro, luminoso e nobre. Uma ausência de névoa mística é a conclusão e o fruto primeiro do estágio final na evolução filosófica do pessimismo leopardiano. Não resolvera o mistério do ser (a lua apenas segue o pastor pelas planícies da Ásia): dominara a verdade possível do mundo, fizera-a fonte de uma poesia originalíssima, vencendo assim o Leopardi de onze anos atrás. Suas perguntas só se perdem sem respostas quando transpõem os limites da natureza; a dor — em sua vergonha, em sua grandeza — está irrenunciavelmente repartida por cada ser e cada estrela-nebulosa-grão-de-areia do universo. Os quatro *grandes idílios* recanatenses nascem de um pensamento filosófico (ético e moral), emblemado no *Zibaldone* numa passagem de 2 de janeiro de 1829: "A minha filosofia, não só não conduz à misantropia, como pode parecer a quem a olha superficialmente, e coisa de que muitos a acusam, mas, por sua própria natureza, exclui a misantropia; por sua própria natureza, tende a curar, a extinguir aquele mau humor, aquele ódio, não sistemático, mas ainda assim verdadeiro ódio, que tantos e tantos que não são filósofos, e não desejariam serem chamados nem pensados misantropos, têm, ainda que cordialmente, por seus semelhantes, seja habitualmente, seja em ocasiões particulares, por causa do mal que, justa ou injustamente, a eles, como a todos os outros, vem dos outros homens. A minha filosofia faz da natureza a ré de todas as coisas e, desculpando os homens totalmente, volta o ódio, ou o apenas lamento, a um princípio mais recôndito, à origem dos males dos viventes".

Se 1829 foi o ano poeticamente mais importante da vida de Leopardi, em termos do seu estado de ânimo não falhou em lançá-lo na prostração indissociável do ambiente opressivo de sua casa em Recanati. Chovem cartas de amigos na tentativa de reanimá-lo, tentam convencê-lo a partir: responde que seu pai não pode, ou não quer, mantê-lo fora de casa: "Eu nada pedirei, e, se pedisse, nada conseguiria". O desespero de seus amigos alcança o ponto de lhe oferecerem uma cátedra de Zoologia e Mineralogia em uma universidade; o seu, o de aceitá-la, a princípio, mas a remuneração ínfima e o absurdo da situação encarregam-se de abortar esta outra ilusão. Em fevereiro de 1830, um prêmio quinquenal de mil escudos (para Leopardi, uma quantia imensa) ao qual candidatara suas *Operette morali* é concedido a outra obra: registros das opiniões de membros da comissão julgadora revelam a incompreensão da obra leopardiana e a condenação sumária da filosofia nela exposta (o amigo Gino Capponi conseguiu apesar de tudo levá-la até a etapa final e foi quem lhe concedeu o único voto obtido na votação definitiva). Vieusseux, o amigo florentino, teve a tristíssima missão de comunicar-lhe o resultado: a carta com que Leopardi lhe responde é aberta por um murmúrio de imensa desesperança: "Com o pouco dinheiro que me restou de quando podia trabalhar, estou decidido a partir em viagem, em busca da saúde ou da morte, e a Recanati não voltar nunca mais. Não farei distinção entre empregos; qualquer situação conciliável com minha saúde me convirá: não me preocuparei com humilhações, porque não há humilhação ou embrutecimento maior do que aqueles que sofro, vivendo neste centro da incivilidade e da ignorância europeias. Nada mais tenho a perder e, mesmo pondo em risco minha vida, não me arrisco senão a ganhar". Pouquíssimo depois de ter escrito a Vieusseux, chega-lhe uma carta de Pietro Colletta, outro bom amigo florentino, que lhe propunha um esquema de sustentação financeira capaz de lhe permitir a partida: pessoas contribuiriam com uma quantia sem saber a quem seria destinada, e ele não saberia quem seriam tais pessoas: estas não teriam a quem cobrar, nem ele a quem pagar. Leopardi, claro, sabia quem eram; seus amigos, claro, sabiam que o dinheiro se destinava a ele: mas o jogo de aparências preservadas surtiu efeito e Leopardi, enfim, concordou. Em 9 de abril, retoma o inacabado "Canto noturno", interrompido desde novembro, e o conclui. Em 30 de abril, parte de Recanati. Nunca mais voltará.

A peregrinação final de Leopardi até sua morte em 1837 lhe permitirá duas reescrituras da sua poesia anterior: a do amor não mero fogo e a da condenação, superiormente articulada, da ilusão dos reformadores sociais, perdidos nos labirintos do supérfluo, covardes quando cara a cara com a essência de ser. O resultado será um testamento humanista que sua calma desesperança articulará com base no contraste entre um vulcão e uma flor medíocre.

Depois de uma breve passagem por Bolonha, Leopardi instala-se em Florença. Os amigos, frequentando-o e cobrindo-o de gentilezas, encarregam-se de tornar a cidade bem mais agradável do que jamais lhe fora. Qualquer tentativa de empreendimentos literários impedida pelos olhos em péssimo estado, parece ter sentido, pela primeira vez em sua vida, prazer num convívio social mais intenso. Talvez pensando em ressarcir a ajuda financeira que lhe destinavam, organiza uma coletânea contendo sua poesia publicada e a inédita: é a primeira a ser chamada *Cantos* e viria à luz, em abril de 1831, dedicada *Agli amici suoi di Toscana* — "Aos seus amigos da Toscana" — numa nota de comovedora gratidão, onde se lê: "Perdi tudo: sou um tronco que sente e pena", e, um pouco adiante: "O vosso amor ficará comigo, todavia: e durará em mim, talvez mesmo depois que o meu corpo, que já não vive mais, tornar-se cinza." Em julho de 1830, é apresentado a Fanny Targioni-Tozzetti (uma intensificação das características de Teresa Carniani), casada, mulher de muitos homens, autointitulada literata, centro de uma corte de intelectuais: mais uma vez Leopardi cede e é seduzido sem que o objeto do seu amor tencionasse fazê-lo. Para sua paixão por Fanny Targioni se poderia prever um desfecho tão rápido e indolor quanto havia sido o de sua atração por Teresa Carniani, mas não foi assim: foi mais forte, durou mais e deixou poemas, porque a Fanny interessava tê-lo sempre perto dela e a Teresa, não. Aquela, como esta, não tinha o menor interesse pelo homem Leopardi (que lhe interessou apenas enquanto poeta em voga), mas Fanny estava à caça do jovem e atraente Antonio Ranieri, que Leopardi conhecera há três anos e com quem, reencontrando-o na mesma Florença no outono de 1830, passara a viver uma vida em comum. Para atrair Ranieri, Targioni atiçou o amigo deste, compondo assim um triângulo cruel, do qual Leopardi só muito mais tarde veio a saber ter sido um dos vértices: o destroçado. Os testemunhos contemporâneos da personalidade e vida de Fanny Targioni não são lisonjeiros; Antonio Ranieri, pelo menos, provoca contradições. Ambos dividiram a mente de Leopardi por algum tempo. Em três anos, Fanny é finalmente expulsa; Antonio jamais seria. Aquela mereceria todo um ciclo de *canti*; o outro deixaria um controvertido depoimento dos seus sete anos de intimíssima convivência com Leopardi, não abalada nem pela revelação de sua ligação amorosa com Fanny. Por muito tempo mal compreendida, a relação entre Ranieri e Leopardi foi bastante benigna para o poeta: Antonio lhe fez companhia, cuidou de sua saúde, repartiu despesas, trouxe para junto de Leopardi sua própria irmã (também chamada Paolina), assistiu-lhe a morte e editou a primeira edição póstuma dos *Canti* a incorporar os poemas finais de Leopardi. Da mútua atração exercida, muito já se disse (inclusive a inevitável insinuação de um cunho homossexual, que os biógrafos comumente refutam), mas as hipóteses mais aceitas convergem para uma ligação de personalidades complementares: Ranieri ultrarromântico, extrovertido, experiente, vigoroso; Leopardi comedidamente clássico, abúlico, incapaz da mínima atividade prática, a existência sempre por um fio. Ranieri endeusava Leopardi; Giacomo, através de Antonio, vivia o aventureiro que, menino em Recanati e cavalgando Carlo por corcel, sonhara e não fora.

O amor encarnado por Fanny Targioni dominará a poesia de Leopardi por quatro anos: um período de influência ininterrupta mais longo do que os exercidos por quaisquer outros temas de sua poesia. São cinco poemas, e traçam um arco de ascensão, apogeu, declínio e queda, seguido por uma suma final. "O pensamento dominante" (verão de 1831) e "Amor e morte" (verão de 1832) são *canti* em que Leopardi, enfim, submete sua filosofia ao impacto da paixão: há um rigor de pensamento e emoção que os distinguem de qualquer outro poema de amor jamais escrito, porque nem ao delírio nem ao drama é permitido romper a fôrma da razão, que os aprisiona em confronto, e do sentimento, que os liberta em música. São grandes exemplos da qualidade ímpar do *canto* leopardiano: nem o torneio de agonias, a que a diluição do Romantismo nos vicia, nem o desodorado prado de gentis pastores, que cultiva a diluição arcádica. Expectativas assim não seriam saciadas: Leopardi exigia de seu tempo uma sensibilidade nova.

"Consalvo" (outono de 1832) nos induz à ficção de imaginá-lo sendo escrito pelo puro prazer de a ele contrapor "A si mesmo" (verão de 1833). São, artisticamente, poemas antinômicos. Aquele, longo e discursivo e derramado, é talvez o *canto* a que mais objeções se pode fazer; este, curto e incisivo e retesado, é um dos poemas mais bem-sucedidos de toda a sua obra. Leopardi, ao organizar a edição napolitana dos *Cantos* (1835), a primeira a incorporar os poemas inspirados pelo amor a Fanny Targioni, deslocou "Consalvo" para junto dos primeiros idílios, onde ainda não parece pertencer. "A si mesmo" (na sua concisão entrecortada, como se dos soluços derramados só se escrevessem os silêncios que os separam) tem o som preciso da queda que antecede à reconstrução de sua sensibilidade destroçada, suma que ele empreende em "Aspásia" (primavera de 1834): um exorcismo impiedoso de sua degradante submissão; uma admissão da intangibilidade do amor físico, tão mais trágica quanto mais tardia; um revide, talvez exagerado, à carne de uma mulher banal através da idealidade a que dedicara um "hino de amante" em "À sua senhora", pouco mais de dez anos antes. Assim, o chamado *Ciclo de Aspásia* encerra a intrusão dos episódios da vida de Leopardi nos *Canti*. Desde sua partida de Recanati, em 1830, sua saúde mais e mais o aproximara da morte. Ligado para sempre a Ranieri, passa com ele uma temporada em Roma e retornam a Florença; no verão de 1832, o amigo o deixa sozinho (Fanny viajara para o litoral); voltam a se reunir no fim de abril do ano seguinte. Em setembro de 1833, a situação de ambos era precaríssima em termos financeiros: a ajuda dos amigos florentinos há algum tempo terminara; recorrera ao pai, que, enviando algum dinheiro, transferira em definitivo a responsabilidade à sua esposa; no fim de 1832, ela concorda em conceder ao filho uma parca ajuda vitalícia e Leopardi dela dependerá até o fim. Alguns amigos de antes, ele abandonara; outros, por motivos diversos, se afastaram; outros ainda, haviam morrido. Florença, Fanny tornada Aspásia, era agora penúria, solidão, clima cruel e amargas lembranças. Decide partir com Ranieri para Nápoles, que lhe prometia o suporte da família do amigo, um clima mais propício, e um pouco mais de tempo. Do *Zibaldone*, que se calara em dezembro de 1832, seleciona agora os *Pensieri* que, bastante reelaborados, utilizam-no como matéria-bruta: Ranieri supervisionará a impressão póstuma, em 1845.

Muitas de suas expectativas imediatas se confirmam em Nápoles. Embora ele e Ranieri pensem planos de partir, a precariedade dos seus meios de vida e a sensível melhoria da saúde de Leopardi permitida pelo clima napolitano acabam por prendê-los lá. A suma final da paixão por Fanny Targioni, escrita na primavera napolitana de 1834, parece ter coincidido com um reviver de sua imensa capacidade de projetar empresas literárias: há novos amigos, boa saúde, boa comida (uma estranha carência para quem recusou e se indispôs com todo e qualquer alimento por quase toda a vida). Mas há também um desconforto constante com o ambiente cultural de Nápoles, "*questo paese semibarbaro e semiaffricano*". Os intelectuais do lugar, românticos e espiritualistas, têm por ele uma antipatia muitas vezes expressada na imprensa literária. Em seus últimos anos, Leopardi não mais reage como fizera contra seus antigos opositores florentinos, intelectualmente mais dotados que os de Nápoles: enquanto passeia seu ar de pedra pelos cafés, põe-se a escrever o longo poema satírico *Paralipômenos da Batracomiomaquia*, uma continuação da pseudo-homérica *Guerra dos Ratos e Rãs* que traduzira em três versões. Seus ratos são os liberais italianos; suas rãs, os tiranos austríacos. É o mais longo poema de Leopardi, escrito em *ottava rima*: cáustico e amargo às vezes, é possível lê-lo, no entanto, como uma peça narrativa de humor ágil, com personagens marcantes, e uma trama fortemente calcada no mundo italiano da época. Leopardi ironiza a superficialidade e inconsequência dos liberais, tanto quanto condena a tirania cega e a prepotência dos opressores austríacos. O tom de Leopardi é distante, indiferente, imperturbável, desencantado, mas o retorno mesmo à sátira denota o interesse de Leopardi no mundo que o rodeia e revela ainda vivo seu lado titânico de 1818, mais maduro e irreverente, tanto mais enternecido quanto mais sarcástico. Embora talvez tenha sido pensada alguns anos antes, a sátira parece ter sido escrita em sua maior parte na segunda metade de 1834, passando por acréscimos nos anos finais de vida de Leopardi. Dois outros poemas vertem o desprezo filosófico de Leopardi pela fragilidade essencial do pensamento social e político da intelectualidade italiana sua contemporânea: a "Palinódia ao marquês Gino Capponi" (primavera de 1835), que, das três peças de polêmica napolitanas, foi a única a obter lugar nos *Cantos*, e *Os Novos Crentes* (outono de 1835), o mais curto e mais dirigido, tanto que, ditando-a a Ranieri, Leopardi ao mesmo tempo proibiu-lhe a publicação enquanto vivesse, tão frontal era o ataque ao grupo espiritualista napolitano, que correspondentemente desprezava em Leopardi sua solitária (e, aos olhos turvos do grupo, covarde e estéril) atitude indiferente. A "Palinódia" ganhou seu posto nos *Canti* pela sua maior interação com outros temas do livro: neste princípio de 1835, a "Palinódia" parece uma prestação de contas das promessas feitas na epístola "Ao conde Carlo Pepoli", em 1826. Artisticamente, são análogas as restrições levantadas à "Palinódia" e à epístola, mas o poema de 1835 resiste ainda melhor: em nove anos, o gume se afiara e, mais fino, corta mais fundo, abrindo mão da elegância exigida de uma peça endereçada de corpo presente a uma academia, como fora o caso da epístola. A ironia é menos velada;[27] o verso mais fluente; a exemplificação mais humorística. Os frutos deste corpo a corpo com a ideologia progressista de uma Itália em plena efervescência social e política[28] são, talvez paradoxalmente, o que mais atraiu a atenção da crítica politicamente progressista da Itália na segunda metade do século XX, que viu neste Leopardi de 1835 um exemplo de resistência moral, de consciência crítica, de radicalidade fecunda, já que nos imuniza contra a isca das falsas verdades, cunhadas ao sabor das necessidades de perpetuação dos grupos momentaneamente no poder. A postura polêmica e combativa do último Leopardi em defesa da inclusão e predomínio de sua razão pessimista (e, outra vez, profundamente humana) na atitude civil de cada pessoa, longe de paralisar-nos, permite-nos uma permanente e bem fundada ação visando unir a comunidade humana através do fio cruel de uma dor inevitável e igualmente partilhada, dor que mentira alguma sanará.

A "Palinódia", é provável, fora antecedida pelos dois *canti* ditos *sepulcrais*, escritos no inverno de 1834-1835, segundo geralmente se crê, cujos títulos, já por serem tão longos, têm a frieza dos mármores

---

[27] A partir do título: uma retratação, uma renúncia de crenças antigas que agora o autor percebe erradas, ou seja, tudo o que o poema não é.

[28] Esta efervescência, iniciada pela reação progressista ao desfecho reacionário do Congresso de Viena em 1815, tomará ímpeto nas revoluções de 1848 e culminará, em 1871, na liberação da tirania estrangeira e na tão ansiada unificação da Itália.

que os inspiraram: "Sobre um antigo baixo-relevo num sepulcro onde uma jovem morta é representada no ato de partir despedindo-se dos seus" e "Sobre o retrato de uma bela dama esculpido no monumento sepulcral da mesma". Enquanto polemiza em silêncio com a mediocridade do pensamento do seu tempo, Leopardi começa a encarar a morte, tão visceralmente ansiada por toda a sua vida, sem dar senão um valor menor à carne que abriga o sentimento e a razão: olha, sem trégua, o que é, só, ossos e lama. Cruamente, prepara a conclusão dos *Cantos*: são os últimos murros nos muros da natureza-vida-destino que reduz brilho e beleza a lama e lembrança. Os dois *canti* finais, de 1836, já são claramente despedida e testamento.

Em julho de 1835, Leopardi contrata com o editor napolitano Saverio Starita uma edição completa de sua obra, em seis volumes, a serem publicados no espaço de um ano. Esta edição dos *Canti*, incorporando os poemas inspirados por Fanny Targioni, a "Palinódia" e os dois *canti* sepulcrais, é a última supervisionada por Leopardi, idêntica à definitiva se excetuamos os dois *canti* finais, acrescentados por Ranieri à edição que preparou para o editor florentino Felice Le Monnier, em 1845. Dos projetados seis volumes da edição Starita, só o dos *Cantos* e o primeiro das *Operette morali* foram impressos. Para logo serem recolhidos pela censura governamental, tenazmente estúpida e intolerante.

O fim se aproxima: em abril de 1836, ele e Antonio e Paolina Ranieri, vão morar, com o cuca Pasquale, numa casa nas encostas do Vesúvio. Passeia pela terra devastada, visita as cidades romanas renascidas, e, naquela primavera, escreve os dois últimos *canti*: "A giesta, ou a flor do deserto" e "O pôr da lua". Neste, num gesto poético incomparavelmente terno, despede-se da lua com quem conversara em tantos poemas: seu próprio pôr do sol ocorrera, já distante na memória, no início de sua tragédia pessoal, talvez no instante em que penetrou o escuro da biblioteca paterna; ali tivera início a sua horrenda noite, ao seu lado sempre a lua, fazendo de tudo que se ama e anseia sombra imaterial, e cobrindo tudo com o claro de prata que dissipa o mundo concreto em ilusão e lembrança. Às infinitas vezes que outros poetas encontraram, para a morte, a imagem do sol que se põe, Leopardi elege para a sua o pôr da lua, como a dizer: fim de uma noite que nasceu sem pôr do sol, pura e toda e sempre noite, sem crepúsculo e sem manhã. Mas o verdadeiro cume dos *Canti* de Giacomo Leopardi é o grande coral à gies-

CANZONI

DI

GIACOMO LEOPARDI

SULL' ITALIA

Sul Monumento di Dante che si prepara in Firenze

ROMA MDCCCXVIII.

PRESSO FRANCESCO BOURLIE'.

CANZONI

DEL CONTE

GIACOMO LEOPARDI

BOLOGNA

PEI TIPI DEL NOBILI E COMP.°

1824.

CANTI

DI

GIACOMO LEOPARDI.

EDIZIONE CORRETTA, ACCRESCIUTA, E SOLA APPROVATA DALL' AUTORE.

NAPOLI,

PRESSO SAVERIO STARITA

Strada Quercia n. 14.

1835.

OPERE

DI

GIACOMO LEOPARDI.

EDIZIONE ACCRESCIUTA, ORDINATA E CORRETTA, SECONDO L' ULTIMO INTENDIMENTO DELL' AUTORE, DA ANTONIO RANIERI.

VOL. I.

FIRENZE,

FELICE LE MONNIER.

1845.

As três edições em vida dos *Cantos* de Leopardi e a primeira edição completa da obra: a edição de Roma, de 1818, com os Cantos I e II; a edição de Bolonha, de 1824; a edição de Nápoles, publicada em 1835, dois anos antes da morte do poeta; e a edição de Florença, de 1845, organizada pelo amigo Antonio Ranieri.

ta, ínfima flor que, num átimo, a lava lambe e envolve em fogo, a ela igualando colheitas e grandes cidades em sua soberba. A "Giesta" é uma música triste que, de tão bela, infunde força: é o movimento final da mão lacerada na luta que abre seus dedos e estende-nos a dor que conquistara.

Em junho de 1836, retornam a Nápoles. Em agosto, uma epidemia de cólera, que tomara todos os portos do Mediterrâneo, se abate sobre a cidade. Fogem e outra vez se instalam aos pés do Vesúvio. Passam lá o resto do ano e o inverno, enquanto a vida de Leopardi volta a estar por um fio. Pensa em partir para Recanati ou para Roma: lamenta o longo tempo sem a família e sem seus amigos de antes. Em fevereiro de 1837, está em Nápoles mais uma vez: quase cego, quase inválido, pulmões e coração arruinados, respira com dificuldade, não consegue dormir nem andar; se se deita, sofre horrivelmente. Em maio, o desespero dos médicos lhes sugere tentar de novo o Vesúvio e recomendam a partida assim que Leopardi puder ser removido: a cólera recrudescera em abril. No dia 27, dita sua última carta, ao pai: "Os meus sofrimentos físicos, cotidianos e incuráveis, chegaram com a idade a um tal grau que não conseguem mais crescer: espero que, superada finalmente a pequena resistência que lhes opõe o moribundo meu corpo, me conduzam ao eterno repouso que invoco ardentemente todo dia, não por heroísmo, mas pelo rigor das penas que provo". Dia após dia, a partida é adiada. Em 14 de junho de 1837, desde a manhã, tudo está pronto para a viagem; um ataque de asma como tantos outros a retarda; mais uma vez o médico é chamado; quando chega, conversa um pouco com o doente; logo depois, insiste com Ranieri para que mande trazer um padre, mas antes que este chegue (às cinco da tarde, quinze dias antes de completar 39 anos de vida), morre Giacomo Leopardi.

A árdua poesia dos *canti*

Os 41 *canti* de Giacomo Leopardi não compõem um livro simples nem fácil, e isto decorre da intenção do poeta, não de falhas suas, ou de seus leitores modernos. Por outro lado, sob a veste, estranha muitas vezes, aquilo que é intrínseco aos *Cantos* (seu pessimismo profundo e sábio, a dor que é como espora) fala de perto ao nosso tempo e recompensa a leitura, um pouco árdua. A poesia do século XX consagrou procedimentos e atitudes, no plano formal, que diferem radicalmente da opinião leopardiana sobre o fazer poético, o que não impede, no entanto, que remontem a Leopardi alguns conceitos fundamentais da poesia de invenção, como iluminou o sempre instigante Haroldo de Campos em seu ensaio "Leopardi, teórico da vanguarda", incluído em *A arte no horizonte do provável* (Perspectiva, 1977). Mas o gosto moderno pelo concreto, pela faca só lâmina, o reinado absolutista da ordem direta dos termos, a condenação da estranheza no léxico, não se aplicam ao tempo de Leopardi, não à sua obra nem à quase totalidade da poesia que lhe foi contemporânea, e, por isso, Leopardi requer dos leitores modernos uma antiga astúcia.

Leopardi, no seu vasto *Zibaldone*, vezes incontáveis refletiu e opinou sobre questões de arte poética: é à luz destas reflexões que se pode entender como ele alcança a eficácia de linguagem que se propusera por meta; pelo menos em parte, é por ela que Leopardi é considerado um dos maiores poetas de todos os tempos. Para Leopardi, "não só a elegância, mas a nobreza, a grandeza, todas as qualidades da linguagem poética, antes, a própria linguagem poética, consiste, se bem se a observa, em um modo de falar indefinido, ou não bem definido, ou sempre menos definido do que o falar prosaico ou vulgar. Este é o efeito de afastar-se do vulgo, e este é também o meio e o modo de fazê-lo". Leopardi sempre afirmou a *impoeticità* dos tempos modernos, e, condizentemente, lutou sempre para contradizer sua própria afirmação. Identificava nas línguas modernas, se já possuidoras de uma tradição literária importante, a necessidade imperiosa da elegância que deriva "daquele ar de estranheza e daquele não sei quê de temperadamente inusitado e distante do costume ordinário": para ele, "perdido o sentido do extraordinário ou irregular, perde-se o do gracioso". Leopardi é um poeta quase esmagado pela sua solitária e agudíssima percepção da superioridade das literaturas grega e latina em relação às do seu (e, ele por certo diria, do nosso) tempo. Invariavelmente, coteja as realizações da era clássica com as da moderna e assinala as carências que encontra: "a literatura italiana está bem longe ainda da perfeição da grega e da latina; a filosofia e a eloquência ainda nem foram iniciadas". E embora pudesse estar se referindo a lacunas quanto a gêneros literários, se pensamos nelas como qualidades desejadas numa peça de literatura, logo constatamos o quanto a poesia leopardiana as supre. Leopardi afirmou que "sem o antigo não pode existir linguagem poética"; em outra passagem destinou a esta o papel de "guardiã da antiguidade, seja nos vocábulos, seja nas frases, seja nas formas", mas não se deve concluir apressadamente daí que a poesia dos *Canti* tende servilmente ao arcaico: o que, por certo, ele buscou foi transformar a língua italiana moderna num instrumento do sentir e do pensar tão poderoso quanto o foram a grega e a latina. E para isto estabeleceu paradigmas, e conscientemente assumiu riscos: "qualquer estilo moderno que tenha propriedade, força, simplicidade, nobreza, tem sempre sabor de antigo, e não parece moderno, e talvez por isso mesmo se corrija e vulgarmente não agrade". Para alcançar o que buscava, admitia inclusive "ofensas à gramática" e desprezava a clareza superficial, dizendo: "O efeito da clareza não é propriamente produzir no leitor uma ideia clara de uma coisa em si mesma, mas uma ideia clara do estado preciso de nossa mente". E no que poderia ser uma curta definição de sua incomparável poesia, escreveu: "A beleza do estilo rápido e conciso deriva também do fato de manter a alma em contínuo movimento e ação com o transportá-la de uma imagem a uma ideia, de uma coisa a outra, fazendo-a assim provar aquela sensação de vigor que agrada à alma porque a esta agrada a vida e, portanto, também, uma certa, não excessiva, dificuldade que a obriga a agir vivamente". Para alcançar este movimento e ação, Leopardi elide, alude, contorce e oculta, impondo um esforço mental que poetas posteriores a ele, durante um certo tempo, condenaram, para serem ultimamente sucedidos por poetas confrontados com uma matéria crescentemente complexa que só pode ser enfrentada com uma linguagem também árdua.

Leopardi não é um poeta de efeitos pirotécnicos, embora sua habilidade no manejo da língua seja universalmente reconhecida. Nas palavras de Dante Milano: "Leopardi foi um poeta sozinho diante de si mesmo. [...] A poesia de Leopardi, por seu caráter austero, seu ritmo pausado, sua textura complexa, exige a leitura lenta e meditada; é um desafio à facilidade. Ler Leopardi não será jamais uma distração, mas um profundo estudo, uma absorvente emoção". E toca no ponto central da poesia leopardiana, naquilo que a distingue de quase toda a que a antecedeu ou lhe foi contemporânea, na singular característica que se deve ter em mente para bem julgá-la: "Leopardi não cultiva o Belo. Não cultiva um *belo estilo*, não escreve *belos versos* (mas árduos e significativos), não cria *belas frases*, nem *belos pensamentos*. Os versos de Leopardi não nos levam a exclamar: 'que beleza!', porque neles não há beleza, mas uma significação maior, uma impressão do mistério onipresente".[29]

O efeito dos poemas de Leopardi, de sua linguagem inigualável, é o de, percorrendo todos os lugares-comuns da poesia, dar-nos a sensação de que os encontramos pela primeira vez, tão trajados de magia estão. Os *Cantos* podem ser lidos como um longo poema, como o único poema: sendo muitos, é sempre o mesmo reescrito, decantando-se do turvo ao claro, da confusão do dia à circunfusão da noite, do tudo da vida ao nada da morte: o poema da tragédia humana.

Esta tradução

Leopardi é poeta-tradutor, como Chaucer, Pound e, entre nós, os concretistas. Incompreensivelmente, no entanto, em várias línguas se pode perceber a tradição de traduções literais, em prosa, ou, menos comumente, livremente metrificadas. O ímpeto de traduzi-lo jamais arrefeceu e se renova de geração a geração. Das traduções mais conhecidas dos *Canti*, somente a de Geoffrey Bickersteth, para o inglês, buscou preservar a estrutura formal dos poemas. Poetas modernos importantes, como, na língua inglesa, Edwin Morgan e Robert Lowell, trabalharam suas traduções de uns poucos poemas dos *Cantos* com grande liberdade e obtiveram resultados de mérito. Pound traduziu um único *canto*, o XXXI, exemplarmente como sempre.

Esta tradução reproduz os metros (mas nem sempre o andamento) e os esquemas estróficos (rimas consoantes inclusive); mantém-se próxima da sintaxe leopardiana, até porque a sua é uma poesia de logopeia, tentando a transcriação de sua dureza pensada. O habilíssimo manejo das vogais e das rimas toantes são as perdas mais lamentáveis. Deliberadamente a ditongação imperiosa e o uso de termos fora do léxico comum (nesta última prática Leopardi não foi tão constante quanto na primeira) foram levemente moderados.

---

[29] As citações neste parágrafo são de Dante Milano em seu admirável ensaio, "Leopardi", em *Poesia e prosa* (Rio de Janeiro, Civilização Brasileira/UERJ, 1979, pp. 317-27). Itálicos do original.

Das muitas edições comentadas dos *Canti*, a de Giuseppe e Domenico De Robertis (Milão, Mondadori, 1978) serviu de base para a tradução. Para as outras obras de Leopardi, a integral de Walter Binni, *Tutte le Opere* (Florença, Sansoni, 3ª ed., 1983). As notas reduzem-se ao absolutamente indispensável, muito embora a tradição da crítica italiana seja a de comentar quase cada vocábulo, transformando as 45 páginas (em dupla coluna) que a obra pura ocupa, na edição de Binni, nas mais de 500 da edição dos De Robertis.

As muitas traduções em que Leopardi adestrou-se para sua poesia original jamais são servis ao inessencial (como o definiu Walter Benjamin), mas tampouco buscam a radicalidade de Augusto de Campos: inventor e mestre, suas canções dão a impressão de terem sido traduzidas, oito séculos atrás, para o provençal. Por Arnaut Daniel. Tentei ser fiel à postura leopardiana nesta tradução para uma língua que, no *Zibaldone*, ele imperiosamente rotula um "*dialetto considerabilissimo della spagnuola*".

Desde a primeira edição desta tradução dos *Cantos* se tornou possível aos leitores e leitoras de língua portuguesa expandirem seu conhecimento da obra de Leopardi com a publicação de *Poesia e prosa [de Giacomo Leopardi]* (Marco Lucchesi [org.], Rio de Janeiro, Nova Aguilar, 1996). Este volume não só contém uma tradução integral dos *Canti* (compilada a partir do trabalho de seis diferentes tradutores, inclusive o meu), mas oferece ainda traduções das *Operette morali*, dos *Pensieri*, seletas do *Zibaldone* e do *Epistolario*, além de outros textos em prosa. São também muito valiosas a introdução, as notas, a iconografia, a fortuna crítica, e a bibliografia.

As outras traduções integrais dos *Cantos* para o português, por Mariajosé de Carvalho (São Paulo, Max Limonad, 1986) e por Albano Dias Martins (Lisboa, Vega, 1986; Porto, Asa, 2005), são de grande interesse também.

Agradecimentos

Agradeço a Carlos Torres Moura por ter impedido que muitas imperfeições permanecessem; a Fábio d'Abreu e Sousa, José Augusto Pinto Ferreira e Carlo Buratta devo muito e o registro aqui. A Augusto de

Campos, agradeço o inalcançável paradigma de audácia e maestria, e a generosidade com que tentou dar brilho ao barro.

Esta reedição não existiria sem a generosidade ímpar de Paulo Henriques Britto, *prime mover*, e teria sido menos clara ou pura sem a argúcia das sugestões de Fabrício Corsaletti e Alberto Martins.

O muito que restou de fosco e fraco é culpa integralmente minha. O que de bom e meu houver, dedico *ai miei compagni* da Interior Edições: Dilma Sahione Mota (*in memoriam*), Marilene Barino Moura, Regina Cardoso Fernandes, Antônio Jaime Soares, Carlos Torres Moura e Clinton Mota (*in memoriam*).

Além Paraíba, setembro de 1985/Buxton, agosto de 2021

CANTI

CANTOS

I.
ALL'ITALIA

O patria mia, vedo le mura e gli archi
E le colonne e i simulacri e l'erme
Torri degli avi nostri,
Ma la gloria non vedo,
Non vedo il lauro e il ferro ond'eran carchi 5
I nostri padri antichi. Or fatta inerme,
Nuda la fronte e nudo il petto mostri.
Oimè quante ferite,
Che lividor, che sangue! oh qual ti veggio,
Formosissima donna! Io chiedo al cielo 10
E al mondo: dite dite;
Chi la ridusse a tale? E questo è peggio,
Che di catene ha carche ambe le braccia;
Sì che sparte le chiome e senza velo
Siede in terra negletta e sconsolata, 15
Nascondendo la faccia
Tra le ginocchia, e piange.
Piangi, che ben hai donde, Italia mia,
Le genti a vincer nata
E nella fausta sorte e nella ria. 20

I.
À ITÁLIA

Ó pátria minha, vejo os arcos, muros,
Colunas, simulacros, desertada
Torre dos ancestrais,[1]
Mas a glória não vejo,
Não vejo mais o louro e o ferro puros
Que os nossos pais cobriam. Desarmada,
Nua tua fronte e nu teu peito traz
Feridas que nem sei.
Que palidez, que sangue ao teu redor,
Formosíssima dama! Imploro ao céu
E ao meu mundo: oh dizei,
Quem foi que a isto a reduziu? Pior,
Tem correntes cobrindo cada braço;
Cabelos desgrenhados e sem véu,[2]
Jaz no solo sozinha e esquecida.
Esconde em seu regaço
O rosto triste, e chora.
Chora, que tens motivo, Itália minha,
Para vencer nascida
Quer seja fausta a sorte, quer daninha.[3]

---

[1] Os romanos antigos.

[2] Como as escravas. Na época de Leopardi, a Itália era um mosaico de regiões independentes onde o poder dominante era a Áustria. Tinha vivido sob o domínio de Napoleão de meados da década final do século XVIII até a derrota final do conquistador em 1815, quando a Áustria, principalmente, voltou a subjugá-la.

[3] Há uma dupla interpretação: a maioria dos comentadores prefere entender que

Se fosser gli occhi tuoi due fonti vive,
Mai non potrebbe il pianto
Adeguarsi al tuo danno ed allo scorno;
Che fosti donna, or sei povera ancella.
Chi di te parla o scrive, 25
Che, rimembrando il tuo passato vanto,
Non dica: già fu grande, or non è quella?
Perché, perché? dov'è la forza antica,
Dove l'armi e il valore e la costanza?
Chi ti discinse il brando? 30
Chi ti tradì? qual arte o qual fatica
O qual tanta possanza
Valse a spogliarti il manto e l'auree bende?
Come cadesti o quando
Da tanta altezza in così basso loco? 35
Nessun pugna per te? non ti difende
Nessun de' tuoi? L'armi, qua l'armi: io solo
Combatterò, procomberò sol io.
Dammi, o ciel, che sia foco
Agl'italici petti il sangue mio. 40

Dove sono i tuoi figli? Odo suon d'armi
E di carri e di voci e di timballi:
In estranie contrade
Pugnano i tuoi figliuoli.
Attendi, Italia, attendi. Io veggio, o parmi, 45
Un fluttuar di fanti e di cavalli,
E fumo e polve, e luccicar di spade
Come tra nebbia lampi.
Né ti conforti? e i tremebondi lumi
Piegar non soffri al dubitoso evento? 50

Se os olhos fossem fontes a verter,
Teu pranto inda seria
Bem pouco a tanta dor e a tal vergonha;
Pois que foste senhora, hoje és escrava.
Ao falar e escrever,
Quem lembra tua velha primazia
Sem dizer: foi tão grande e teme a clava?
Por quê, por quê? Aonde a força antiga?
Onde as armas, virtudes, a constância?
Tua espada roubando,
Quem te traiu? Que argúcia ou qual intriga
Ou que tanta ganância
Despoja-te do manto e a auréola[4] vende?
Como caíste ou quando
De tanta alteza à podridão da lama?
Ninguém luta por ti? Não te defende
Nenhum dos teus? As armas! Armas! Só
Combaterei, sucumbirei só eu.
Dá-me, ó céu, seja chama
Nos corações da Itália o sangue meu.

Onde estão os teus filhos? Ouço imenso
Grito, carros, tambores, som de estalos:
Em estranhas estradas
Combatem teus meninos.[5]
Atenta, Itália, atenta. Vejo, ou penso,
Um flutuar de infantes e cavalos,
E fumo e pó, e cintilar de espadas
Como entre névoa raio.
Não te animas? Tremendo, os olhos teus
Temes voltar na dúvida do instante?

---

a Itália se destina a ser a mais feliz ou a mais triste; outros preferem ler que a Itália, se não é mais a vencedora na força, ainda o era nas artes e no engenho.

[4] Símbolos da realeza.

[5] Quando Napoleão invadiu a Rússia em 1812, milhares de soldados italianos foram recrutados para tomar parte na campanha.

A che pugna in quei campi
L'itala gioventude? O numi, o numi:
Pugnan per altra terra itali acciari.
Oh misero colui che in guerra è spento,
Non per li patrii lidi e per la pia 55
Consorte e i figli cari,
Ma da nemici altrui
Per altra gente, e non può dir morendo:
Alma terra natia,
La vita che mi desti ecco ti rendo. 60

Oh venturose e care e benedette
L'antiche età, che a morte
Per la patria correan le genti a squadre;
E voi sempre onorate e gloriose,
O tessaliche strette, 65
Dove la Persia e il fato assai men forte
Fu di poch'alme franche e generose!
Io credo che le piante e i sassi e l'onda
E le montagne vostre al passeggere
Con indistinta voce 70
Narrin siccome tutta quella sponda
Coprìr le invitte schiere
De' corpi ch'alla Grecia eran devoti.
Allor, vile e feroce,
Serse per l'Ellesponto si fuggia, 75
Fatto ludibrio agli ultimi nepoti;
E sul colle d'Antela, ove morendo
Si sottrasse da morte il santo stuolo,

Para quê luta e cai o
Itálico menino? Ó deus, ó deus:
Luta por outra terra[6] o nosso brilho.
Oh mísero o que morre só, distante,
Não pelo pátrio solo e pela pia
Esposa e pelo filho;
Contra inimigo alheio
Por outra raça, e sem dizer, morrendo:
"Terra que me nutria,
A vida que me deste, aqui te rendo".

Oh venturosos, caros, oh eleitos
Tempos de então: à morte
Pela pátria corria um povo inteiro;
E vós sempre louvados, gloriosos
Tessálicos estreitos,[7]
Onde a Pérsia e o destino menos forte
Foi que uns poucos, mas livres, generosos!
Eu creio que as pedras, plantas, mar
E montes vossos falam aos que vão;
Com indistinta voz
Descrevem como viram o chão turvar
Da invicta legião
Os corpos à mãe Grécia consagrada.
Enquanto, vil, feroz,
Xerxes pelo Helesponto se fugia,
Tornando sua estirpe desgraçada;
Na colina de Antela,[8] onde morrendo,
Da morte a tropa santa fez nascença,

---

[6] A França.

[7] O poema faz referência ao famoso episódio das Termópilas, o desfiladeiro da Tessália onde, em 480 a.C., o exército persa de Xerxes ficou retido por Leônidas, à frente de trezentos soldados de sua Esparta e cerca de setecentos de outras cidades. Após resistirem por vários dias, foram todos mortos.

[8] Um povoado perto do desfiladeiro.

Simonide salia,
Guardando l'etra e la marina e il suolo. 80

E di lacrime sparso ambe le guance,
E il petto ansante, e vacillante il piede,
Toglieasi in man la lira:
Beatissimi voi,
Ch'offriste il petto alle nemiche lance 85
Per amor di costei ch'al Sol vi diede;
Voi che la Grecia cole, e il mondo ammira.
Nell'armi e ne' perigli
Qual tanto amor le giovanette menti,
Qual nell'acerbo fato amor vi trasse? 90
Come sì lieta, o figli,
L'ora estrema vi parve, onde ridenti
Correste al passo lacrimoso e duro?
Parea ch'a danza e non a morte andasse
Ciascun de' vostri, o a splendido convito: 95
Ma v'attendea lo scuro
Tartaro, e l'onda morta;
Né le spose vi foro o i figli accanto
Quando su l'aspro lito
Senza baci moriste e senza pianto. 100

Ma non senza de' Persi orrida pena
Ed immortale angoscia.
Come lion di tori entro una mandra
Or salta a quello in tergo e sì gli scava
Con le zanne la schiena, 105
Or questo fianco addenta or quella coscia

Simônides[9] surgia,
Mirando o céu, o mar e a terra imensa.

E com a face de lágrima orvalhada,
E o peito arfante, adiante o pé tremia,
Na mão tomava a lira:
"Oh, benditos sois vós,
Que o peito destes à inimiga espada
Por amar quem vos deu ao Sol um dia;
Vós que a Grécia cultua, e o mundo admira.
Que tanto amor aos trilhos
Das armas e perigos vossas mentes,
Que amor à morte imberbe vos lançou?
Como tão leve, ó filhos,
O fim vos pareceu, que sorridentes
Corriam ao passo lacrimoso e duro?[10]
Ia como a um festim, quando buscou
A morte cada um com mais paixão:
Mas só havia o escuro
Tártaro, a água morta;[11]
Nem esposas, nem filhos, nem um manto
Quando sobre este chão
Sem um beijo morrestes e sem pranto.

"Mas não sem ter dos Persas a daninha
Pena e angústia eterna.
Qual leão entre touros em manada
Que ora de um ao dorso salta e escava
Com a presa em fúria a espinha,
Ora este flanco morde e àquele a perna,

---

[9] Simônides de Ceos (556-468 a.C.) celebrou este mesmo episódio num poema do qual apenas um fragmento nos resta. Foi famoso por este e outros epitáfios. Daqui até o fim, o canto é um solilóquio de Simônides.

[10] A morte como um passo, um desfiladeiro, um portal, é expressão que tem origem em Petrarca.

[11] O Tártaro, aqui, é, genericamente, o mundo subterrâneo dos mortos. A "água morta" refere-se ao Estige, o rio de águas corrosivas que o percorria.

Tal fra le Perse torme infuriava
L'ira de' greci petti e la virtute.
Ve' cavalli supini e cavalieri;
Vedi intralciare ai vinti 110
La fuga i carri e le tende cadute
E correr fra' primieri
Pallido e scapigliato esso tiranno;
Ve' come infusi e tinti
Del barbarico sangue i greci eroi, 115
Cagione ai Persi d'infinito affanno,
A poco a poco vinti dalle piaghe,
L'un sopra l'altro cade. Oh viva, oh viva:
Beatissimi voi
Mentre nel mondo si favelli o scriva. 120

Prima divelte, in mar precipitando,
Spente nell'imo strideran le stelle,
Che la memoria e il vostro
Amor trascorra o scemi.
La vostra tomba è un'ara; e qua mostrando 125
Verran le madri ai parvoli le belle
Orme del vostro sangue. Ecco io mi prostro,
O benedetti, al suolo,
E bacio questi sassi e queste zolle,
Che fien lodate e chiare eternamente 130
Dall'uno all'altro polo.
Deh foss'io pur con voi qui sotto, e molle
Fosse del sangue mio quest'alma terra.
Che se il fato è diverso, e non consente
Ch'io per la Grecia i moribondi lumi 135
Chiuda prostrato in guerra,
Così la vereconda
Fama del vostro vate appo i futuri
Possa, volendo i numi,
Tanto durar quanto la vostra duri. 140

Tal entre a turba persa então grassava
A ira e a força grega enfurecidas.
Cavalos esmagando cavaleiros;
Olha, são labirintos
À fuga os carros, tendas esquecidas;
Correndo entre os primeiros,
Pálido e desgrenhado eis o tirano;
Vê quão imersos, tintos
Em sangue bárbaro, da Grécia heróis,
Para os Persas razão de afã insano,
E pouco a pouco, à força das feridas,
Um sobre o outro cai. Oh viva, oh viva:
Oh, benditos sois vós
Enquanto letra ou língua sobreviva.

"Arrancados, cairão no mar em bando,
Num cicio extinguindo-se mil astros,
Antes que o vosso amor
Definhe ou seque em nós.
Vossa tumba é uma ara; e aqui mostrando
Acorrerão as mães ao filho os rastros
Do vosso sangue. Prostro-me em louvor,
Ó benditos, ao solo,
A beijar estas pedras e estes pós,
Que terão loa e fama eternamente
De um ao outro polo.
Se eu pudesse estar aqui bem junto a vós,
Do meu sangue estar úmida a mãe terra.
Mas se é outro o destino, e não consente
Que eu pela Grécia os olhos já morrendo
Feche prostrado em guerra,
Ainda que modesta,
Deste vosso poeta a fama possa,
Os céus o concedendo,
Tanto durar quanto já dura a vossa".

II.
SOPRA IL MONUMENTO DI DANTE CHE SI PREPARAVA IN FIRENZE

Perché le nostre genti
Pace sotto le bianche ali raccolga,
Non fien da' lacci sciolte
Dell'antico sopor l'itale menti
S'ai patrii esempi della prisca etade 5
Questa terra fatal non si rivolga.
O Italia, a cor ti stia
Far ai passati onor; che d'altrettali
Oggi vedove son le tue contrade,
Né v'è chi d'onorar ti si convegna. 10
Volgiti indietro, e guarda, o patria mia,
Quella schiera infinita d'immortali,
E piangi e di te stessa ti disdegna;
Che senza sdegno omai la doglia è stolta:
Volgiti e ti vergogna e ti riscuoti, 15
E ti punga una volta
Pensier degli avi nostri e de' nepoti.

D'aria e d'ingegno e di parlar diverso
Per lo toscano suol cercando gia

II.
SOBRE O MONUMENTO A DANTE[12] QUE SE PREPARAVA EM FLORENÇA

Embora nossas gentes
Sob asa branca a paz[13] venha abrigar,
Jamais vão se ver livres
Deste antigo sopor da Itália as mentes
Se ao exemplo das eras soterradas
Esta terra fadada não voltar.
Itália, lembra e aninha
Em ti os que se foram; pois de iguais
Agora são viúvas as moradas,
Nem hoje há alma de honrarias digna.
Volta-te, e vê lá atrás, ó pátria minha,
A legião infinita de imortais,
Chora e contigo mesma então te indigna;
É tola toda dor senão assim:
Volta-te e te envergonha e te desperte
A lembrança, por fim,
Dos pais e filhos teus, Itália inerte.

De ar, pensar e de falar diverso,
Pelo toscano chão buscando ia

---

[12] Refere-se ao cenotáfio na Basílica de Santa Croce esculpido por Stefano Ricci e inaugurado em 1830. O poema foi motivado pela publicação, em julho de 1818, do manifesto para a coleta de fundos. Entre os que o assinavam estava Gino Capponi (cf. Canto XXXII).

[13] A paz alcançada pelo Congresso de Viena, que, na Itália, devolveu os vários reinos e ducados em que se dividia a península aos seus detentores destronados por Napoleão, resultando num retorno à dominação austríaca.

L'ospite desioso 20
Dove giaccia colui per lo cui verso
Il meonio cantor non è più solo.
Ed, oh vergogna! udia
Che non che il cener freddo e l'ossa nude
Giaccian esuli ancora 25
Dopo il funereo dì sott'altro suolo,
Ma non sorgea dentro a tue mura un sasso,
Firenze, a quello per la cui virtude
Tutto il mondo t'onora.
Oh voi pietosi, onde sì tristo e basso 30
Obbrobrio laverà nostro paese!
Bell'opra hai tolta e di ch'amor ti rende,
Schiera prode e cortese,
Qualunque petto amor d'Italia accende.

Amor d'Italia, o cari, 35
Amor di questa misera vi sproni,
Ver cui pietade è morta
In ogni petto omai, perciò che amari
Giorni dopo il seren dato n'ha il cielo.
Spirti v'aggiunga e vostra opra coroni 40
Misericordia, o figli,
E duolo e sdegno di cotanto affanno
Onde bagna costei le guance e il velo.
Ma voi di quale ornar parola o canto
Si debbe, a cui non pur cure o consigli, 45
Ma dell'ingegno e della man daranno
I sensi e le virtudi eterno vanto
Oprate e mostre nella dolce impresa?
Quali a voi note invio, sì che nel core,

O estrangeiro ansioso
Onde repousa aquele[14] cujo verso
Encerrou do meônio[15] a solidão.
E, oh vergonha! ouvia
Que não apenas o seu corpo em rude
Exílio jaz ainda
Depois de ter morrido em outro chão,[16]
Mas que em ti nem um seixo se levanta,
Florença, ao filho teu cuja virtude
Te cobre de honra infinda.
Oh vós piedosos,[17] pelos quais de tanta
Desonra enfim se livra este país!
Por esta bela obra amor vos rende,
Ó nobres e gentis,
Qualquer peito que o amor à Itália acende.

Amor à Itália, caros,
Amor a esta mísera vos mova,
Por quem a piedade
É morta em cada peito, pois que amaros
Dias depois da paz nos deu o céu.
Coroe vossa obra e vos comova
Misericórdia, ó filhos,
Vergonha e dor e raiva da aflição
Que a faz banhar assim o rosto e o véu.
Mas que palavra ou som vos[18] pode ornar,
Aos quais não só os cuidados e os auxílios,
Mas deste gênio e do cinzel trarão
O ímpeto e a perícia amor sem par
Tão bem provados nesta doce empresa?
Que versos vos envio com o poder

---

[14] Dante (1265-1321).

[15] Homero, que segundo alguns, nascera na Meônia.

[16] Dante morreu exilado em Ravena.

[17] Dirige-se aos signatários do manifesto.

[18] Dirige-se agora aos que trabalham na feitura do monumento.

Sì che nell'alma accesa 50
Nova favilla indurre abbian valore?

Voi spirerà l'altissimo subbietto,
Ed acri punte premeravvi al seno.
Chi dirà l'onda e il turbo
Del furor vostro e dell'immenso affetto? 55
Chi pingerà l'attonito sembiante?
Chi degli occhi il baleno?
Qual può voce mortal celeste cosa
Agguagliar figurando?
Lunge sia, lunge alma profana. Oh quante 60
Lacrime al nobil sasso Italia serba!
Come cadrà? come dal tempo rosa
Fia vostra gloria o quando?
Voi, di ch'il nostro mal si disacerba,
Sempre vivete, o care arti divine, 65
Conforto a nostra sventurata gente,
Fra l'itale ruine
Gl'itali pregi a celebrare intente.

Ecco voglioso anch'io
Ad onorar nostra dolente madre 70
Porto quel che mi lice,
E mesco all'opra vostra il canto mio,
Sedendo u' vostro ferro i marmi avviva.
O dell'etrusco metro inclito padre,
Se di cosa terrena, 75
Se di costei che tanto alto locasti
Qualche novella ai vostri lidi arriva,
Io so ben che per te gioia non senti,
Che saldi men che cera e men ch'arena,
Verso la fama che di te lasciasti, 80

De em vossa alma acesa
Uma centelha nova enfurecer?

Virá do nobre tema a inspiração,
Punhal no peito, agudo a vos ferir.
Quem diz da vaga e fúria
Da vossa arte e o imenso da emoção?
Quem pintará o prazer que o rosto encanta?
Quem do olhar o luzir?
O que do céu palavra humana pode
Igualar imitando?
Longe, bem longe, alma profana. Oh quanta
Lágrima à pedra nobre a Itália abriga!
Como cairá? Como é que o tempo erode
Uma tal glória ou quando?
Vós, por quem nossa angústia se mitiga,
Sois eternas, ó artes, e divinas,
Consolo dessa gente nos seus ais,
Pela Itália em ruínas
Da Itália a glória altíssimo clamais.

Ansioso aqui estou eu
Que honrar nossa mãe triste também busco
Trazendo o que me é dado,
E junto à obra vossa o canto meu,
Sentando-me onde o ferro a pedra aviva.[19]
Ínclito pai do nobre verso etrusco,[20]
Se das coisas do mundo,
Se dela que tão alto colocaste
Em tua praia[21] chega narrativa,
Eu bem sei que por ti prazer não sentes,
Menos duros que a cera e o pó, no fundo,
Perto da fama que de ti deixaste,

---

[19] Leopardi imagina estar presente ao trabalho dos escultores.

[20] Novamente dirige-se a Dante.

[21] O reino dos mortos.

Son bronzi e marmi; e dalle nostre menti
Se mai cadesti ancor, s'unqua cadrai,
Cresca, se crescer può, nostra sciaura,
E in sempiterni guai
Pianga tua stirpe a tutto il mondo oscura. 85

Ma non per te; per questa ti rallegri
Povera patria tua, s'unqua l'esempio
Degli avi e de' parenti
Ponga ne' figli sonnacchiosi ed egri
Tanto valor che un tratto alzino il viso. 90
Ahi, da che lungo scempio
Vedi afflitta costei, che sì meschina
Te salutava allora
Che di novo salisti al paradiso!
Oggi ridotta sì che a quel che vedi, 95
Fu fortunata allor donna e reina.
Tal miseria l'accora
Qual tu forse mirando a te non credi.
Taccio gli altri nemici e l'altre doglie;
Ma non la più recente e la più fera, 100
Per cui presso alle soglie
Vide la patria tua l'ultima sera.

Beato te che il fato
A viver non dannò fra tanto orrore;
Che non vedesti in braccio 105
L'itala moglie a barbaro soldato;
Non predar, non guastar cittadi e colti
L'asta inimica e il peregrin furore;
Non degl'itali ingegni
Tratte l'opre divine a miseranda 110

São bronze e mármores; e em nossas mentes
Se definhaste um dia, ou definhares,
Cresça, se ainda pode, a amargura,
E, em luto eterno os lares,
Chore tua raça a todo o mundo obscura.

Mas não por ti; por esta pobre terra
Te alegra, se o exemplo dos seus pais
E ancestrais aos seus filhos
Fracos e entorpecidos mover guerra
Que os faça erguer o rosto hoje indeciso.
Ai, em tormenta e mais
Aflita vês quem já então mesquinha[22]
Te saudava no instante
Em que ias de volta ao paraíso.[23]
Hoje é tão decaída que a que vias
Parece-nos ter sido uma rainha.
É dor tão lancinante
Que mesmo que a sentisses não crerias.
Calo de outro inimigo e de outro mal;
Mas não do mais recente e mais açoite,[24]
Por ele já no umbral
Tua pátria vê a sua extrema noite.

És bem-aventurado:
Te poupou o destino um tanto horror;
Pois não viste mulheres
Nos braços do mais bárbaro soldado;
Não roubar, devastar vila e colheita
Lança inimiga e a fúria do invasor;
Não do ítalo engenho
Divinas obras como escravas para

[22] Dante, já então, lamentava a infelicidade da Itália.

[23] Contraposta à primeira jornada de Dante, na *Divina comédia*, ao paraíso.

[24] A dominação francesa.

Schiavitude oltre l'alpe, e non de' folti
Carri impedita la dolente via;
Non gli aspri cenni ed i superbi regni;
Non udisti gli oltraggi e la nefanda
Voce di libertà che ne schernia 115
Tra il suon delle catene e de' flagelli.
Chi non si duol? che non soffrimmo? intatto
Che lasciaron quei felli?
Qual tempio, quale altare o qual misfatto?

Perché venimmo a sì perversi tempi? 120
Perché il nascer ne desti o perché prima
Non ne desti il morire,
Acerbo fato? onde a stranieri ed empi
Nostra patria vedendo ancella e schiava,
E da mordace lima 125
Roder la sua virtù, di null'aita
E di nullo conforto
Lo spietato dolor che la stracciava
Ammollir ne fu dato in parte alcuna.
Ahi non il sangue nostro e non la vita 130
Avesti, o cara; e morto
Io non son per la tua cruda fortuna.
Qui l'ira al cor, qui la pietade abbonda:
Pugnò, cadde gran parte anche di noi:
Ma per la moribonda 135
Italia no; per li tiranni suoi.

Padre, se non ti sdegni,
Mutato sei da quel che fosti in terra.
Morian per le rutene

Além dos Alpes vil levar;[25] estreita
Com os carros gordos a dolente estrada;
Não a violência e de soberba o cenho;
Não ouviste os ultrajes e ignara
A voz da liberdade maculada
Pelo som de corrente e de chibata.[26]
Quem não sofre? Que dor nos falta então?
Que coisa resta intata?
Qual templo, qual altar, qual podridão?

Por que nos são os tempos tão cruéis?
Por que o nascer nos deste ou mais atrás
Não nos deste o morrer,
Destino amargo? Vendo de infiéis
E estranhos nossa pátria serva e escrava,
E uma lima mordaz
Roendo a sua força, uma saída,
Um mínimo conforto
À dor malvada que a dilacerava
Jamais lhe permitiste desfrutar.
Ai, não o sangue nosso e não a vida
Tiveste, ó cara; e morto
Por teu destino cru não pude estar.
Mais ira e dor meu peito não comporta:
Lutou, caiu a parte mor dos teus:
Mas pela quase morta
Itália não; pelos tiranos seus.

Pai,[27] se tu não te indignas,
Não és mais como foste cá na terra.
Morriam na deserta

---

[25] Durante a ocupação napoleônica, muitas obras de arte foram levadas para a França.

[26] Sob o pretexto de libertá-la, Napoleão conquistara a Itália e impusera-lhe um domínio opressor.

[27] Dante novamente.

Squallide piagge, ahi d'altra morte degni, 140
Gl'itali prodi; e lor fea l'aere e il cielo
E gli uomini e le belve immensa guerra.
Cadeano a squadre a squadre
Semivestiti, maceri e cruenti,
Ed era letto agli egri corpi il gelo. 145
Allor, quando traean l'ultime pene,
Membrando questa desiata madre,
Diceano: oh non le nubi e non i venti,
Ma ne spegnesse il ferro, e per tuo bene,
O patria nostra. Ecco da te rimoti, 150
Quando più bella a noi l'età sorride,
A tutto il mondo ignoti,
Moriam per quella gente che t'uccide.

Di lor querela il boreal deserto
E conscie fur le sibilanti selve. 155
Così vennero al passo,
E i negletti cadaveri all'aperto
Su per quello di neve orrido mare
Dilaceràr le belve
E sarà il nome degli egregi e forti 160
Pari mai sempre ed uno
Con quel de' tardi e vili. Anime care,
Bench'infinita sia vostra sciagura,
Datevi pace; e questo vi conforti
Che conforto nessuno 165
Avrete in questa o nell'età futura.
In seno al vostro smisurato affanno
Posate, o di costei veraci figli,
Al cui supremo danno
Il vostro solo è tal che s'assomigli. 170

Estepe russa,[28] de outra morte dignas,
Legiões itálicas; e o céu e o ar
E homens e bestas lhes moviam guerra.
Cai brigada a brigada;
Semivestidos, magros e sangrentos;
Corpos desfeitos sobre o gelo em mar.
E, quando a dor final já os consome,
Relembrando esta mãe tão desejada,
Dizem: "Oh não as nuvens, não os ventos,
Mas nos matasse o ferro, e em teu nome,
Ó pátria nossa. Longe assim de ti,
Quando a vida é mais bela e tão mais grata,
Um nada ao mundo, aqui
Morremos pela raça que te mata".

As selvas sibilantes e os desertos
Boreais escutaram seu lamento.
E depois o portal,[29]
E os corpos esquecidos, descobertos
Sob a voraz vergasta das geadas,
Das feras alimento:
Será o nome do que é bravo e forte
Igual p'ra sempre e um
Com o do covarde e vil. Almas amadas,
Embora seja eterna essa amargura,
Descansai; e que isto vos conforte:
Jamais conforto algum
Tereis em nossa era ou na futura.
No seio desta angústia mais que extrema
Repousai, verdadeiros filhos dela,
A cuja dor suprema
Somente a vossa iguala e é paralela.

---

[28] Leopardi retoma o tema da participação italiana no exército napoleônico da campanha russa.

[29] Da morte.

Di voi già non si lagna
La patria vostra, ma di chi vi spinse
A pugnar contra lei,
Sì ch'ella sempre amaramente piagna
E il suo col vostro lacrimar confonda. 175
Oh di costei ch'ogni altra gloria vinse
Pietà nascesse in core
A tal de' suoi ch'affaticata e lenta
Di sì buia vorago e sì profonda
La ritraesse! O glorioso spirto, 180
Dimmi: d'Italia tua morto è l'amore?
Di': quella fiamma che t'accese, è spenta?
Di': né più mai rinverdirà quel mirto
Ch'alleggiò per gran tempo il nostro male?
Nostre corone al suol fien tutte sparte? 185
Né sorgerà mai tale
Che ti rassembri in qualsivoglia parte?

In eterno perimmo? e il nostro scorno
Non ha verun confine?
Io mentre viva andrò sclamando intorno, 190
Volgiti agli avi tuoi, guasto legnaggio;
Mira queste ruine
E le carte e le tele e i marmi e i templi;
Pensa qual terra premi; e se destarti
Non può la luce di cotanti esempli, 195
Che stai? levati e parti.
Non si conviene a sì corrotta usanza
Questa d'animi eccelsi altrice e scola:
Se di codardi è stanza,
Meglio l'è rimaner vedova e sola. 200

Não por vós se deplora
A pátria, mas por quem vos obrigou
A lutar contra ela,
Por isso sempre e amargamente chora
E o seu com o vosso pranto assim mistura.
Se por ela que tudo superou
Nascesse dor, piedade
Em um dos seus, que deste labirinto
De voragem tão funda e tão escura
A arrancasse! Ó alma gloriosa,
Por tua Itália é morto o amor verdade?
Diz: o fogo em que ardeste, está extinto?
Não mais rebrotará a murta airosa[30]
Que abrandou tanto tempo o nosso mal?
Nossas coroas, pó as sujará?
Nunca mais quem igual
A ti, mesmo que pouco, surgirá?

Para sempre morremos? Não verei
De tal vergonha a sina?
Enquanto vivo, sempre clamarei;
Volta-te aos ancestrais, roída raça;
Olha quanta ruína
E escritos, telas, mármores e templos;
Pensa no chão que pisas; se acordar-te
Não pode a luz que vem destes exemplos,
Que esperas? Te ergue e parte.
Costume tão corrupto não convém
A esta mãe e mestra da alma nobre:
A ter covardes, bem
Melhor lhe é ficar viúva e pobre.

---

[30] De murta, ou de louro, se coroavam os poetas.

III.
AD ANGELO MAI
QUAND'EBBE TROVATO I LIBRI DI CICERONE "DELLA REPUBBLICA"

Italo ardito, a che giammai non posi
Di svegliar dalle tombe
I nostri padri? ed a parlar gli meni
A questo secol morto, al quale incombe
Tanta nebbia di tedio? E come or vieni 5
Sì forte a' nostri orecchi e sì frequente,
Voce antica de' nostri,
Muta sì lunga etade? e perché tanti
Risorgimenti? In un balen feconde
Venner le carte; alla stagion presente 10
I polverosi chiostri
Serbaro occulti i generosi e santi
Detti degli avi. E che valor t'infonde,
Italo egregio, il fato? O con l'umano
Valor forse contrasta il fato invano? 15

Certo senza de' numi alto consiglio
Non è ch'ove più lento
E grave è il nostro disperato obblio,
A percoter ne rieda ogni momento
Novo grido de' padri. Ancora è pio 20

III.
A ÂNGELO MAI,
QUANDO ENCONTROU OS LIVROS DE CÍCERO
"DA REPÚBLICA"

Ítalo audaz,[31] por que jamais te cansas
De despertar da escura
Tumba os pais? E os conduzes a falar
A este tempo morto, o qual impura
Névoa de tédio esmaga? E a soar
Tão forte, como agora vens frequente,
Voz antiga dos nossos,
Muda a tão longas eras? Por que tantas
Ressurreições? Relâmpago: e fecunda
Surge a palavra; ao século presente
Os claustros sob grossos
Pós ocultaram generosas, santas
Obras dos pais. Com que furor te inunda
O fado, egrégio ítalo? Ou com a mão
Humana talvez lute o fado em vão?

Por certo sem dos deuses a vontade
Não é que quando lento
E fundo é o abandono e mais penoso,
Venha nos espancar todo momento
Novo grito dos pais. Então piedoso

---

[31] O Cardeal Ângelo Mai (1782-1854) foi um antiquário, famoso descobridor e editor de textos da antiguidade clássica. Depois de ter sido encarregado da Biblioteca Ambrosiana de Milão, foi nomeado para o mesmo cargo na Vaticana, onde logo ao chegar, em 1819, descobriu, oculto por um palimpsesto do século X, os fragmentos da obra de Cícero de que fala Leopardi.

Dunque all'Italia il cielo; anco si cura
Di noi qualche immortale:
Ch'essendo questa o nessun'altra poi
L'ora da ripor mano alla virtude
Rugginosa dell'itala natura, 25
Veggiam che tanto e tale
È il clamor de' sepolti, e che gli eroi
Dimenticati il suol quasi dischiude,
A ricercar s'a questa età sì tarda
Anco ti giovi, o patria, esser codarda. 30

Di noi serbate, o gloriosi, ancora
Qualche speranza? in tutto
Non siam periti? A voi forse il futuro
Conoscer non si toglie. Io son distrutto
Né schermo alcuno ho dal dolor, che scuro 35
M'è l'avvenire, e tutto quanto io scerno
È tal che sogno e fola
Fa parer la speranza. Anime prodi,
Ai tetti vostri inonorata, immonda
Plebe successe; al vostro sangue è scherno 40
E d'opra e di parola
Ogni valor; di vostre eterne lodi
Né rossor più né invidia; ozio circonda
I monumenti vostri; e di viltade
Siam fatti esempio alla futura etade. 45

Bennato ingegno, or quando altrui non cale
De' nostri alti parenti,
A te ne caglia, a te cui fato aspira
Benigno sì che per tua man presenti
Paion que' giorni allor che dalla dira 50

Com a Itália é ainda o céu; e vela-
Nos algum imortal:
Pois sendo esta a hora ou nunca mais
De retomar o arrojo carcomido
Da natureza itálica, por ela
Vemos descomunal
O clamor dos sepultos; vemos quais
Heróis expulsa o chão compadecido,
A perguntar se agora, em tua tarde,[32]
Te agrada ainda, ó pátria, ser covarde.

Em nós ainda tendes esperança,
Gloriosos?[33] De todo
Não morremos? Talvez até o futuro
Não seja a vós vedado. Eu, neste lodo
Estou, da dor não tenho escudo, escuro
É o porvir, e o que miro me conduz
A ver sonho e ilusão
Toda a esperança. Ó almas valorosas,
Os vossos tetos uma infame, imunda
Turba tomou; ao vosso sangue a luz
De uma obra ou canção
É de escárnio; de glórias tão famosas
Inveja nem rubor; ócio circunda
Os monumentos; e de vida vã
Tornamo-nos exemplo ao amanhã.

Ó tu de berço nobre,[34] se a ninguém
Importam nossos pais,
Que a ti importem, pois amena a sorte
Sopra e por tua mão presentes faz
Os dias[35] em que erguiam-se da morte,

---

[32] Já tão longa sua história.

[33] Dirige-se aos autores redescobertos.

[34] Novamente se dirige a Mai.

[35] Da Renascença.

Obblivione antica ergean la chioma,
Con gli studi sepolti,
I vetusti divini, a cui natura
Parlò senza svelarsi, onde i riposi
Magnanimi allegràr d'Atene e Roma. 55
Oh tempi, oh tempi avvolti
In sonno eterno! Allora anco immatura
La ruina d'Italia, anco sdegnosi
Eravam d'ozio turpe, e l'aura a volo
Più faville rapia da questo suolo. 60

Eran calde le tue ceneri sante,
Non domito nemico
Della fortuna, al cui sdegno e dolore
Fu più l'averno che la terra amico.
L'averno: e qual non è parte migliore 65
Di questa nostra? E le tue dolci corde
Susurravano ancora
Dal tocco di tua destra, o sfortunato
Amante. Ahi dal dolor comincia e nasce
L'italo canto. E pur men grava e morde 70
Il mal che n'addolora
Del tedio che n'affoga. Oh te beato,
A cui fu vita il pianto! A noi le fasce
Cinse il fastidio; a noi presso la culla
Immoto siede, e su la tomba, il nulla. 75

Do antigo esquecimento que amargaram,
Com seu saber sepultos,
Os anciães, com quem a natureza
Falou sem revelar-se,[36] e que os honrosos
Ócios de Roma e Atenas alegraram.[37]
Tempos, tempos ocultos
Em sono eterno! Ainda[38] era surpresa
A ruína da Itália, desdenhosos
Da inércia ainda éramos, e o ar
Lambendo o chão fazia-o cintilar.

Estavam quentes tuas cinzas santas,
Não domado inimigo
Da fortuna,[39] de cuja ira e dor
O inferno mais que a terra foi amigo.
O inferno: e que lugar mais opressor
Do que este nosso? E o teu suave acorde
Ainda sussurrava
Do toque do teu dedo, ó torturado
Amante.[40] Ai, vem da dor, é sua posse, o
Cantar itálico. Porém nos morde
Menos o mal que escava
Do que o tédio que afoga. Afortunado,
Tua vida viu o pranto! À nossa o ócio
Se prende desde o parto, e é guardada
Do berço à tumba pelo imóvel nada.

---

[36] Primeiro ataque, nos *Cantos*, à razão que põe a nu a natureza e destrói o véu das ilusões, das fábulas e dos mitos.

[37] Honrosos porque intercalados com atos de bravura patriótica.

[38] Na Renascença.

[39] Dante. Aqui se inicia a cadeia de vidas exemplares que se romperá no presente vergonhoso da Itália.

[40] Petrarca (1304-1374).

Ma tua vita era allor con gli astri e il mare,
Ligure ardita prole,
Quand'oltre alle colonne, ed oltre ai liti
Cui strider l'onde all'attuffar del sole
Parve udir su la sera, agl'infiniti 80
Flutti commesso, ritrovasti il raggio
Del Sol caduto, e il giorno
Che nasce allor ch'ai nostri è giunto al fondo;
E rotto di natura ogni contrasto,
Ignota immensa terra al tuo viaggio 85
Fu gloria, e del ritorno
Ai rischi. Ahi ahi, ma conosciuto il mondo
Non cresce, anzi si scema, e assai più vasto
L'etra sonante e l'alma terra e il mare
Al fanciullin, che non al saggio, appare. 90

Nostri sogni leggiadri ove son giti
Dell'ignoto ricetto
D'ignoti abitatori, o del diurno
Degli astri albergo, e del rimoto letto
Della giovane Aurora, e del notturno 95
Occulto sonno del maggior pianeta?
Ecco svaniro a un punto,
E figurato è il mondo in breve carta;
Ecco tutto è simile, e discoprendo,
Solo il nulla s'accresce. A noi ti vieta 100
Il vero appena è giunto,
O caro immaginar; da te s'apparta

Mas a tua era então com o mar e os astros,
Filho audaz da Ligúria,[41]
Quando além das colunas, e das praias[42]
Que pareciam ouvir a onda em fúria
Chiar à tarde ao sol que afunda, às raias
Do mar imenso entregue, o Sol caído
Reencontraste, e o dia
Que nasce enquanto o nosso chega ao fundo;
Da natura domada a mão nefasta,
Terra imensa ignorada, o destemido
Premiou, e a sombria
Volta. Ai, ai, mas conhecido o mundo
Não aumenta, antes míngua, e bem mais vasta
A terra e o mar e a imensidão sonora
No menininho, e não no sábio, mora.[43]

Nossos sonhos formosos onde andam
De um refúgio ignorado
De seres ignorados, de um diurno
Abrigo para os astros, e afastado
Leito da Aurora jovem, de um noturno
Oculto sono do maior planeta?[44]
Fugiram de repente,
E o mundo é uma pintura em parco mapa;
E eis que tudo é igual, e, descobrindo,
Só incha o nada. Apenas se intrometa,
O real não consente
O caro imaginar; e ele escapa

---

[41] Cristóvão Colombo (1451-1506), nascido em Gênova, na Ligúria.

[42] Referência ao estreito de Gibraltar, conhecido na antiguidade como os Pilares de Hércules, e às praias de Portugal e Espanha que dão frente à morte diária do sol.

[43] A verdade destrói o bem mais vasto mundo da imaginação.

[44] Os seis primeiros versos desta estrofe mencionam exemplos de ilusões que tornavam feliz a vida dos antigos. Leopardi escrevera um eruditíssimo "Ensaio sobre as ilusões populares dos antigos", onde exemplos como estes são pinçados da literatura antiga e classificados. "Maior planeta", conforme se o pensava na antiguidade, está por sol.

Nostra mente in eterno; allo stupendo
Poter tuo primo ne sottraggon gli anni;
E il conforto perì de' nostri affanni. 105

Nascevi ai dolci sogni intanto, e il primo
Sole splendeati in vista,
Cantor vago dell'arme e degli amori,
Che in età della nostra assai men trista
Empièr la vita di felici errori: 110
Nova speme d'Italia. O torri, o celle,
O donne, o cavalieri,
O giardini, o palagi! a voi pensando,
In mille vane amenità si perde
La mente mia. Di vanità, di belle 115
Fole e strani pensieri
Si componea l'umana vita: in bando
Li cacciammo: or che resta? or poi che il verde
È spogliato alle cose? Il certo e solo
Veder che tutto è vano altro che il duolo. 120

O Torquato, o Torquato, a noi l'eccelsa
Tua mente allora, il pianto
A te, non altro, preparava il cielo.
Oh misero Torquato! il dolce canto
Non valse a consolarti o a sciorre il gelo 125
Onde l'alma t'avean, ch'era sì calda,
Cinta l'odio e l'immondo
Livor privato e de' tiranni. Amore,
Amor, di nostra vita ultimo inganno,
T'abbandonava. Ombra reale e salda 130

Da mente para sempre; seu infindo
Poder primeiro, ó tempo, apequenas;
E é morto o bálsamo de nossas penas.

Vindo para sonhar, foi neste tempo
Que o sol primeiro viste,
Belo cantor de espadas e paixões,[45]
Que em tempo do que o nosso menos triste
Deram à vida felizes ilusões:
Novo alento da Itália. Ó torres, celas,
Ó damas, cavalheiros,
Ó jardins, ó palácios! E pensando
Em vós, em fantasias vãs se perde
A mente minha. De quimeras, belas
Fábulas e estrangeiros
Pensares era feita a vida: em bando
Os banimos: que resta então? Se o verde
Não traja mais o mundo? Apenas ver
Que tudo é ilusão, menos sofrer.

Ó Torquato, ó Torquato,[46] para nós
O teu engenho, o pranto
A ti, não mais, o céu então armava.
Ó mísero Torquato! O doce canto
Não pôde consolar-te nem fez lava
O gelo em que tua alma, e era ardente,
Trancaram o ódio e o imundo
Invejar de tirano e cidadão.
O amor, a última ilusão terrena,
Fugia.[47] Sombra sólida e evidente

---

[45] Lodovico Ariosto (1474-1533), nascido pouco antes de Colombo começar a destruir as ilusões, permitiu, segundo Leopardi, acalentar a esperança de que as fábulas não houvessem sido extintas por completo: o *Orlando furioso* prima pelo poder de imaginação.

[46] Torquato Tasso (1544-1595), autor de *Jerusalém libertada*.

[47] Alusão à intriga em que, segundo a tradição, Torquato Tasso foi enredado

Ti parve il nulla, e il mondo
Inabitata piaggia. Al tardo onore
Non sorser gli occhi tuoi; mercè, non danno,
L'ora estrema ti fu. Morte domanda
Chi nostro mal conobbe, e non ghirlanda. 135

Torna torna fra noi, sorgi dal muto
E sconsolato avello,
Se d'angoscia sei vago, o miserando
Esemplo di sciagura. Assai da quello
Che ti parve sì mesto e sì nefando, 140
È peggiorato il viver nostro. O caro,
Chi ti compiangeria,
Se, fuor che di se stesso, altri non cura?
Chi stolto non direbbe il tuo mortale
Affanno anche oggidì se il grande e il raro 145
Ha nome di follia;
Né livor più, ma ben di lui più dura
La noncuranza avviene ai sommi? o quale,
Se più de' carmi, il computar s'ascolta,
Ti appresterebbe il lauro un'altra volta? 150

Da te fino a quest'ora uom non è sorto,
O sventurato ingegno,
Pari all'italo nome, altro ch'un solo,
Solo di sua codarda etate indegno
Allobrogo feroce, a cui dal polo 155
Maschia virtù, non già da questa mia
Stanca ed arida terra,

Surgia o nada, e o mundo,
Vale ermo. À tardia louvação
Teu olhar não se ergueu;[48] mercê, não pena,
Te foi o fim. E quer que a morte o roa
Quem nosso mal provou, e não coroa.

Volta volta, reergue-te[49] da muda e
Desconsolada cova,
Se tens ânsia de angústia, ó pobre e crua
Vítima da amargura. Vem, comprova:
Pensaste ser cruel e triste a tua,
Pois bem pior é a nossa vida. Caro,
Compaixão te daria
Aquele que seu bem, e só, procura?
Quem não diria tolo o teu mortal
Tormento se até mesmo ao grande e raro
Chamam louco hoje em dia;
Se não a inveja, e sim a bem mais dura
Indiferença o sábio ganha? Ou qual,
Se em vez de versos, tilintar se ouve,
Verás que a ti com o louro ainda louve?

Desde então não surgiu quem merecesse,
Pobre gênio infeliz,
O nome itálico, senão um só,
Só indigno de um século e país
Covardes: piemontês[50] em quem por dó
Força máscula o céu, não esta aflita
Cansada minha terra,

---

quando, na corte de Ferrara, descobriu-se o seu amor por Eleonora d'Este, filha da família lá reinante.

[48] Tasso estava para ser coroado publicamente, como o fora Petrarca, quando morreu.

[49] Tasso ainda.

[50] Vittorio Alfieri (1749-1803), cujas tragédias patrióticas pregavam a necessidade de uma nova renascença civil.

Venne nel petto; onde privato, inerme,
(Memorando ardimento) in su la scena
Mosse guerra a' tiranni: almen si dia 160
Questa misera guerra
E questo vano campo all'ire inferme
Del mondo. Ei primo e sol dentro all'arena
Scese, e nullo il seguì, che l'ozio e il brutto
Silenzio or preme ai nostri innanzi a tutto. 165

Disdegnando e fremendo, immacolata
Trasse la vita intera,
E morte lo scampò dal veder peggio.
Vittorio mio, questa per te non era
Età né suolo. Altri anni ed altro seggio 170
Conviene agli alti ingegni. Or di riposo
Paghi viviamo, e scorti
Da mediocrità: sceso il sapiente
E salita è la turba a un sol confine,
Che il mondo agguaglia. O scopritor famoso, 175
Segui; risveglia i morti,
Poi che dormono i vivi; arma le spente
Lingue de' prischi eroi; tanto che in fine
Questo secol di fango o vita agogni
E sorga ad atti illustri, o si vergogni. 180

Pôs no peito; civil e desarmado,
(Audácia memorável) sobe à cena,
Move guerra aos tiranos: se permita
Esta mísera guerra
E campo inútil ao ódio abalado
Deste mundo. Na frente e só, à arena
Desce, e ninguém o segue: o ócio, o agudo
Silêncio oprime os nossos mais que tudo.

Indignando-se e tremendo, pura
Toda a vida viveu,
De ver tudo pior poupou-o a morte.
Meu Vittorio, não era este o teu
Tempo e lugar. Pois outro chão e sorte
Merece o gênio. Este viver ocioso
Hoje basta-nos, guia-
Nos a mediocridade: desce o sábio
E sobe a turba a um nível já igual,
E o mundo cai. Descobridor famoso,[51]
Traz os mortos ao dia,
Já que dormem os vivos; arma o lábio
Dos antigos heróis; e que afinal
Este tempo de lama a glória sonhe
E cobice ter vida, ou se envergonhe.

---

[51] Finalmente, retorna a Mai.

IV.
NELLE NOZZE DELLA SORELLA PAOLINA

Poi che del patrio nido
I silenzi lasciando, e le beate
Larve e l'antico error, celeste dono,
Ch'abbella agli occhi tuoi quest'ermo lido,
Te nella polve della vita e il suono 5
Tragge il destin; l'obbrobriosa etate
Che il duro cielo a noi prescrisse impara,
Sorella mia, che in gravi
E luttuosi tempi
L'infelice famiglia all'infelice 10
Italia accrescerai. Di forti esempi
Al tuo sangue provvedi. Aure soavi
L'empio fato interdice
All'umana virtude,
Né pura in gracil petto alma si chiude. 15

O miseri o codardi
Figliuoli avrai. Miseri eleggi. Immenso
Tra fortuna e valor dissidio pose
Il corrotto costume. Ahi troppo tardi,
E nella sera dell'umane cose, 20
Acquista oggi chi nasce il moto e il senso.

IV.
NAS BODAS DE MINHA IRMÃ PAOLINA[52]

Já que tu vais deixar
Deste ninho os silêncios, o dileto
Sonho, a antiga ilusão, celeste dom
Que alinda ao olho teu este lugar
Solitário, e ao pó da vida e ao som
O destino te arrasta; o tempo abjeto
Que o céu malvado nos impôs aprende,
Minha irmã, pois em grave
Era e cheia de breu
Uma infeliz família à infeliz
Itália acrescerás. Ao sangue teu
Provê de força. A brisa que é suave,
ímpia a sorte interdiz
À humana bravura,
Nem mora em peito frágil alma pura.

Ou mísera ou covarde
Prole terás. Mísera pede-a. Imenso
Abismo entre a fortuna e a força cava
O tempo apodrecido. Ai, muito tarde,
Na plena noite dos mortais, desbrava
Quem nasce agora o movimento e o senso.

---

[52] As bodas que deram origem a esta *canzone*, as de Paolina Leopardi e um certo Peroli, de Sant'Ângelo em Vado, foram acertadas no verão de 1821 mas jamais se realizaram. Paolina permaneceu solteira por toda a vida, apesar de vários outros acertos similares estabelecidos por seus pais.

Al ciel ne caglia: a te nel petto sieda
Questa sovr'ogni cura,
Che di fortuna amici
Non crescano i tuoi figli, e non di vile 25
Timor gioco o di speme: onde felici
Sarete detti nell'età futura:
Poiché (nefando stile,
Di schiatta ignava e finta)
Virtù viva sprezziam, lodiamo estinta. 30

Donne, da voi non poco
La patria aspetta; e non in danno e scorno
Dell'umana progenie al dolce raggio
Delle pupille vostre il ferro e il foco
Domar fu dato. A senno vostro il saggio 35
E il forte adopra e pensa; e quanto il giorno
Col divo carro accerchia, a voi s'inchina.
Ragion di nostra etate
Io chieggo a voi. La santa
Fiamma di gioventù dunque si spegne 40
Per vostra mano? attenuata e franta
Da voi nostra natura? e le assonnate
Menti, e le voglie indegne,
E di nervi e di polpe
Scemo il valor natio, son vostre colpe? 45

Ad atti egregi è sprone
Amor, chi ben l'estima, e d'alto affetto
Maestra è la beltà. D'amor digiuna
Siede l'alma di quello a cui nel petto
Non si rallegra il cor quando a tenzone 50
Scendono i venti, e quando nembi aduna

Caiba isto ao céu: teu peito tenha apenas,
Soberano um afã,
Que da fortuna amigo
Não cresça um filho teu, e nem pupilo
Do medo ou da esperança: a vós abrigo
Dará, dirá felizes, o amanhã:
Porque (vulgar estilo
De falsos) desprezamos
A virtude se viva, morta a amamos.

Moças,[53] de vós não pouco
A pátria espera; não por zombaria
Ou maldade foi dado ao doce raio
Das pupilas o ferro e fogo louco
Do homem domar. Por vós se faz lacaio
O forte, o sábio pensa; e o quanto o dia[54]
Envolve com seu carro, a vós se curva.
Por que tão decadentes,
Eu vos pergunto. A santa
Chama da juventude vê seu fim
Por vossa mão? A força, um dia tanta,
Atenuada e fraca? E essas mentes
Lerdas, querer ruim,
De nervo e de tendão
Vácuo o velho vigor, por vossa ação?

Grandes feitos instiga
O amor, em quem o preza, e de emoção
Mestre o belo se faz. De amor faminta
Jaz a alma de quem no coração
Não arde alegre quando brame a briga
Dos ventos, quando nuvens junta e cinta

---

[53] O apelo agora se estende a todas as jovens da Itália.

[54] Está por sol, que, sob o nome de Febo, determinava a duração do dia viajando em sua carruagem e envolvendo em luz a terra.

L'olimpo, e fiede le montagne il rombo
Della procella. O spose,
O verginette, a voi
Chi de' perigli è schivo, e quei che indegno 55
È della patria e che sue brame e suoi
Volgari affetti in basso loco pose,
Odio mova e disdegno;
Se nel femmineo core
D'uomini ardea, non di fanciulle, amore. 60

Madri d'imbelle prole
V'incresca esser nomate. I danni e il pianto
Della virtude a tollerar s'avvezzi
La stirpe vostra, e quel che pregia e cole
La vergognosa età, condanni e sprezzi; 65
Cresca alla patria, e gli alti gesti, e quanto
Agli avi suoi deggia la terra impari.
Qual de' vetusti eroi
Tra le memorie e il grido
Crescean di Sparta i figli al greco nome; 70
Finché la sposa giovanetta il fido
Brando cingeva al caro lato, e poi
Spandea le negre chiome
Sul corpo esangue e nudo
Quando e' reddia nel conservato scudo. 75

Virginia, a te la molle
Gota molcea con le celesti dita

O olimpo,[55] e precipícios fende o ronco
Da tempestade. Ó moças,
Ó esposas, venha a vós,
Do que evita os perigos, e de quem
Da pátria indigno seu desejo em pós,
Paixões vulgares pousa em lama e poças,
Todo o ódio e desdém;
Se em vosso peito for
Por homens, não efebos,[56] este amor.

Mães de amantes da paz
Temei que alguém vos chame. A dor e o pranto
De virtude se force vossa gente
A tolerar, e aquele a quem apraz
A vergonhosa era, réu lamente;
Que cresça para a pátria e feitos, quanto
Esta terra aos antigos deve, aprenda.
Qual de velhos heróis
Entre o lembrar que brada,
De Esparta os filhos para a grega fama;
A esposa há pouco ao flanco amado a espada
Amiga atava, p'ra depois, a sós,
Vestir com trança em rama
O corpo retornado,
Sem sangue e nu no escudo inconquistado.[57]

Virgínia,[58] em ti mais terno o
Rosto, com toque mítico, abrandava

---

[55] Está por céu.

[56] Carentes de virilidade, covardes.

[57] Contrapõe a grandeza da espartana, recém-casada, que tomou a si o encargo de armar o esposo para depois ter que pranteá-lo, os cabelos soltos em sinal de luto. O retorno com o escudo era um sinal de bravura; perdê-lo para o inimigo, a máxima desonra.

[58] Virgínia, romana lendária, fora tema de uma tragédia de Alfieri. Seu pai a matou quando Ápio Cláudio, um dos decênviros, quis desonrá-la. O episódio deu origem a uma revolta que derrubou os decênviros do poder (c. 450 a.C.).

Beltade onnipossente, e degli alteri
Disdegni tuoi si sconsolava il folle
Signor di Roma. Eri pur vaga, ed eri 80
Nella stagion ch'ai dolci sogni invita,
Quando il rozzo paterno acciar ti ruppe
Il bianchissimo petto,
E all'Erebo scendesti
Volonterosa. A me disfiori e scioglia 85
Vecchiezza i membri, o padre; a me s'appresti,
Dicea, la tomba, anzi che l'empio letto
Del tiranno m'accoglia.
E se pur vita e lena
Roma avrà dal mio sangue, e tu mi svena. 90

O generosa, ancora
Che più bello a' tuoi dì splendesse il sole
Ch'oggi non fa, pur consolata e paga
È quella tomba cui di pianto onora
L'alma terra nativa. Ecco alla vaga 95
Tua spoglia intorno la romulea prole
Di nova ira sfavilla. Ecco di polve
Lorda il tiranno i crini;
E libertade avvampa
Gli obbliviosi petti; e nella doma 100
Terra il marte latino arduo s'accampa
Dal buio polo ai torridi confini.
Così l'eterna Roma
In duri ozi sepolta
Femmineo fato avviva un'altra volta. 105

Beleza onipotente, e quase fera
Tua altivez enlouquecia em inferno o
Senhor de Roma.[59] Eras tão bela, e era
O tempo em que do sonho a vida é escrava,
A adaga bárbara e paterna abriu
Teu branquíssimo peito,
E ao Érebo[60] desceste
Desejosa. "Desfolhe e me desfaça
Velhice, ó pai; cavai-me tumba, deste
Tirano", ela dizia, "o impuro leito
Não me fará devassa.
Se der alento e vida
A Roma o sangue, abre-me a ferida".

Ó generosa, ainda
Que em teus dias tivesse o sol mais brilhos
Do que hoje traz, te paga, louva e cobre
A tumba lacrimando dor infinda
O teu chão. E eis que à volta deste nobre
Espólio teu de Rômulo os filhos
Cintilam ira nova. Eis na lama
Suja o tirano a crina;
E liberdade acende
Os peitos sem memória; e na domada
Terra o marte latino à guerra tende
Do norte negro ao chão que o sol calcina.[61]
E a eterna Roma atada
Ao ócio e à mesquinhez
Por morte de mulher vive outra vez.

---

[59] Ápio Cláudio.

[60] O mundo subterrâneo dos mortos.

[61] Leopardi vê na morte de Virgínia, e na revolta que se seguiu, o início da caminhada do povo romano em direção à construção de um império.

V.
A UN VINCITORE NEL PALLONE

Di gloria il viso e la gioconda voce,
Garzon bennato, apprendi,
E quanto al femminile ozio sovrasti
La sudata virtude. Attendi attendi,
Magnanimo campion (s'alla veloce 5
Piena degli anni il tuo valor contrasti
La spoglia di tuo nome), attendi e il core
Movi ad alto desio. Te l'echeggiante
Arena e il circo, e te fremendo appella
Ai fatti illustri il popolar favore; 10
Te rigoglioso dell'età novella
Oggi la patria cara
Gli antichi esempi a rinnovar prepara.

Del barbarico sangue in Maratona
Non colorò la destra 15
Quei che gli atleti ignudi e il campo eleo,
Che stupido mirò l'ardua palestra,

V.
A UM VENCEDOR NO *PALLONE*[62]

Da glória o rosto e a jubilosa voz,
Quanto a suada luta
Mais do que o ócio feminil é grata,
Nobre menino,[63] aprende. Escuta, escuta,
Magnânimo campeão (se do veloz
Rio das eras teu valor resgata
A glória do teu nome), escuta e o peito
Mira em desejos dignos. A ecoante
Arena e o circo, apelos te renova
O amor do povo e pede um grande feito;
E hoje, no vigor da idade nova,
A ti a pátria cara
P'ra reviver os ancestrais prepara.

Não coloriu de sangue persa a mão
Direita em Maratona[64]
O que os atletas nus e o campo eleu,[65]
Que a árdua luta vê e não se apaixona,

---

[62] O *pallone*, literalmente "bolão", é um jogo muito antigo e popular na região das Marcas, onde se situa a Recanati de Leopardi. É assemelhado ao jogo da pelota basca.

[63] É Carlo Didimi (1798-1877), de Treia, cidade das Marcas. Foi célebre por sua habilidade no *pallone*, mais tarde militou entre os *Carbonari* (e, assim, de certa forma, atendeu ao apelo de Leopardi).

[64] Local da famosa derrota que Atenas infligiu aos persas em 490 a.C.

[65] Menção aos jogos olímpicos realizados na região de Élis, no Peloponeso, cortada pelo rio Alfeu.

Né la palma beata e la corona
D'emula brama il punse. E nell'Alfeo
Forse le chiome polverose e i fianchi 20
Delle cavalle vincitrici asterse
Tal che le greche insegne e il greco acciaro
Guidò de' Medi fuggitivi e stanchi
Nelle pallide torme; onde sonaro
Di sconsolato grido 25
L'alto sen dell'Eufrate e il servo lido.

Vano dirai quel che disserra e scote
Della virtù nativa
Le riposte faville? e che del fioco
Spirto vital negli egri petti avviva 30
Il caduco fervor? Le meste rote
Da poi che Febo instiga, altro che gioco
Son l'opre de' mortali? ed è men vano
Della menzogna il vero? A noi di lieti
Inganni e di felici ombre soccorse 35
Natura stessa: e là dove l'insano
Costume ai forti errori esca non porse,
Negli ozi oscuri e nudi
Mutò la gente i gloriosi studi.

Tempo forse verrà ch'alle ruine 40
Delle italiche moli
Insultino gli armenti, e che l'aratro
Sentano i sette colli; e pochi Soli
Forse fien volti, e le città latine
Abiterà la cauta volpe, e l'atro 45
Bosco mormorerà fra le alte mura;
Se la funesta delle patrie cose

Que não sofreu o dente da ambição
Por palma e louro santos. E no Alfeu,
Contam, a crina empoeirada e os flancos
Dos corcéis vencedores mergulhou
Quem guiou o aço grego e o estandarte
Sobre os Medas fugindo exaustos, mancos,
Em turba pálida; por toda parte
De angústia um grito erra
Vindo do Eufrates e da escrava terra.[66]

Vão dirás o que sopra, o que descerra
Da virtude nativa
A secreta centelha? E que faz fogo
O fraco sopro na alma enferma e aviva
O apagado fervor? Desde que a terra
Percorre Febo,[67] é mais que um mero jogo
A obra dos mortais? E é menos vão
Que a mentira o real? Nos acudiu
A própria natureza em fantasia
Feliz e mítica: mas, à ilusão
Negando alento, a louca vida esfria
Em ócio nu e obscuro
Das gentes o trabalho árduo e duro.

Talvez o dia chegue em que à ruína
Dos templos dos romanos
Saltem soltos rebanhos, e que o arado
Sintam os sete montes;[68] poucos anos
Terão passado, e a grande urbe latina
Vai habitar o lobo amedrontado,
E o bosque murmurar entre altos muros;
Se o funesto da imensa glória pátria

---

[66] Leopardi vincula a vitória nos jogos à bravura na batalha em que os gregos extraíram um grito do Eufrates, sede do império persa agora derrotado.

[67] O sol.

[68] As sete colinas de Roma, que Leopardi imagina soterradas.

Obblivion dalle perverse menti
Non isgombrano i fati, e la matura
Clade non torce dalle abbiette genti 50
Il ciel fatto cortese
Dal rimembrar delle passate imprese.

Alla patria infelice, o buon garzone,
Sopravviver ti doglia.
Chiaro per lei stato saresti allora 55
Che del serto fulgea, di ch'ella è spoglia,
Nostra colpa e fatal. Passò stagione;
Che nullo di tal madre oggi s'onora:
Ma per te stesso al polo ergi la mente.
Nostra vita a che val? solo a spregiarla: 60
Beata allor che ne' perigli avvolta,
Se stessa obblia, né delle putri e lente
Ore il danno misura e il flutto ascolta;
Beata allor che il piede
Spinto al varco leteo, più grata riede. 65

Esquecimento das perversas mentes
Não dissiparem as parcas,[69] e os apuros
Prestes não desviar dos decadentes
O céu tornado amigo
Ao relembrar o seu valor antigo.

A tua triste pátria, ó bom menino,
Sobreviver te doa.
Por ela alcançarias glória e fama
Mas já não brilha, e o roubo da coroa
É culpa toda nossa e do destino.
Foi-se o tempo; que filho ainda a ama?
Mas em teu nome eleva ao céu a mente.
A vida vale o quê? Desprezo apenas:
É boa quando há medo e te apavoras;
Se, alheia a si, não ouve ir a corrente
Nem mede a dor das podres, lentas horas;
É boa quando já se
Pisa o Lete,[70] e melhor ela redá-se.

---

[69] As três divindades que teciam o destino de homens e deuses: uma dava origem ao fio (nascimento), outra o estendia e o tecia, regulando seu comprimento (vida), a terceira o cortava (morte).

[70] Ao se cruzar o Lete, um dos rios do mundo dos mortos, toda a memória do passado se apagava. Leopardi faz o elogio do risco, dizendo ser o sabor da morte a única coisa capaz de tornar a vida aceitável.

VI.
BRUTO MINORE

Poi che divelta, nella tracia polve
Giacque ruina immensa
L'italica virtute, onde alle valli
D'Esperia verde, e al tiberino lido,
Il calpestio de' barbari cavalli 5
Prepara il fato, e dalle selve ignude
Cui l'Orsa algida preme,
A spezzar le romane inclite mura
Chiama i gotici brandi;
Sudato, e molle di fraterno sangue, 10
Bruto per l'atra notte in erma sede,
Fermo già di morir, gl'inesorandi
Numi e l'averno accusa,

VI.
BRUTUS, O JOVEM[71]

Agora que tombado no chão trácio
Se fez ruína imensa
O ítalo poder, e assim aos prados
Da verde Hespéria, e às margens tiberinas[72]
Cascos, por loucos bárbaros guiados,
A sorte apronta, e das florestas nuas
Que a fria Ursa[73] oprime,
Para romper de Roma os muros magnos
Chama as lâminas godas;[74]
Suado, e úmido de sangue irmão,
Brutus na negra noite em erma terra,
Já decidido à morte, acusa todas
As forças, céus e inferno,

---

[71] Marcus Junius Brutus (78?-42 a.C.), republicano fervoroso, participou da conspiração contra Júlio César. É chamado "o jovem" para distingui-lo de seu antepassado Lucius Junius, fundador da República. Na Macedônia (que Leopardi, por tradição, diz Trácia), para onde se dirigira tentando resistir a Marco Antônio e Otaviano, foi derrotado pelo exército destes em 42 a.C. e suicidou-se. Esta derrota da oposição republicana abriu o caminho para que Otaviano se tornasse o primeiro imperador de Roma sob o título de Augusto.

[72] Hespéria era o nome grego da Itália, as "margens tiberinas" são uma referência a Roma.

[73] A Ursa Maior, uma das mais famosas constelações, está situada perto do polo norte celeste e por isso simboliza as regiões geladas do norte.

[74] Leopardi marca o início da decadência do mundo com a derrota de Brutus e seus ideais republicanos; é ela que abre as portas para as invasões bárbaras alguns séculos mais tarde.

E di feroci note
Invan la sonnolenta aura percote. 15

Stolta virtù, le cave nebbie, i campi
Dell'inquiete larve
Son le tue scole, e ti si volge a tergo
Il pentimento. A voi, marmorei numi,
(Se numi avete in Flegetonte albergo 20
O su le nubi) a voi ludibrio e scherno
È la prole infelice
A cui templi chiedeste, e frodolenta
Legge al mortale insulta.
Dunque tanto i celesti odii commove 25
La terrena pietà? dunque degli empi
Siedi, Giove, a tutela? e quando esulta
Per l'aere il nembo, e quando
Il tuon rapido spingi,
Ne' giusti e pii la sacra fiamma stringi? 30

Preme il destino invitto e la ferrata
Necessità gl'infermi
Schiavi di morte: e se a cessar non vale
Gli oltraggi lor, de' necessarii danni
Si consola il plebeo. Men duro è il male 35
Che riparo non ha? dolor non sente
Chi di speranza è nudo?
Guerra mortale, eterna, o fato indegno,
Teco il prode guerreggia,
Di cedere inesperto; e la tiranna 40
Tua destra, allor che vincitrice il grava,
Indomito scrollando si pompeggia,

E, voz tornada açoite,
Em vão espanca o calmo ar da noite.

"Tola virtude,[75] a névoa oca, o reino
Das inquietas visões
São tua escola, e segue-te fiel
O arrepender-se. Ó marmóreos deuses,
(Se deuses vós morais em meio ao céu
Ou lá no Flegetonte)[76] escarneceis
Desta raça infeliz
A quem pedistes templos, fraudulenta
Vossa lei a insultando.
Como tanto a terrena fé acorda
O ódio celeste? Como aos infiéis,
Ó Jove,[77] dás tutelas? E as nuvens quando
Se incham, e o trovão
Quando veloz desferes,
Com a chama santa o justo e pio feres?

"Pisa o destino invicto e a implacável
Necessidade os frágeis
Servos da morte: e se não traz final
Aos seus ultrajes, se resigna a plebe
Em tal certeza. Menos duro é o mal
Por não haver remédio? Dor não sente
Quem de esperança é nu?
Guerra mortal te move, ó sorte ingrata,
O bravo e se agiganta,
Incapaz de ceder; e a mão tirana,
Que vencedora estendes a esmagá-lo,
Indômito evitando se levanta,

---

[75] Começa aqui o monólogo de Brutus.

[76] O Flegetonte era um dos rios do mundo dos mortos. Brutus acusa os deuses sobre o céu e os sob a terra.

[77] Jove, ou Júpiter, é o nome latino de Zeus, o maior dos deuses, senhor dos céus, do raio e do trovão.

Quando nell'alto lato
L'amaro ferro intride,
E maligno alle nere ombre sorride. 45

Spiace agli Dei chi violento irrompe
Nel Tartaro. Non fora
Tanto valor ne' molli eterni petti.
Forse i travagli nostri, e forse il cielo
I casi acerbi e gl'infelici affetti 50
Giocondo agli ozi suoi spettacol pose?
Non fra sciagure e colpe,
Ma libera ne' boschi e pura etade
Natura a noi prescrisse,
Reina un tempo e Diva. Or poi ch'a terra 55
Sparse i regni beati empio costume,
E il viver macro ad altre leggi addisse;
Quando gl'infausti giorni
Virile alma ricusa,
Riede natura, e il non suo dardo accusa? 60

Di colpa ignare e de' lor proprii danni
Le fortunate belve
Serena adduce al non previsto passo
La tarda età. Ma se spezzar la fronte
Ne' rudi tronchi, o da montano sasso 65
Dare al vento precipiti le membra,
Lor suadesse affanno
Al misero desio nulla contesa
Legge arcana farebbe

Ferindo o flanco a amarga
Lâmina crava em si
E, num esgar, das sombras negras ri.

"Desgosta os Deuses quem violento invade
O Tártaro.[78] Os eternos
Tíbios peitos carecem de coragem.[79]
Talvez o céu tormento e dor acerba,
Talvez nossas paixões, pura voragem,
Para alegrar seu tédio haja inventado?
Não de culpa e amargura,
Mas livre na floresta e pura vida
Nos deu a natureza,
Rainha um dia e Diva. Agora que
Nossa heresia destruiu tais reinos,
E a vida magra a outras leis é presa;
Quando os dias infaustos
Alma viril recusa,
Volta a natura, e o dardo alheio acusa?[80]

"Ignorantes da culpa e próprias dores
As feras venturosas;
Calma ao portal extremo[81] as acompanha
A velhice. Mas se a esmagar a fronte
No rude tronco, ou do alto da montanha
A dar ao vento os corpos atirados,
Os persuadisse a angústia
A um tal desejo obscura teoria
Ou lei misteriosa

---

[78] O mundo subterrâneo dos mortos. A invasão violenta, no sentido de imprevista, é um eufemismo para o suicídio (tema central do canto) que rompe a ordem natural da vida.

[79] Brutus acusa os deuses de covardia, por serem imortais.

[80] Leopardi, na *persona* de Brutus, afirma que, se a natureza oprime o homem, então não pode exigir que só a ela caiba decidir sua morte, negando-lhe o suicídio ("o dardo alheio").

[81] A morte.

O tenebroso ingegno. A voi, fra quante 70
Stirpi il cielo avvivò, soli fra tutte,
Figli di Prometeo, la vita increbbe;
A voi le morte ripe,
Se il fato ignavo pende,
Soli, o miseri, a voi Giove contende. 75

E tu dal mar cui nostro sangue irriga,
Candida luna, sorgi,
E l'inquieta notte e la funesta
All'ausonio valor campagna esplori.
Cognati petti il vincitor calpesta, 80
Fremono i poggi, dalle somme vette
Roma antica ruina;
Tu sì placida sei? Tu la nascente
Lavinia prole, e gli anni
Lieti vedesti, e i memorandi allori; 85
E tu su l'alpe l'immutato raggio
Tacita verserai quando ne' danni
Del servo italo nome,
Sotto barbaro piede
Rintronerà quella solinga sede. 90

Ecco tra nudi sassi o in verde ramo
E la fera e l'augello,
Del consueto obblio gravido il petto,
L'alta ruina ignora e le mutate
Sorti del mondo: e come prima il tetto 95
Rosseggerà del villanello industre,

Não se oporiam. Entre tantas raças
Que o céu à luz lançou, somente aos filhos
De Prometeu,[82] a vida é asquerosa;
A vós o frio Estige,[83]
Se tarda a lerda sorte,
A vós somente, nega Jove a morte.

"E tu do mar que o nosso sangue irriga,
Cândida lua, surges,
A planície mortífera ao valor
Ausônio[84] e a noite inquieta descortinas.
Pisa peito de irmãos o vencedor,[85]
E tremem os montes, do mais alto cume
A Roma antiga rui;
E estás tão plácida? Tu viste a prole
Lavínia[86] à luz, e os anos
Mais alegres, e os louros memoráveis;
E sobre os Alpes o imutável raio
Calada verterás quando oceanos
De bárbaros troarem
Aquela solidão,
Trazendo à Itália a dor da escravidão.

"Entre penhascos ou em verde ramo,
A fera e o passarinho,
O peito alheio como sempre e quieto,
Ignoram a ruína rude e as sortes
Mutantes deste mundo: e mal o teto
Do camponês se tinge de vermelhos,

---

[82] A raça humana.

[83] Um dos rios do mundo subterrâneo dos mortos.

[84] Ausônia é um sinônimo da Itália; "valor" está por coragem, força, virtude.

[85] Referência a Otaviano, vencedor da (última) guerra civil (republicana), e fratricida, portanto.

[86] Os romanos antigos, poeticamente descendentes de Eneias, o troiano, e Lavínia, sua mulher.

Al mattutino canto
Quel desterà le valli, e per le balze
Quella l'inferma plebe
Agiterà delle minori belve. 100
Oh casi! oh gener vano! abbietta parte
Siam delle cose; e non le tinte glebe,
Non gli ululati spechi
Turbò nostra sciagura,
Né scolorò le stelle umana cura. 105

Non io d'Olimpo o di Cocito i sordi
Regi, o la terra indegna,
E non la notte moribondo appello;
Non te, dell'atra morte ultimo raggio,
Conscia futura età. Sdegnoso avello 110
Placàr singulti, ornàr parole e doni
Di vil caterva? In peggio
Precipitano i tempi; e mal s'affida
A putridi nepoti
L'onor d'egregie menti e la suprema 115
De' miseri vendetta. A me dintorno
Le penne il bruno augello avido roti;
Prema la fera, e il nembo
Tratti l'ignota spoglia;
E l'aura il nome e la memoria accoglia. 120

Com matutino canto
Aquele acorda os vales, pelas rochas
Aquela traz tormento
Aos animais pequenos e às ninhadas.
Acasos! Raça vã! Somos a parte
Mais ínfima do mundo; o chão sangrento
E os ululantes antros
Nossa dor não tocou,
Nem nosso mal estrela apagou.

"Nem aos surdos do Olimpo ou do Cocito,[87]
E nem à terra indigna,
Tampouco à noite moribundo apelo
E não, da negra morte último raio,
A ti, tempo futuro.[88] Pranto ou belo
Gesto do vulgo infame já adornou
A tumba zombeteira?
As eras apodrecem; confiamos
Mal a degenerados
O honrar as mentes nobres e o supremo
Vingar os infelizes. Venham negros
Abutres acossar-me esfomeados;
Pise-me a fera, e a nuvem
Faça da carne folha;
Que a brisa o nome e a memória acolha."

---

[87] Cocito (ou Cócito) era o rio do mundo dos mortos que, ao unir-se ao Flegetonte, formava o Aqueronte. Está pelo mundo subterrâneo como um todo, assim como Olimpo está pelo céu.

[88] A fama.

VII.
ALLA PRIMAVERA,
O DELLE FAVOLE ANTICHE

Perché i celesti danni
Ristori il sole, e perché l'aure inferme
Zefiro avvivi, onde fugata e sparta
Delle nubi la grave ombra s'avvalla;
Credano il petto inerme 5
Gli augelli al vento, e la diurna luce
Novo d'amor desio, nova speranza
Ne' penetrati boschi e fra le sciolte
Pruine induca alle commosse belve;
Forse alle stanche e nel dolor sepolte 10
Umane menti riede
La bella età, cui la sciagura e l'atra
Face del ver consunse
Innanzi tempo? Ottenebrati e spenti
Di febo i raggi al misero non sono 15
In sempiterno? ed anco,
Primavera odorata, inspiri e tenti
Questo gelido cor, questo ch'amara
Nel fior degli anni suoi vecchiezza impara?

Vivi tu, vivi, o santa 20
Natura? vivi e il dissueto orecchio
Della materna voce il suono accoglie?

VII.
À PRIMAVERA,
OU DAS FÁBULAS ANTIGAS

Porque as celestes penas
O sol repara, porque a brisa fraca
Zéfiro[89] aviva, e tange para os vales
Fugaz e esparsa a sombra hostil das nuvens,
E o peito nu à faca
Do vento entregam pássaros, e a aurora,
De amor um novo afã, nova esperança
No bosque agora aceso, entre os cadentes
Flocos, infunde em feras despertadas,
Quem sabe volta o belo tempo às mentes
Humanas tão cansadas
E em dor sepultas, que a amargura e a negra
Luz do saber matou
Antes do tempo? Extintas e cinzentas
De febo[90] as chamas para sempre ao triste
Não estão? Tu ainda,
Primavera odorada, inspiras, tentas
Meu frio coração, que os desenganos
De um velho aprende em plena flor dos anos?

Vives tu, vives, santa
Natureza? Tu vives e é o som
Da voz materna que o ouvido acolhe?

---

[89] O vento da primavera.

[90] Usa para o sol seu nome mítico.

Già di candide ninfe i rivi albergo,
Placido albergo e specchio
Furo i liquidi fonti. Arcane danze 25
D'immortal piede i ruinosi gioghi
Scossero e l'ardue selve (oggi romito
Nido de' venti): e il pastorel ch'all'ombre
Meridiane incerte ed al fiorito
Margo adducea de' fiumi 30
Le sitibonde agnelle, arguto carme
Sonar d'agresti Pani
Udì lungo le ripe; e tremar l'onda
Vide, e stupì, che non palese al guardo
La faretrata Diva 35
Scendea ne' caldi flutti, e dall'immonda
Polve tergea della sanguigna caccia
Il niveo lato e le verginee braccia.

Vissero i fiori e l'erbe,
Vissero i boschi un dì. Conscie le molli 40
Aure, le nubi e la titania lampa
Fur dell'umana gente, allor che ignuda
Te per le piagge e i colli,
Ciprigna luce, alla deserta notte
Con gli occhi intenti il viator seguendo, 45
Te compagna alla via, te de' mortali
Pensosa immaginò. Che se gl'impuri

Já foi o rio lar de ninfas[91] claras,
Plácido lar e com
As fontes por espelho. Arcanas[92] danças
De pé divino os cumes em ruína
Abalaram e a selva (hoje perdida
Cova de ventos): e o pastor que às sombras
Do meio-dia incertas e à florida
Margem tangendo ia
O sedento rebanho, o agudo canto
Ouviu soar de Pãs[93]
Agrestes pela praia; e viu tremer
Maravilhado a água: ao olho oculta
A Deusa das caçadas[94]
Fendia a onda, cálida a lamber
O pó imundo e da sangueira os traços
Da coxa clara e dos virgíneos braços.

Viveram flores, ervas,
Viveram bosques. Viam a seu lado
A raça humana a aragem leve, as nuvens
E a luz titânica:[95] tu ias nua
Por colinas e prado,
Chama de Chipre,[96] na deserta noite
O atento olhar seguindo o viajante,
Companheira na estrada e sua amiga
Te imaginou o homem. Quando alguém

---

[91] Entidades mitológicas menores que habitam o ar, as águas e as florestas e exercem poder fertilizante e nutriente. Apesar de mortais, permanecem jovens por toda vida, que é longuíssima.

[92] Arcanas porque vedadas aos mortais.

[93] Aqui, engloba todos os seres das florestas: sátiros, faunos, deuses das matas, e o próprio Pã, deus associado ao culto da fertilidade.

[94] Ártemis, nome grego de Diana, deusa casta e cruel caçadora, algumas vezes relacionada com a fecundidade dos mortais.

[95] O Sol, filho do titã Hiperião.

[96] A lua, venerada pelos antigos sob o nome de Vênus, cujo santuário mais famoso ficava em Chipre.

Cittadini consorzi e le fatali
Ire fuggendo e l'onte,
Gl'ispidi tronchi al petto altri nell'ime 50
Selve remoto accolse,
Viva fiamma agitar l'esangui vene,
Spirar le foglie, e palpitar segreta
Nel doloroso amplesso
Dafne o la mesta Filli, o di Climene 55
Pianger credé la sconsolata prole
Quel che sommerse in Eridano il sole.

Né dell'umano affanno,
Rigide balze, i luttuosi accenti
Voi negletti ferìr mentre le vostre 60
Paurose latebre Eco solinga,
Non vano error de' venti,
Ma di ninfa abitò misero spirto,
Cui grave amor, cui duro fato escluse
Delle tenere membra. Ella per grotte, 65
Per nudi scogli e desolati alberghi,
Le non ignote ambasce e l'alte e rotte
Nostre querele al curvo
Etra insegnava. E te d'umani eventi
Disse la fama esperto, 70

Fugindo da vergonha, ira e intriga
Que grassam nas cidades,
A um tronco tosco o peito seu levou
No imo oculto das selvas,
De viva chama a veia exangue arfar,
Pulsarem folhas, palpitar secreta
No doloroso abraço
Dafne[97] ou a pobre Fílis,[98] ou chorar
O que no Erídano com o sol sumiu,
Triste a prole de Clímene[99] sentiu.

Da angústia humana, ó rochas
Duras, não vos feriu qualquer lamento
De negro luto enquanto vossos antros
De medo Eco[100] solitária, não
Ardil que trama o vento,
Mas de ninfa alma triste, povoou,
De quem um árduo amor e dura sorte
Roubou a carne terna. Ela por grutas,
Penhascos nus e por lugares ermos,
As conhecidas aflições e as brutas,
Rotas queixas guiava
Ao céu em arco. E te ordenou a lenda,
Provada a humana angústia,

---

[97] Dafne, perseguida por Apolo, que a desejava, suplicou ao pai, o rio-deus Peneu que a salvasse e este a transformou num loureiro.

[98] Fílis, acreditando-se abandonada por Demofoonte, a quem amava, se matou e foi transformada numa amendoeira estéril, que só voltou a dar frutos quando Demofoonte, retornando, a abraçou.

[99] Prole está pelas Helíades, filhas do Sol e da ninfa Clímene, que chorando o irmão Faetonte (que submergira no Erídano — hoje o rio Pó — por ter pedido ao pai para guiar sua carruagem sem saber fazê-lo) foram transformadas em choupos pelos deuses e para sempre vertem âmbar.

[100] Eco, ninfa das montanhas de bela voz, de quem Juno, com ciúme de Zeus, roubou a fala, condenando-a a repetir somente a última sílaba das palavras que ouvia. Apaixonando-se por Narciso, não pôde declarar seu amor e foi por ele abandonada. Nos montes para onde fugiu, definhou até que dela só restou a voz.

Musico augel che tra chiomato bosco
Or vieni il rinascente anno cantando,
E lamentar nell'alto
Ozio de' campi, all'aer muto e fosco,
Antichi danni e scellerato scorno, 75
E d'ira e di pietà pallido il giorno.

Ma non cognato al nostro
Il gener tuo; quelle tue varie note
Dolor non forma, e te di colpa ignudo,
Men caro assai la bruna valle asconde. 80
Ahi ahi, poscia che vote
Son le stanze d'Olimpo, e cieco il tuono
Per l'atre nubi e le montagne errando,
Gl'iniqui petti e gl'innocenti a paro
In freddo orror dissolve; e poi ch'estrano 85
Il suol nativo, e di sua prole ignaro
Le meste anime educa;
Tu le cure infelici e i fati indegni
Tu de' mortali ascolta,
Vaga natura, e la favilla antica 90
Rendi allo spirto mio; se tu pur vivi,
E se de' nostri affanni
Cosa veruna in ciel, se nell'aprica
Terra s'alberga o nell'equoreo seno,
Pietosa no, ma spettatrice almeno. 95

Músico pássaro,[101] na selva basta
Cantar agora o renascer do ano,
E lamentar na calma
Destes campos, à noite muda e vasta,
Dores velhas, vinganças e o negror
Daquele sol por pena e por horror.

Mas não pertences mais
À nossa espécie; a tua melodia
Não nasce mais da dor, sem nossa culpa e
Menos caro te esconde o vale escuro.
Ai, ai, já que vazia
É a mansão do Olimpo, e cego errando
Por montes, negras nuvens, o trovão
Esmaga o peito impuro e o inocente
Em frio horror; e já que o chão natal,
Alheio aos filhos seus e inconsciente,
As almas tristes nutre;
Escuta as aflições e a sorte ingrata
De nós mortais, ó bela
Natureza, e devolve a chama antiga
Ao peito meu; se é que ainda vives
E se de nossa angústia
O céu, se a terra iluminada abriga
Alguém, se os oceanos tão serenos,
Piedoso não, mas testemunha ao menos.

---

[101] O rouxinol. Filomela foi violentada por Tereu, marido de Procne, sua irmã. Tereu cortou sua língua, mas por meio de um bordado ela contou o ocorrido à irmã. Esta, como vingança, matou seu próprio filho, serviu sua carne ao pai, que a comeu, e fugiu com Filomela. Tereu as perseguia quando apelaram aos deuses: Procne foi transformada em andorinha, Filomela em rouxinol, e Tereu em pega.

VIII.
INNO AI PATRIARCHI,
O DE' PRINCIPII DEL GENERE UMANO

E voi de' figli dolorosi il canto,
Voi dell'umana prole incliti padri,
Lodando ridirà; molto all'eterno
Degli astri agitator più cari, e molto
Di noi men lacrimabili nell'alma 5
Luce prodotti. Immedicati affanni
Al misero mortal, nascere al pianto,
E dell'etereo lume assai più dolci
Sortir l'opaca tomba e il fato estremo,
Non la pietà, non la diritta impose 10
Legge del cielo. E se di vostro antico
Error che l'uman seme alla tiranna
Possa de' morbi e di sciagura offerse,
Grido antico ragiona, altre più dire
Colpe de' figli, e irrequieto ingegno, 15
E demenza maggior l'offeso Olimpo
N'armaro incontra, e la negletta mano
Dell'altrice natura; onde la viva

VIII.
HINO AOS PATRIARCAS,
OU DOS PRINCÍPIOS DO GÊNERO HUMANO

E o canto destes filhos tristes vossos,
Ó gloriosos pais da raça humana,
Dirá de vós louvando; muito mais ao
Dos astros guia eterno caros; dados
À mãe-luz,[102] bem menor que a nossa é a lágrima
Que mereceis. Angústias sem remédio
Ao mísero mortal, vida de pranto,
E do que o lume etéreo bem mais doces
Caber a tumba opaca e a sorte extrema,
A lei do céu, compadecida e justa,
Não nos impôs.[103] E se do vosso erro
Original que os homens entregou
À mão tirana da amargura e pestes,
A tradição[104] nos fala, outros pecados
Bem mais graves dos filhos,[105] mente inquieta
E demência maior o irado Olimpo[106]
Armaram em troca, e a esquecida mão
Da natureza mãe; daí a vida

---

[102] Nestes versos, assim como no Canto VIII como um todo, Leopardi tem em mente a tradição judaico-cristã. Assim, os "gloriosos pais" são os patriarcas bíblicos; o "guia eterno dos astros", Deus; e a "mãe-luz", a primeira e benigna luz do sol, a que dá vida.

[103] A morte ser melhor que a vida não é decreto divino.

[104] O Gênesis, fonte de quase todos os episódios do canto.

[105] A destruição das ilusões benignas pelo intelecto curioso.

[106] Apesar do contexto cristão, está por céu.

Fiamma n'increbbe, e detestato il parto
Fu del grembo materno, e violento 20
Emerse il disperato Erebo in terra.

Tu primo il giorno, e le purpuree faci
Delle rotanti sfere, e la novella
Prole de' campi, o duce antico e padre
Dell'umana famiglia, e tu l'errante 25
Per li giovani prati aura contempli:
Quando le rupi e le deserte valli
Precipite l'alpina onda feria
D'inudito fragor; quando gli ameni
Futuri seggi di lodate genti 30
E di cittadi romorose, ignota
Pace regnava; e gl'inarati colli
Solo e muto ascendea l'aprico raggio
Di febo e l'aurea luna. Oh fortunata,
Di colpe ignara e di lugubri eventi, 35
Erma terrena sede! Oh quanto affanno
Al gener tuo, padre infelice, e quale
D'amarissimi casi ordine immenso
Preparano i destini! Ecco di sangue
Gli avari colti e di fraterno scempio 40
Furor novello incesta, e le nefande
Ali di morte il divo etere impara.
Trepido, errante il fratricida, e l'ombre
Solitarie fuggendo e la secreta
Nelle profonde selve ira de' venti, 45
Primo i civili tetti, albergo e regno
Alle macere cure, innalza; e primo
Il disperato pentimento i ciechi

Tornou-se nojo, e detestado o parto
Do útero materno, e violento
O Érebo[107] emergiu rasgando a terra.

E tu[108] primeiro o dia, e a luz purpúrea
Das esferas que giram, e a nascente
Vida dos campos, ó senhor e pai
De toda a raça humana, e tu a errante
Brisa nos prados de frescor contemplas:
Quando em penhascos e desertos vales
Caindo a água fria urrava gritos
Sem que ninguém a ouvisse; quando as belas
Futuras terras de nações louvadas
E cidades ruidosas inda estavam
Em paz imersas; e à colina intacta
Subia só e mudo o claro raio
De febo[109] e a áurea lua. Afortunado
Deserto mundo, livre então de culpas
E de cruéis castigos! Oh que angústia
Para os teus filhos, pobre pai, e que
Sequência imensa de terríveis golpes
Preparam os destinos! Logo fúria
Nova os avaros campos mancha com
Fraterno sangue,[110] e o céu divino aprende
Quanto as asas da morte são nojentas.
Trêmulo, errante o fratricida, e as sombras
Soturnas evitando e a segregada
No ventre da floresta ira dos ventos,
Primeiro erige os tetos,[111] reino e abrigo
De angústias lacerantes; e primeiro,
Arfante e infindo, o seu remorso inútil

---

[107] Novamente, apesar do contexto cristão, está por inferno.

[108] Adão.

[109] O sol.

[110] Caim assassinando Abel.

[111] Foi Caim o primeiro a edificar uma cidade.

Mortali egro, anelante, aduna e stringe
Ne' consorti ricetti: onde negata 50
L'improba mano al curvo aratro, e vili
Fur gli agresti sudori; ozio le soglie
Scellerate occupò; ne' corpi inerti
Domo il vigor natio, languide, ignave
Giacquer le menti; e servitù le imbelli 55
Umane vite, ultimo danno, accolse.

E tu dall'etra infesto e dal mugghiante
Su i nubiferi gioghi equoreo flutto
Scampi l'iniquo germe, o tu cui prima
Dall'aer cieco e da' natanti poggi 60
Segno arrecò d'instaurata spene
La candida colomba, e delle antiche
Nubi l'occiduo Sol naufrago uscendo,
L'atro polo di vaga iri dipinse.
Riede alla terra, e il crudo affetto e gli empi 65
Studi rinnova e le seguaci ambasce
La riparata gente. Agl'inaccessi
Regni del mar vendicatore illude
Profana destra, e la sciagura e il pianto
A novi liti e nove stelle insegna. 70

Or te, padre de' pii, te giusto e forte,
E di tuo seme i generosi alunni
Medita il petto mio. Dirò siccome
Sedente, oscuro, in sul meriggio all'ombre
Del riposato albergo, appo le molli 75
Rive del gregge tuo nutrici e sedi,
Te de' celesti peregrini occulte
Beàr l'eteree menti; e quale, o figlio

Encerra em reclusão comum o cego
Rebanho dos mortais: daí negaram
A mão malvada ao curvo arado, e dizem
Vil o suor dos campos; ócio ocupa
As insanas soleiras; e a inércia
Nos corpos doma a força, lassas, lerdas
As mentes jazem; e covarde o homem
Abraça, angústia extrema, a escravidão.

E tu[112] do céu insano e do troante
Sobre os nublados cumes fluxo d'água
O ímpio sêmen salvas; tu, que viste
Do turvo ar, dos picos inundados,
Trazer o signo da esperança nova
A puríssima pomba, e das antigas
Nuvens náufrago o Sol poente vindo
Traçar no ar escuro o arco-íris.
Retorna à terra, e o cru afã e as ímpias
Obras renova e as consequentes penas
A recriada gente. A mão profana
Ilude o inacessível onde reina o
Mar vingador, e a amargura e o pranto
Ensina a novas praias, novos astros.

Em ti, ó pai de eleitos,[113] justo e forte,
E nos tão puros frutos do teu sêmen
Medita o peito meu. Direi de como
Sentado, humilde, ao meio-dia, à sombra,
Em paz no teu abrigo sobre a tenra
Margem que o teu rebanho acolhe e nutre,
Ocultas, de celestes peregrinos[114]
As almas te encantaram; e como, ó filho

---

[112] Noé.

[113] Abraão, pai da nação israelita.

[114] Os três anjos que anunciaram a Abraão e Sara o nascimento de Isaac.

Della saggia Rebecca, in su la sera,
Presso al rustico pozzo e nella dolce 80
Di pastori e di lieti ozi frequente
Aranitica valle, amor ti punse
Della vezzosa Labanide: invitto
Amor, ch'a lunghi esigli e lunghi affanni
E di servaggio all'odiata soma 85
Volenteroso il prode animo addisse.

Fu certo, fu (né d'error vano e d'ombra
L'aonio canto e della fama il grido
Pasce l'avida plebe) amica un tempo
Al sangue nostro e dilettosa e cara 90
Questa misera piaggia, ed aurea corse
Nostra caduca età. Non che di latte
Onda rigasse intemerata il fianco
Delle balze materne, o con le greggi
Mista la tigre ai consueti ovili 95
Né guidasse per gioco i lupi al fonte
Il pastorel; ma di suo fato ignara
E degli affanni suoi, vota d'affanno
Visse l'umana stirpe; alle secrete
Leggi del cielo e di natura indutto 100
Valse l'ameno error, le fraudi, il molle
Pristino velo; e di sperar contenta
Nostra placida nave in porto ascese.

De Rebeca,[115] tão sábia, ao pôr do sol,
Perto do poço agreste lá no vale
Doce de Harã onde os pastores vêm
Se distrair, te apunhalou o amor
Pela formosa Labanida:[116] invicto
Amor, que a longo exílio e longa pena e
De escravidão ao detestado jugo,[117]
Alegremente, a nobre alma atou.

Foi, foi sim (de mentira e sombra vã
O canto aônio[118] e a tradição não nutrem
A plebe ávida) gentil um dia
Ao nosso sangue e prazerosa e cara
Esta mísera terra, e áurea era
Nossa vida hoje podre. Não que um rio
De puro leite o flanco das colinas
Maternas derramasse, ou com o rebanho
Emaranhasse o tigre e, só por troça,
Lobos levasse à fonte das ovelhas
O pastor; mas alheia ao seu destino
E aos seus afãs, de todo afã vazia
Viveu a raça humana; sobre as leis
Do céu e da natura distendido
O iludir-se, o meigo errar, foi leve,
Um dia, véu;[119] e de esperar contente
Nossa plácida nave ao porto alçou-se.

---

[115] Jacó, filho, com Esaú, de Rebeca, mulher de Isaac.

[116] "Labanida", i.e., Raquel, filha de Labão e prima de Jacó.

[117] Labão prometeu que daria a Jacó a mão de Raquel ao fim de sete anos de trabalho, mas, findo o prazo, lhe deu a de Lia, mais velha que Raquel. Para casar-se com Raquel, Jacó foi obrigado a servir Labão outros sete anos.

[118] Os mitos e lendas narrados pelos poetas. Aônia era um nome alternativo do Monte Helicão, na Beócia, consagrado a Apolo e às Musas.

[119] O véu da ilusão, que encobrindo a verdade da razão permitiu aos primeiros seres humanos serem felizes.

Tal fra le vaste californie selve
Nasce beata prole, a cui non sugge 105
Pallida cura il petto, a cui le membra
Fera tabe non doma; e vitto il bosco,
Nidi l'intima rupe, onde ministra
L'irrigua valle, inopinato il giorno
Dell'atra morte incombe. Oh contra il nostro 110
Scellerato ardimento inermi regni
Della saggia natura! I lidi e gli antri
E le quiete selve apre l'invitto
Nostro furor; le violate genti
Al peregrino affanno, agl'ignorati 115
Desiri educa; e la fugace, ignuda
Felicità per l'imo sole incalza.

Assim, na Califórnia, em vastas selvas
Nasce um povo feliz,[120] dos quais não suga
Pálido afã o peito, e cujo corpo
Não morde mal algum; comida o bosque,
Os ninhos os penhascos, águas dá
O vale, sempre inesperado o dia
Da morte o ameaça. Oh contra a nossa
Insana audácia os reinos indefesos
Da sábia natureza! Terras, covas,
Caladas selvas rompe o invencível
Nosso furor; os povos violados
Em estrangeiro afã, em nunca vistas
Paixões, educa; e a nua e tão fugaz
Felicidade além do ocaso acossa.

---

[120] Os povos indígenas da Califórnia ainda viviam esta mítica relação com a natureza.

IX.
ULTIMO CANTO DI SAFFO

Placida notte, e verecondo raggio
Della cadente luna; e tu che spunti
Fra la tacita selva in su la rupe,
Nunzio del giorno; oh dilettose e care
Mentre ignote mi fur l'erinni e il fato, 5
Sembianze agli occhi miei; già non arride
Spettacol molle ai disperati affetti.
Noi l'insueto allor gaudio ravviva
Quando per l'etra liquido si volve
E per li campi trepidanti il flutto 10
Polveroso de' Noti, e quando il carro,
Grave carro di Giove a noi sul capo,
Tonando, il tenebroso aere divide.
Noi per le balze e le profonde valli
Natar giova tra' nembi, e noi la vasta 15

IX.
ÚLTIMO CANTO DE SAFO[121]

Plácida noite, e casto-claro raio
Da declinante lua; e tu[122] que surges
Entre a tácita selva sobre a rocha,
Arauto da manhã; oh quantas doces,
Enquanto ocultos o destino e as fúrias,[123]
Visões nos olhos meus; já não sorriem
Cenários belos as paixões-torturas.
Hoje o prazer perdido nos[124] renasce
Quando no éter líquido[125] se agita
E pelo vale trepidante o fluxo
Polvoroso dos ventos; quando o carro,
Grande carro de Jove[126] sobre nós,
Troando, o tenebroso ar divide.
Apraz-nos por penhascos e profundos
Vales nadar nas nuvens, ou a vasta

---

[121] Safo de Lesbos (*c.* 630-*c.* 570 a.C.) foi a maior poeta lírica da Grécia. Quer uma tradição, sem qualquer evidência ancorada em fatos, que ela tenha se atirado de um penhasco por amor a Faonte, que não o correspondera porque Safo era desprovida de qualquer beleza física. É esta infelicidade, compartilhada por Leopardi, que transforma Safo na *persona* mais tocante entre as que Leopardi utilizou.

[122] Vênus, a estrela da manhã.

[123] São as Erínias, deusas vingadoras dos crimes contra a ordem social, temidas pelos próprios deuses.

[124] A ela e aos que sofrem como ela, só o risco da morte dá prazer.

[125] Está por céu.

[126] Outro nome de Júpiter, que produzia os raios e trovões com seu grande carro.

Fuga de' greggi sbigottiti, o d'alto
Fiume alla dubbia sponda
Il suono e la vittrice ira dell'onda.

Bello il tuo manto, o divo cielo, e bella
Sei tu, rorida terra. Ahi di cotesta 20
Infinita beltà parte nessuna
Alla misera Saffo i numi e l'empia
Sorte non fenno. A' tuoi superbi regni
Vile, o natura, e grave ospite addetta,
E dispregiata amante, alle vezzose 25
Tue forme il core e le pupille invano
Supplichevole intendo. A me non ride
L'aprico margo, e dall'eterea porta
Il mattutino albor; me non il canto
De' colorati augelli, e non de' faggi 30
Il murmure saluta: e dove all'ombra
Degl'inchinati salici dispiega
Candido rivo il puro seno, al mio
Lubrico piè le flessuose linfe
Disdegnando sottragge, 35
E preme in fuga l'odorate spiagge.

Qual fallo mai, qual sì nefando eccesso
Macchiommi anzi il natale, onde sì torvo
Il ciel mi fosse e di fortuna il volto?
In che peccai bambina, allor che ignara 40
Di misfatto è la vita, onde poi scemo
Di giovanezza, e disfiorato, al fuso
Dell'indomita Parca si volvesse

Fuga de bois em bando, ou do bravio
Rio o roncar que ronda
Medroso o flanco e a ira atroz da onda.

Belo o teu manto, ó céu divino, e bela
És tu, terra orvalhada. Ai não quiseram
Que a pobre Safo parte alguma fosse
Dessa beleza imensa os céus e a sorte
Impiedosa. Em teus soberbos reinos
Hóspede indesejada, ó natureza,
E desprezada amante, às mais que lindas
Tuas formas meu peito e olhar em vão,
Pedinte, lanço. Não mereço o riso
Da margem clara e, no portal do éter,[127]
Do brilho da manhã; e não o canto
Das coloridas aves, nem das faias
A música saúda: e onde à sombra
De alguns salgueiros curvos se desnuda
Cândido rio o puro seio, o meu
Lúbrico pé as linfas[128] ondulosas
Desprezam recuando,
E a aromada margem pisam em bando.[129]

Qual tanto erro, qual terrível crime
Manchou-me antes do berço, para ser-me
O céu tão turvo e da fortuna o rosto?
Em que pequei menina, quando a vida
Ignora todo mal, para que vácuo
De juventude, e desfolhado, ao fuso
Da não domada Parca[130] se calasse

---

[127] Como acima, está por céu.

[128] As águas.

[129] Fogem da aparência desagradável de Safo.

[130] A Parca que enrolava o fio ao fuso determinando a qualidade da vida e sua extensão era Láquesis. Cloto dava origem ao fio e Átropos, a terceira e implacável, o cortava.

Il ferrigno mio stame? Incaute voci
Spande il tuo labbro: i destinati eventi 45
Move arcano consiglio. Arcano è tutto,
Fuor che il nostro dolor. Negletta prole
Nascemmo al pianto, e la ragione in grembo
De' celesti si posa. Oh cure, oh speme
De' più verd'anni! Alle sembianze il Padre, 50
Alle amene sembianze eterno regno
Diè nelle genti; e per virili imprese,
Per dotta lira o canto,
Virtù non luce in disadorno ammanto.

Morremo. Il velo indegno a terra sparto 55
Rifuggirà l'ignudo animo a Dite,
E il crudo fallo emenderà del cieco
Dispensator de' casi. E tu cui lungo
Amore indarno, e lunga fede, e vano
D'implacato desio furor mi strinse, 60
Vivi felice, se felice in terra
Visse nato mortal. Me non asperse
Del soave licor del doglio avaro
Giove, poi che perir gl'inganni e il sogno
Della mia fanciullezza. Ogni più lieto 65
Giorno di nostra età primo s'invola.
Sottentra il morbo, e la vecchiezza, e l'ombra
Della gelida morte. Ecco di tante
Sperate palme e dilettosi errori,

Meu fio só ferrugem? Incauta voz
Verte teu lábio:[131] a procissão de eventos
Sai de arcano poder. Arcano é tudo,
Exceto a nossa dor. Raça esquecida
Nascemos para o pranto, e jaz no seio
Dos deuses o porquê. Afãs, oh ânsia
De anos mais verdes! À aparência o Pai,[132]
À aparência que é terna, fez rainha
Sobre as gentes; nem atos de nobreza,
Nem sábia lira ou canto,
Fazem brilhar quem traja informe manto.[133]

Morremos. Dado ao chão o véu indigno
A alma nua buscará Plutão,[134]
E o rude erro sanará do cego
Desenhador do acaso.[135] E tu,[136] que em tanto
Amor em vão, fidelidade, e fúria
De arder insaciada me queimaste,
Vive feliz, se é que feliz na terra
Viveu mortal nascido. Não banhou-me
Com o suave licor do jarro avaro
Jove, depois de mortos a ilusão
E o sonho de menina. Cada mais
Alegre dia vai primeiro embora.
E morde-nos o mal, e a idade, e a sombra
Dela: a gélida morte. E em vez das palmas
Tão esperadas, fantasias caras,

[131] Safo se autorrepreende ao tentar predizer o que será da vida, em que só a dor é previsível.

[132] Zeus, o pai dos deuses e homens.

[133] O corpo sem beleza física.

[134] O soberano do mundo dos mortos.

[135] O destino.

[136] Faonte.

Il Tartaro m'avanza; e il prode ingegno 70
Han la tenaria Diva,
E l'atra notte, e la silente riva.

O Tártaro[137] me agarra; e o nobre engenho
A deusa escura[138] vence-o,
E a negra noite, e as praias do silêncio.[139]

[137] O mundo dos mortos.

[138] Prosérpina, mulher de Plutão, soberana do Tártaro.

[139] As margens do Estige, rio dos infernos.

X.
IL PRIMO AMORE

Tornami a mente il dì che la battaglia
D'amor sentii la prima volta, e dissi:
Oimè, se quest'è amor, com'ei travaglia!
Che gli occhi al suol tuttora intenti e fissi,
Io mirava colei ch'a questo core 5
Primiera il varco ed innocente aprissi.
Ahi come mal mi governasti, amore!
Perché seco dovea sì dolce affetto
Recar tanto desio, tanto dolore?
E non sereno, e non intero e schietto, 10
Anzi pien di travaglio e di lamento
Al cor mi discendea tanto diletto?
Dimmi, tenero core, or che spavento,
Che angoscia era la tua fra quel pensiero
Presso al qual t'era noia ogni contento? 15
Quel pensier che nel dì, che lusinghiero
Ti si offeriva nella notte, quando
Tutto queto parea nell'emisfero:
Tu inquieto, e felice e miserando,
M'affaticavi in su le piume il fianco, 20
Ad ogni or fortemente palpitando.
E dove io tristo ed affannato e stanco
Gli occhi al sonno chiudea, come per febre
Rotto e deliro il sonno venia manco.

X.
O PRIMEIRO AMOR[140]

Volta-me à mente o dia em que a batalha
Do amor senti nascendo, e que me ouviu
Dizer: se é isto o amor, como retalha!
Em que, o olhar no chão sempre servil,
Mirava aquela que em meu peito por
Primeiro um rasgo e sem sabê-lo abriu.
Ai, como mal tu me guiaste, amor!
Por que paixão tão doce irá trazer
Consigo um tal desejo, uma tal dor?
E não sereno, e puro e inteiro, arder,
Antes pleno de angústia e de lamento
No peito penetrava um tal prazer?
Me conta, ó terno peito, do tormento,
Da angústia que banal toda alegria
Tornava em meio àquele pensamento?
Aquele que, armadilha, à luz do dia,
Em plena noite se ofertava, quando
Metade deste mundo a paz cobria:
Tu inquieto, e feliz e agonizando,
Premias sobre as plumas o meu peito,
Sempre e sempre com força palpitando.
E se cansado e triste no meu leito
Rendia ao sono os olhos, feito chama
O sono de delírio era desfeito.

---

[140] O primeiro amor foi Geltrude Cassi, sua prima casada com o conde Giovanni Lazzari. O poema foi escrito no dia seguinte à sua partida depois de ter estado três dias hospedada no Palazzo Leopardi, em dezembro de 1817.

Oh come viva in mezzo alle tenebre 25
Sorgea la dolce imago, e gli occhi chiusi
La contemplavan sotto alle palpebre!
Oh come soavissimi diffusi
Moti per l'ossa mi serpeano, oh come
Mille nell'alma instabili, confusi 30
Pensieri si volgean! qual tra le chiome
D'antica selva zefiro scorrendo,
Un lungo, incerto mormorar ne prome.
E mentre io taccio, e mentre io non contendo,
Che dicevi, o mio cor, che si partia 35
Quella per che penando ivi e battendo?
Il cuocer non più tosto io mi sentia
Della vampa d'amor, che il venticello
Che l'aleggiava, volossene via.
Senza sonno io giacea sul dì novello, 40
E i destrier che dovean farmi deserto,
Battean la zampa sotto al patrio ostello.
Ed io timido e cheto ed inesperto,
Ver lo balcone al buio protendea
L'orecchio avido e l'occhio indarno aperto, 45
La voce ad ascoltar, se ne dovea
Di quelle labbra uscir, ch'ultima fosse;
La voce, ch'altro il cielo, ahi, mi togliea.
Quante volte plebea voce percosse
Il dubitoso orecchio, e un gel mi prese, 50
E il core in forse a palpitar si mosse!
E poi che finalmente mi discese
La cara voce al core, e de' cavai
E delle rote il romorio s'intese;
Orbo rimaso allor, mi rannicchiai 55
Palpitando nel letto e, chiusi gli occhi,
Strinsi il cor con la mano, e sospirai.

Oh quão viva do escuro a doce ama
Dos meus sonhos surgia aos meus reclusos
Olhos mirando-a, sob os cílios, trama!
Oh quão delicadíssimos difusos
Frios nos ossos qual serpentes, quantos
Tantos na alma instáveis e confusos
Pensares a voar! Qual entre os mantos
Da arcana selva zéfiro[141] escorrendo,
A arrancar-lhes incertos, longos cantos.
E enquanto calo, e enquanto assim me rendo,
Que dizias, meu peito, que partia
Aquela[142] por quem penas, mal batendo?
Mal a chama do amor em mim sentia
Arder, no mesmo instante o vento leve
Que a abrandava me abandonaria.
Sem sono ali deitado e o dia em breve;
Cavalos que de mim farão deserto;
Choque de cascos mancha a clara neve.
E eu tímido e calado e inexperto
Para a sacada escura então guiava
Ávida orelha e o olho em vão aberto,
A voz para escutar, minha alma escrava
A quer, a última do lábio seu:
A voz, o resto o céu, ai, me roubava.
Quantas vezes plebeia voz colheu
O ouvido em dúvida, e um frio vil,
Meu peito, num talvez, enlouqueceu!
Depois que finalmente discerniu
A cara voz meu peito, e que pesado
De rodas e corcéis rumor se ouviu;
Me contraí então, abandonado,
Premi com a mão o peito e palpitando
No leito suspirei, olhar selado.

---

[141] O vento da primavera.

[142] Descreve a partida de Geltrude Cassi na aurora do domingo, 14 de dezembro de 1817.

Poscia traendo i tremuli ginocchi
Stupidamente per la muta stanza,
Ch'altro sarà, dicea, che il cor mi tocchi? 60
Amarissima allor la ricordanza
Locommisi nel petto, e mi serrava
Ad ogni voce il core, a ogni sembianza.
E lunga doglia il sen mi ricercava,
Com'è quando a distesa Olimpo piove 65
Malinconicamente e i campi lava.
Ned io ti conoscea, garzon di nove
E nove Soli, in questo a pianger nato
Quando facevi, amor, le prime prove.
Quando in ispregio ogni piacer, né grato 70
M'era degli astri il riso, o dell'aurora
Queta il silenzio, o il verdeggiar del prato.
Anche di gloria amor taceami allora
Nel petto, cui scaldar tanto solea,
Che di beltade amor vi fea dimora. 75
Né gli occhi ai noti studi io rivolgea,
E quelli m'apparian vani per cui
Vano ogni altro desir creduto avea.
Deh come mai da me sì vario fui,
E tanto amor mi tolse un altro amore? 80
Deh quanto, in verità, vani siam nui!
Solo il mio cor piaceami, e col mio core
In un perenne ragionar sepolto,
Alla guardia seder del mio dolore.
E l'occhio a terra chino o in sé raccolto, 85
Di riscontrarsi fuggitivo e vago
Né in leggiadro soffria né in turpe volto:
Che la illibata, la candida imago
Turbare egli temea pinta nel seno,
Come all'aure si turba onda di lago. 90

Depois a perna trêmula arrastando
Pela mudez do quarto, tolo e errante,
Dizia, há algo ainda mais nefando?
Dolorosa a lembrança num instante
Cravou-se no meu peito, e me cerrava
O imo a toda voz, todo semblante.
E dor contínua o seio penetrava,
Tão ampla como quando o Olimpo[143] chove
Melancolicamente e os campos lava.
Sequer te conhecia, dezenove
Anos[144] tinha este ao pranto consagrado
Quando obrigas, amor, que ele te prove.
Quando ao prazer dava desprezo, enfado
Era o sorrir dos astros, ou da aurora
Calma o silêncio, ou o verdejar do prado.
Até por glória o amor calava agora
No peito, que queimar-me há tanto via,
Pois por beleza o amor já nele mora.
Nem mais o olhar ao estudo então volvia,
E os que tornavam tudo vão, os tomos,
Também vãos eu julgava agora e cria.
Oh como assim diverso do que fomos,
Um tal amor por outro amor desfeito?
Como vãos, na verdade, todos somos!
Prazer só no meu peito, e com meu peito
Em um perene conversar sepulto,
Da dor sentar-me em guarda ao pé do leito.
E o olhar no chão colado e em si oculto,
Não suportava, sempre esquivo e vago,
Com belo deparar-se ou bruto vulto:
Porque o cândido e puro rosto mago
Turvar temia, impresso em si, sereno,
Como ao vento se turva o véu do lago.

---

[143] Como sempre, está por céu.

[144] No original, Leopardi usa a expressão “menino de nove e nove sóis” para dizer dezoito anos quando, na verdade, já completara dezenove: o uso da idade verdadeira prende-se à necessidade métrica.

E quel di non aver goduto appieno
Pentimento, che l'anima ci grava,
E il piacer che passò cangia in veleno,
Per li fuggiti dì mi stimolava
Tuttora il sen: che la vergogna il duro 95
Suo morso in questo cor già non oprava.
Al cielo, a voi, gentili anime, io giuro
Che voglia non m'entrò bassa nel petto,
Ch'arsi di foco intaminato e puro.
Vive quel foco ancor, vive l'affetto, 100
Spira nel pensier mio la bella imago,
Da cui, se non celeste, altro diletto
Giammai non ebbi, e sol di lei m'appago.

E aquela de não ter gozado pleno
Contrição, que da alma o frio agrava
E o prazer que passou torna veneno,
Dos dias que perdi me apunhalava
O seio sempre: que a vergonha o duro
Seu dente o peito meu já não sulcava.
Ao céu, a vós, almas gentis, eu juro:
Jamais um vil desejo viu meu peito,
Que ardi num fogo imaculado e puro.
Vive tal fogo ainda, e seu efeito,
Respira em meu pensar o rosto mago,
O qual, senão celeste, outro proveito
Jamais me deu. E é só: me sinto pago.

XI.
IL PASSERO SOLITARIO

D'in su la vetta della torre antica,
Passero solitario, alla campagna
Cantando vai finché non more il giorno;
Ed erra l'armonia per questa valle.
Primavera dintorno 5
Brilla nell'aria, e per li campi esulta,
Sì ch'a mirarla intenerisce il core.
Odi greggi belar, muggire armenti;
Gli altri augelli contenti, a gara insieme
Per lo libero ciel fan mille giri, 10
Pur festeggiando il lor tempo migliore:
Tu pensoso in disparte il tutto miri;
Non compagni, non voli,
Non ti cal d'allegria, schivi gli spassi;
Canti, e così trapassi 15
Dell'anno e di tua vita il più bel fiore.

Oimè, quanto somiglia
Al tuo costume il mio! Sollazzo e riso,
Della novella età dolce famiglia,
E te german di giovinezza, amore, 20
Sospiro acerbo de' provetti giorni,
Non curo, io non so come; anzi da loro

XI.
O PARDAL SOLITÁRIO

De lá do alto desta torre antiga,[145]
Solitário pardal,[146] para a campina
Cantando vais enquanto o sol não morre;
E vaga a melodia pelo vale.
A primavera escorre
Brilhos no ar, e pelos campos baila,
Corações se enternecem em seu frescor.
Ovelhas balem, muge alegre o gado;
Pardais por todo lado, em bando brincam
Traçam no céu aberto mil espiras,
Festejando seu tempo de verdor:
Tu à parte e sozinho o todo miras;
Não os segues, não voas,
Não queres jogos, risos tu recusas;
Cantas, cantando cruzas
Do ano e tua vida a bela flor.[147]

Ai, quanto se parece
Com teu costume o meu! Brinquedo e riso,
Irmãos que a idade pouca reconhece,
E tu, amor, da juventude gêmeo,
Suspiro amargo da velhice triste,
Não busco, não sei como; dele ao invés

---

[145] A torre da igreja de Sant'Agostino em Recanati.

[146] Não é o pardal comum, mas uma espécie europeia mais azulada.

[147] Flor, aqui e quase sempre em Leopardi, é uma imagem da juventude.

Quasi fuggo lontano;
Quasi romito, e strano
Al mio loco natio, 25
Passo del viver mio la primavera.
Questo giorno ch'omai cede alla sera,
Festeggiar si costuma al nostro borgo.
Odi per lo sereno un suon di squilla,
Odi spesso un tonar di ferree canne, 30
Che rimbomba lontan di villa in villa.
Tutta vestita a festa
La gioventù del loco
Lascia le case, e per le vie si spande;
E mira ed è mirata, e in cor s'allegra. 35
Io solitario in questa
Rimota parte alla campagna uscendo,
Ogni diletto e gioco
Indugio in altro tempo: e intanto il guardo
Steso nell'aria aprica 40
Mi fere il Sol che tra lontani monti,
Dopo il giorno sereno,
Cadendo si dilegua, e par che dica
Che la beata gioventù vien meno.

Tu, solingo augellin, venuto a sera 45
Del viver che daranno a te le stelle,
Certo del tuo costume
Non ti dorrai; che di natura è frutto
Ogni vostra vaghezza.
A me, se di vecchiezza 50
La detestata soglia
Evitar non impetro,

Quase fujo e me acanho;
Quase eremita, e estranho
À sé do meu nascer,
Passo do meu viver a primavera.
Este dia[148] que a noite já lacera,
Festejar se costuma em nossa aldeia.
Ouve: no céu sereno um som sibila,
Ouve: há sempre um troar de alguns fuzis,[149]
Que ribomba p'ra lá de vila em vila.
Vestidos para a festa,
Os jovens do lugar
Saem de casa, e cada rua invadem;
Se olham e são olhados, sempre alegres.
Eu solitário a esta
Remota parte da campina vindo,
Cada prazer e amar
Adio a outro tempo: agora o olhar,
Preso no ar a arder,
Me fere o Sol que longe entre montanhas,[150]
Depois do dia claro,
Caindo some, quase a me dizer
Que é o fim do tempo alegre e a mim tão caro.

Em ti, pardal sozinho, quando à noite
Do viver as estrelas te levarem,
Lembrar este costume
Não doerá; pois da natura é fruto
Inteiro o teu querer.[151]
Mas, se do envelhecer
Evitar não consigo
O umbral tão detestado,

---

[148] Provavelmente 15 de junho, dia de San Vito, padroeiro de Recanati.

[149] Salvas de tiros.

[150] Os Apeninos.

[151] Governado apenas pelo instinto natural, a memória de um dia distante não incomoda o pássaro.

Quando muti questi occhi all'altrui core,
E lor fia vòto il mondo, e il dì futuro
Del dì presente più noioso e tetro, 55
Che parrà di tal voglia?
Che di quest'anni miei? che di me stesso?
Ahi pentirommi, e spesso,
Ma sconsolato, volgerommi indietro.

Quando mudo este olhar aos corações,
E lhe for vácuo o mundo, e seu porvir
Do que o presente mais desventurado,
De tal afã, que digo?
E destes anos meus? O que de mim?
Terei saudade enfim,
E, mais triste, amarei o meu passado.

XII.
L'INFINITO

Sempre caro mi fu quest'ermo colle,
E questa siepe, che da tanta parte
Dell'ultimo orizzonte il guardo esclude.
Ma sedendo e mirando, interminati
Spazi di là da quella, e sovrumani 5
Silenzi, e profondissima quiete
Io nel pensier mi fingo; ove per poco
Il cor non si spaura. E come il vento
Odo stormir tra queste piante, io quello
Infinito silenzio a questa voce 10
Vo comparando: e mi sovvien l'eterno,
E le morte stagioni, e la presente
E viva, e il suon di lei. Così tra questa
Immensità s'annega il pensier mio:
E il naufragar m'è dolce in questo mare. 15

XII.
O INFINITO

Sempre amei este morro[152] tão deserto,
E esta sebe, que por todo lado
Do último horizonte o olhar me veda.
Mas sentando e mirando, intermináveis
Ares lá além daquela, e sobre-humanos
Silêncios, profundíssima quietude,
Eu no pensar me finjo;[153] onde por pouco
Meu peito não se assusta. E como o vento
Ouço arfar entre estas plantas, aquele
Infinito silêncio a esta voz
Vou comparando: e me revém o eterno,
E estações que passaram, e a presente
E viva, e o seu rumor. E assim eu nesta
Imensidade afogo o pensamento:
Meu naufragar é doce neste mar.

---

[152] Era, no tempo da composição do poema, conhecido como Monte Tabor; hoje é chamado de Morro do Infinito.

[153] Isto é, imagino estar em minha mente.

XIII.
LA SERA DEL DÌ DI FESTA

Dolce e chiara è la notte e senza vento,
E queta sovra i tetti e in mezzo agli orti
Posa la luna, e di lontan rivela
Serena ogni montagna. O donna mia,
Già tace ogni sentiero, e pei balconi 5
Rara traluce la notturna lampa:
Tu dormi, che t'accolse agevol sonno
Nelle tue chete stanze; e non ti morde
Cura nessuna; e già non sai né pensi
Quanta piaga m'apristi in mezzo al petto. 10
Tu dormi: io questo ciel, che sì benigno
Appare in vista, a salutar m'affaccio,
E l'antica natura onnipossente,
Che mi fece all'affanno. A te la speme
Nego, mi disse, anche la speme; e d'altro 15
Non brillin gli occhi tuoi se non di pianto.
Questo dì fu solenne: or da' trastulli
Prendi riposo; e forse ti rimembra
In sogno a quanti oggi piacesti, e quanti

XIII.
A NOITE DO DIA DE FESTA

Doce e clara é a noite e sem um vento,
E quieta sobre as casas e quintais
Repousa a lua, ao longe revelando
Serenas as montanhas. Ó senhora,[154]
Já calam os caminhos, nas varandas
É raro o reluzir de um lampião:
Tu dormes, que te abraça um leve sono
Em tua casa calma; e não te morde
Angústia alguma; e tu não vês nem sabes
Quanta chaga me abriste em pleno peito.
Dormes: eu este céu, que tão benigno
Se dá à vista, venho aqui saudar,
E a natureza antiga onipotente,
Que me fez para o afã. "Te nego tudo",
Disse,[155] "a própria esperança; e só de pranto
Rebrilhem os olhos teus e nada mais".
Foi solene este dia:[156] dos brinquedos
Agora tu[157] descansas; talvez lembres
Em sonho a quantos alegraste, e quantos

---

[154] Quase certamente esta mulher é um personagem inteiramente de ficção, mas já foi sugerido que se trata de Serafina Basvecchi, enteada de um tio de Leopardi e um de seus amores juvenis. Todos estes, com exceção daquele por Geltrude Cassi (cf. Canto X), ideais temáticos mais do que propriamente amores.

[155] A natureza.

[156] Dia de festa, um feriado.

[157] Volta a se dirigir à personagem/pessoa do início.

Piacquero a te: non io, non già ch'io speri, 20
Al pensier ti ricorro. Intanto io chieggo
Quanto a viver mi resti, e qui per terra
Mi getto, e grido, e fremo. Oh giorni orrendi
In così verde etate! Ahi, per la via
Odo non lunge il solitario canto 25
Dell'artigian, che riede a tarda notte,
Dopo i sollazzi, al suo povero ostello;
E fieramente mi si stringe il core,
A pensar come tutto al mondo passa,
E quasi orma non lascia. Ecco è fuggito 30
Il dì festivo, ed al festivo il giorno
Volgar succede, e se ne porta il tempo
Ogni umano accidente. Or dov'è il suono
Di que' popoli antichi? or dov'è il grido
De' nostri avi famosi, e il grande impero 35
Di quella Roma, e l'armi, e il fragorio
Che n'andò per la terra e l'oceano?
Tutto è pace e silenzio, e tutto posa
Il mondo, e più di lor non si ragiona.
Nella mia prima età, quando s'aspetta 40
Bramosamente il dì festivo, or poscia
Ch'egli era spento, io doloroso, in veglia,
Premea le piume; ed alla tarda notte
Un canto che s'udia per li sentieri
Lontanando morire a poco a poco, 45
Già similmente mi stringeva il core.

Te alegraram: não eu, sequer espero
Em teu pensar me ver. Pergunto agora
Quanto viver me resta, e sobre a terra
Me atiro, e grito, e tremo. Horrendos dias,
E verde ainda a vida! Ai, pela estrada
Ouço não longe o solitário canto
Do artesão que retorna, tarda noite,
Ao seu pobre casebre, dos festejos,
E feramente o coração me oprime,
O pensar que no mundo tudo passa,
E nem vestígio deixa. Eis que se foi
O dia alegre, e cada alegre leva
Ao corriqueiro, e assim o tempo arrasta
Qualquer evento humano. Onde anda o som
De um mar de antigos povos? Onde o grito
Dos nossos ancestrais, e o grande império
Daquela Roma, e as armas, e o fragor
Que varreu toda a terra e o oceano?
Tudo é paz e silêncio, e todo o mundo
Repousa, e neles não se pensa mais.
Na minha idade pouca, em que se espera
Ansiosamente o dia alegre, agora
Que ele passara, eu triste, e atribulado
Premia as plumas; e bem tarda noite
Um canto que se ouvia nos caminhos,
Mais, mais longe, morrer de pouco em pouco,
Já também me oprimia o coração.

XIV.
ALLA LUNA

O graziosa luna, io mi rammento
Che, or volge l'anno, sovra questo colle
Io venia pien d'angoscia a rimirarti:
E tu pendevi allor su quella selva
Siccome or fai, che tutta la rischiari. 5
Ma nebuloso e tremulo dal pianto
Che mi sorgea sul ciglio, alle mie luci
Il tuo volto apparia, che travagliosa
Era mia vita: ed è, né cangia stile,
O mia diletta luna. E pur mi giova 10
La ricordanza, e il noverar l'etate
Del mio dolore. Oh come grato occorre
Nel tempo giovanil, quando ancor lungo
La speme e breve ha la memoria il corso,
Il rimembrar delle passate cose, 15
Ancor che triste, e che l'affanno duri!

XIV.
À LUA

Ó graciosa lua, eu bem me lembro,
Faz hoje um ano, a este morro[158] eu vinha,
Meu peito plena angústia, contemplar-te.
E tu pendente aí sobre esse bosque
Igual estás, inteira a clareá-lo.
Mas nebuloso e trêmulo do pranto
Brotando sob o cílio, à luz dos olhos
O teu vulto surgia, dolorosa
Era-me a vida: e é, não muda nunca,
Ó minha amada lua. Embora alegre
Seja a lembrança e o enumerar a idade
Da minha dor. Oh, como vem tão grato
No tempo juvenil, pois da esperança,
Bem longa, e breve é da memória a estrada,
O relembrar de um tal passado as coisas,
Inda que triste, e que a angústia dure!

---

[158] O mesmo de "O infinito".

XV.
IL SOGNO

Era il mattino, e tra le chiuse imposte
Per lo balcone insinuava il sole
Nella mia cieca stanza il primo albore;
Quando in sul tempo che più leve il sonno
E più soave le pupille adombra, 5
Stettemi allato e riguardommi in viso
Il simulacro di colei che amore
Prima insegnommi, e poi lasciommi in pianto.
Morta non mi parea, ma trista, e quale
Degl'infelici è la sembianza. Al capo 10
Appressommi la destra, e sospirando,
Vivi, mi disse, e ricordanza alcuna
Serbi di noi? Donde, risposi, e come
Vieni, o cara beltà? Quanto, deh quanto
Di te mi dolse e duol: né mi credea 15
Che risaper tu lo dovessi; e questo
Facea più sconsolato il dolor mio.
Ma sei tu per lasciarmi un'altra volta?
Io n'ho gran tema. Or dimmi, e che t'avvenne?
Sei tu quella di prima? E che ti strugge 20
Internamente? Obblivione ingombra

XV.
O SONHO

Aurora, e pelas frestas da janela
Da varanda lançava o sol no escuro
Do meu quarto o primeiro raio tênue;
Naquele instante em que mais leve o sono
E suave no cílio instila sombras,
Esteve do meu lado e olhou meu rosto
O simulacro, dela[159] que ensinou-me
Primeiro o amor, depois deixou-me em pranto.
Morta não parecia, apenas triste,
Com o ar dos infelizes. À cabeça
A mão me aproximou, e suspirando
Me disse: “Vives e lembranças nossas
Inda guardas?”. Respondo: “Como, donde
Tu vens, ó bela e cara? Quanto, ai quanto
Por ti sofri e sofro: eu nem pensava
Que o saberias tu um dia; e isto
Tornava mais aguda a minha dor.
Mas estás outra vez para deixar-me?
Eu o temo tanto. Diz, e como estás?
Inda és como antes? O que morde
Teu coração?”. “O esquecimento esmaga

---

[159] Apesar de várias sugestões de pessoas reais, o mais provável é que se trate de uma mescla de várias jovens recanatenses mencionadas em anotações autobiográficas: pode ser Teresa Fattorini (a “Sílvia” do Canto XXI), que morreu, muito jovem, em 1818; há algo de Geltrude Cassi (o “primeiro amor” do Canto X) e também de Teresa Brini e Serafina Basvecchi (cf. Canto XIII). Em qualquer caso, os componentes ficcionais são predominantes.

I tuoi pensieri, e gli avviluppa il sonno,
Disse colei. Son morta, e mi vedesti
L'ultima volta, or son più lune. Immensa
Doglia m'oppresse a queste voci il petto. 25
Ella seguì: nel fior degli anni estinta,
Quand'è il viver più dolce, e pria che il core
Certo si renda com'è tutta indarno
L'umana speme. A desiar colei
Che d'ogni affanno il tragge, ha poco andare 30
L'egro mortal; ma sconsolata arriva
La morte ai giovanetti, e duro è il fato
Di quella speme che sotterra è spenta.
Vano è saper quel che natura asconde
Agl'inesperti della vita, e molto 35
All'immatura sapienza il cieco
Dolor prevale. Oh sfortunata, oh cara,
Taci, taci, diss'io, che tu mi schianti
Con questi detti il cor. Dunque sei morta,
O mia diletta, ed io son vivo, ed era 40
Pur fisso in ciel che quei sudori estremi
Cotesta cara e tenerella salma
Provar dovesse, a me restasse intera
Questa misera spoglia? Oh quante volte
In ripensar che più non vivi, e mai 45
Non avverrà ch'io ti ritrovi al mondo,
Creder nol posso. Ahi ahi, che cosa è questa
Che morte s'addimanda? Oggi per prova
Intenderlo potessi, e il capo inerme
Agli atroci del fato odii sottrarre. 50
Giovane son, ma si consuma e perde
La giovanezza mia come vecchiezza;
La qual pavento, e pur m'è lunge assai.
Ma poco da vecchiezza si discorda
Il fior dell'età mia. Nascemmo al pianto, 55
Disse, ambedue; felicità non rise
Al viver nostro; e dilettossi il cielo
De' nostri affanni. Or se di pianto il ciglio,
Soggiunsi, e di pallor velato il viso

O teu senso, e teu sono ainda mais",
Disse ela. "Estou morta, e tu me viste
Pela última vez, há muito." Imensa
Angústia estas palavras me inundaram.
Prosseguiu: "Eu morri na flor dos anos,
Quando é mais doce a vida, e antes que o peito
Se convença do quanto a esperança
Humana é vã. De desejar aquela
Que dos afãs o livra está bem perto
O que enfermo, mas chega inconsolável
A morte aos jovens, e cruel é a sorte
Da esperança que some sob o solo.
Vão é saber o que a natura esconde
Ao que da vida nada sabe, e a cega
Dor prevalece à experiência pouca".
"Oh desafortunada, oh cara", eu disse,
"Cala, cala, com tais palavras quebras
Meu coração. És morta então e vivo
Estou, ó minha amada, e decretara
Mesmo o céu que o suor das agonias
Provaria esta cara e terna carne,
Enquanto a mim, inteira, restaria,
Esta infeliz carcaça? Oh quantas vezes
Ao se relembrar que já não vives mais,
Que nunca mais te encontrarei no mundo,
Me ponho a duvidar. Que coisa é esta
Denominada morte? Ah, se eu pudesse
Entendê-la provando, e a testa inerme
Roubar do ódio atroz do meu destino.
Jovem eu sou, mas se consome e perde
A minha juventude qual velhice; a
Quem temo tanto, ainda que distante.
Mas pouco da velhice é diferente
A minha flor da idade." "Ambos nascemos
Para o pranto", me disse, "não sorriu
A nós felicidade; e se alegrou
O céu com nossa dor." "Mas se de pranto
O cílio e palidez o rosto", rogo,

Per la tua dipartita, e se d'angoscia 60
Porto gravido il cor; dimmi: d'amore
Favilla alcuna, o di pietà, giammai
Verso il misero amante il cor t'assalse
Mentre vivesti? Io disperando allora
E sperando traea le notti e i giorni; 65
Oggi nel vano dubitar si stanca
La mente mia. Che se una volta sola
Dolor ti strinse di mia negra vita,
Non mel celar, ti prego, e mi soccorra
La rimembranza or che il futuro è tolto 70
Ai nostri giorni. E quella: ti conforta,
O sventurato. Io di pietade avara
Non ti fui mentre vissi, ed or non sono,
Che fui misera anch'io. Non far querela
Di questa infelicissima fanciulla. 75
Per le sventure nostre, e per l'amore
Che mi strugge, esclamai; per lo diletto
Nome di giovanezza e la perduta
Speme dei nostri dì, concedi, o cara,
Che la tua destra io tocchi. Ed ella, in atto 80
Soave e tristo, la porgeva. Or mentre
Di baci la ricopro, e d'affannosa
Dolcezza palpitando all'anelante
Seno la stringo, di sudore il volto
Ferveva e il petto, nelle fauci stava 85
La voce, al guardo traballava il giorno.
Quando colei teneramente affissi
Gli occhi negli occhi miei, già scordi, o caro,
Disse, che di beltà son fatta ignuda?
E tu d'amore, o sfortunato, indarno 90
Ti scaldi e fremi. Or finalmente addio.
Nostre misere menti e nostre salme
Son disgiunte in eterno. A me non vivi
E mai più non vivrai: già ruppe il fato
La fé che mi giurasti. Allor d'angoscia 95
Gridar volendo, e spasimando, e pregne
Di sconsolato pianto le pupille,

“Por tua despedida, e se de angústia
Grávido trago o peito, diz: de amor
Centelha alguma, ou de piedade deste
Mísero amante o imo te assaltou
Quando vivias? Cheio de esperança e
Vazio, noites, dias arrastava;
Hoje de duvidar em vão se cansa
A minha mente. Mas se alguma vez
Pungiu-te dor por minha negra vida,
Não cales, eu te peço, e me socorra
Ao menos a lembrança, que o futuro
Nos roubaram.” E ela: “Pois te acalma,
Desventurado. Nunca enquanto viva
Piedade te neguei, nem nego agora,
Fui infeliz também. Jamais te queixes
Da tua infelicíssima criança”.
“Por nossa desventura, e pelo amor
Que me consome”, eu disse, “pelo amado
Nome da juventude e a esperança
Nossa e perdida, deixa-me, ó bela,
Que a tua mão eu toque.” E ela, em gesto
Suave e triste, a estendia. E enquanto
Cubro-a de beijos, e de angustiada
Doçura palpitando ao anelante
Seio a cinjo, fervia de suor
O rosto e o peito, na garganta estaca
A voz, o dia atormentava o olhar.
E então e ternamente ela fixou
Os olhos nos meus olhos: “Esqueceste,
Ó caro? De beleza estou desnuda.
E tu de amor, ó infeliz, em vão
Ardes e tremes. E por fim, adeus.
Nossas míseras mentes, nossos corpos
Separam-se em eterno. Já não vives
P’ra mim nem viverás: o fado rasga
A fé que me juraste”. E então de angústia
Gritar querendo, preso em espasmos, prenhes
As pupilas de pranto atormentado,

Dal sonno mi disciolsi. Ella negli occhi
Pur mi restava, e nell'incerto raggio
Del Sol vederla io mi credeva ancora. 100

Do sono libertei-me. Ela restava
Nos meus olhos; naquele incerto raio
Do Sol acreditava ainda vê-la.

XVI.
LA VITA SOLITARIA

La mattutina pioggia, allor che l'ale
Battendo esulta nella chiusa stanza
La gallinella, ed al balcon s'affaccia
L'abitator de' campi, e il Sol che nasce
I suoi tremuli rai fra le cadenti 5
Stille saetta, alla capanna mia
Dolcemente picchiando, mi risveglia;
E sorgo, e i lievi nugoletti, e il primo
Degli augelli susurro, e l'aura fresca,
E le ridenti piagge benedico: 10
Poiché voi, cittadine infauste mura,
Vidi e conobbi assai, là dove segue
Odio al dolor compagno; e doloroso
Io vivo, e tal morrò, deh tosto! Alcuna
Benché scarsa pietà pur mi dimostra 15
Natura in questi lochi, un giorno oh quanto
Verso me più cortese! E tu pur volgi
Dai miseri lo sguardo; e tu, sdegnando
Le sciagure e gli affanni, alla reina
Felicità servi, o natura. In cielo, 20
In terra amico agl'infelici alcuno
E rifugio non resta altro che il ferro.

XVI.
A VIDA SOLITÁRIA

A chuva da manhã, enquanto, as asas
Batendo, agita-se no seu cercado
A galinhola, e chega à janela
O camponês, e o Sol que vem nascendo
Seus raios trêmulos por entre as gotas
Que caem crava, em meu casebre,[160] doce,
Docemente pingando, me desperta;
Levanto, e as nuvenzinhas, e o primeiro
Sussurrar dos passarinhos, e a brisa
Fresca, e os vales sorridentes bendigo:
Pois vos conheço e vi, sombrios muros
Das cidades,[161] no ódio a dor tem lá
Um companheiro; e em dor imerso eu vivo,
E morrerei, que seja logo! Alguma,
Inda que escassa, compaixão me tem
A natureza aqui, e quanto mais
Cortês já foi um dia! E ainda viras
O rosto aos infelizes; desprezando
Angústias e amarguras, à rainha
Felicidade serves, natureza.
No céu ou cá na terra amigo algum
E fuga ao triste resta fora o ferro.

---

[160] A família de Leopardi possuía uma casa campestre em San Leopoldo, perto de Recanati. A palavra, aqui, tem uma conotação mais ligada a rústico do que a pobre.

[161] É Recanati, está no plural para generalizar o sentimento.

Talor m'assido in solitaria parte,
Sovra un rialto, al margine d'un lago
Di taciturne piante incoronato. 25
Ivi, quando il meriggio in ciel si volve,
La sua tranquilla imago il Sol dipinge,
Ed erba o foglia non si crolla al vento,
E non onda incresparsi, e non cicala
Strider, né batter penna augello in ramo, 30
Né farfalla ronzar, né voce o moto
Da presso né da lunge odi né vedi.
Tien quelle rive altissima quiete;
Ond'io quasi me stesso e il mondo obblio
Sedendo immoto; e già mi par che sciolte 35
Giaccian le membra mie, né spirto o senso
Più le commova, e lor quiete antica
Co' silenzi del loco si confonda.

Amore, amore, assai lungi volasti
Dal petto mio, che fu sì caldo un giorno, 40
Anzi rovente. Con sua fredda mano
Lo strinse la sciaura, e in ghiaccio è volto
Nel fior degli anni. Mi sovvien del tempo
Che mi scendesti in seno. Era quel dolce
E irrevocabil tempo, allor che s'apre 45
Al guardo giovanil questa infelice
Scena del mondo, e gli sorride in vista
Di paradiso. Al garzoncello il core
Di vergine speranza e di desio
Balza nel petto; e già s'accinge all'opra 50
Di questa vita come a danza o gioco
Il misero mortal. Ma non sì tosto,
Amor, di te m'accorsi, e il viver mio
Fortuna avea già rotto, ed a questi occhi
Non altro convenia che il pianger sempre. 55
Pur se talvolta per le piagge apriche,
Su la tacita aurora o quando al sole
Brillano i tetti e i poggi e le campagne,
Scontro di vaga donzelletta il viso;

Às vezes sento em canto solitário,
Sobre um ressalto, às margens do meu lago
Por taciturnas plantas coroado.
Ali, quando no céu é meio-dia,
O Sol sua tranquila imagem pinta,
E erva ao vento a oscilar ou folha,
Nem onda a se encrespar, e nem cigarra
Gritar, nem asa passarinho arfar,
Zumbir abelha, voz nem movimento
De perto nem de longe vê-se ou ouve.
Profunda paz domina aquela margem;
Onde eu do mundo e até de mim esqueço
Sentado imóvel; e já parecem soltos
Os meus membros, de vida sopro ou senso
Não mais os movem, e sua paz de eras
Com os silêncios do lago se confunde.

Amor, amor, bem longe tu voaste
Do peito meu, tão cálido que era,
Até ardente. E usando a fria mão
Lhe rói a desventura, e virou gelo
Na flor dos anos. Lembro-me do tempo
Em que desceste ao seio meu. A doce
Estação que não volta e em que se abre
Ao olho juvenil esta infeliz
Cena do mundo, e finge lhe sorrir
O éden. E do menino o coração
De intocada esperança e de desejo
No peito pulsa; e já se apressa ao árduo
Obrar da vida como se uma festa
Ou jogo o mísero. E ainda mal,
Amor, a ti chegado, e o meu viver
Já a sorte arruinara, e a estes olhos
Convinha apenas o chorar e sempre.
No entanto, se eu às vezes pelos vales,
Sob a nudez da aurora ou quando ao sol
Brilham os tetos, montes e campinas,
Vejo de linda senhorinha o rosto;

O qualor nella placida quiete 60
D'estiva notte, il vagabondo passo
Di rincontro alle ville soffermando,
L'erma terra contemplo, e di fanciulla
Che all'opre di sua man la notte aggiunge
Odo sonar nelle romite stanze 65
L'arguto canto; a palpitar si move
Questo mio cor di sasso: ahi, ma ritorna
Tosto al ferreo sopor; ch'è fatto estrano
Ogni moto soave al petto mio.

O cara luna, al cui tranquillo raggio 70
Danzan le lepri nelle selve; e duolsi
Alla mattina il cacciator, che trova
L'orme intricate e false, e dai covili
Error vario lo svia; salve, o benigna
Delle notti reina. Infesto scende 75
Il raggio tuo fra macchie e balze o dentro
A deserti edifici, in su l'acciaro
Del pallido ladron ch'a teso orecchio
Il fragor delle rote e de' cavalli
Da lungi osserva o il calpestio de' piedi 80
Su la tacita via; poscia improvviso
Col suon dell'armi e con la rauca voce
E col funereo ceffo il core agghiaccia
Al passegger, cui semivivo e nudo
Lascia in breve tra' sassi. Infesto occorre 85
Per le contrade cittadine il bianco
Tuo lume al drudo vil, che degli alberghi
Va radendo le mura e la secreta
Ombra seguendo, e resta, e si spaura
Delle ardenti lucerne e degli aperti 90
Balconi. Infesto alle malvage menti,
A me sempre benigno il tuo cospetto
Sarà per queste piagge, ove non altro
Che lieti colli e spaziosi campi
M'apri alla vista. Ed ancor io soleva, 95
Bench'innocente io fossi, il tuo vezzoso

Ou cada vez que na calada calma
Da noite morna, o meu vadio passo
Que vaga pelas vilas estacando,
Contemplo a terra aberta, e de menina
Que ao afazer da mão a noite soma
Soar escuto em quarto oculto o canto
Agudo; põe-se a palpitar depressa
Meu coração de seixo: ai, mas retorna
Logo ao férreo torpor; tornou-se estranho
Qualquer tremer suave ao peito meu.

Ó lua amada, a cujo manso raio
Dançam no bosque as lebres; e lamenta-o
De manhãzinha o caçador, que encontra
Falsa e intrincada trilha a desviá-lo,
Por vária, dos covis; salve, ó suave
Imperatriz da noite. O raio teu
Hostil nas selvas, rochas, desce ou dentro
Da casa abandonada, sobre a faca
Do pálido ladrão que, ouvido atento,
O trovejar das rodas e cavalos
Ao longe escuta ou o pé que espanca o chão
Da estrada muda; súbito ele salta
Com o som das armas e com a voz mais rouca
E com medonho cenho gela a alma
Do passante, a quem, nu e semivivo,
Logo abandona à pedra. Hostil inunda
Ocultos becos da cidade o branco
Teu lume ao vil devasso, que das casas
Arranha o muro e caça abrigo pelas
Sombras, e para, e assusta-se com a chama
Dos lampiões queimando e entreabertas
As varandas. Hostil às mentes más,
De mim sempre será o teu semblante
Amigo nestes vales, onde só
Colina alegre e campo vasto à vista
Descortinas. E quantas tantas vezes,
Inocente que eu era, o teu formoso

Raggio accusar negli abitati lochi,
Quand'ei m'offriva al guardo umano, e quando
Scopriva umani aspetti al guardo mio.
Or sempre loderollo, o ch'io ti miri 100
Veleggiar tra le nubi, o che serena
Dominatrice dell'etereo campo,
Questa flebil riguardi umana sede.
Me spesso rivedrai solingo e muto
Errar pe' boschi e per le verdi rive, 105
O seder sovra l'erbe, assai contento
Se core e lena a sospirar m'avanza.

Brilhar culpei se nas cidades[162] ele
Me expunha a olho humano, ou se acendia
Forma humana ao meu olho. Mas agora
E sempre o louvarei, quer eu te veja
A velejar por nuvens, quer serena
Senhora da planície etérea e maga,
Veles a miserável casa humana.
Vais me rever frequente, só e mudo
A errar por bosques e por verdes margens,
Na grama a descansar, e bem contente
Se força me restar que sirva ao pranto.

---

[162] Novamente, Recanati.

XVII.
CONSALVO

Presso alla fin di sua dimora in terra,
Giacea Consalvo; disdegnoso un tempo
Del suo destino; or già non più, che a mezzo
Il quinto lustro, gli pendea sul capo
Il sospirato obblio. Qual da gran tempo, 5
Così giacea nel funeral suo giorno
Dai più diletti amici abbandonato:
Ch'amico in terra al lungo andar nessuno
Resta a colui che della terra è schivo.
Pur gli era al fianco, da pietà condotta 10
A consolare il suo deserto stato,
Quella che sola e sempre eragli a mente,
Per divina beltà famosa Elvira;
Conscia del suo poter, conscia che un guardo
Suo lieto, un detto d'alcun dolce asperso, 15
Ben mille volte ripetuto e mille
Nel costante pensier, sostegno e cibo
Esser solea dell'infelice amante:
Benché nulla d'amor parola udita
Avess'ella da lui. Sempre in quell'alma 20
Era del gran desio stato più forte

XVII.
CONSALVO[163]

Perto do fim do seu estar na terra,
Jaz Consalvo; que um dia desprezara
O seu destino; mas não mais, em meio
Ao quinto lustro[164] e via à sua frente
O desejado fim. Como se há eras,
Assim jazia no seu dia extremo
Pelos amigos seus abandonado:
Pois que no mundo amigo algum com o tempo
Resta ao que o mundo evita e só despreza.
Mas, pela piedade ali trazida
A consolá-lo em seu deserto, estava
A que sozinha e sempre tinha em mente,
Com fama de beleza diva, Elvira;
Cônscia do seu poder, cônscia que olhar
Seu leve, uma palavra de algum doce,
Mil vezes repetida e vezes mil
No pensamento escravo, ar, sustento
Fora sempre daquele triste amante:
Ainda que de amor palavra alguma
Tivesse dele ouvido. Em sua alma
Mais forte que o desejo sempre fora

---

[163] Os nomes dos personagens, além do episódio do beijo no leito de morte, parecem ter sido tirados do épico *Il conquisto di Granata*, fortemente calcado em Torquato Tasso, escrito por Girolamo Graziani (1604-1675), poeta nascido na mesma região de Leopardi.

[164] Ou seja, 22 anos e meio. Leopardi escreveu-o, provavelmente, em 1832 quando contava 33 ou 34, inspirado na sua amada de então, Fanny Targioni-Tozzetti.

Un sovrano timor. Così l'avea
Fatto schiavo e fanciullo il troppo amore.

Ma ruppe alfin la morte il nodo antico
Alla sua lingua. Poiché certi i segni 25
Sentendo di quel dì che l'uom discioglie,
Lei, già mossa a partir, presa per mano,
E quella man bianchissima stringendo,
Disse: tu parti, e l'ora omai ti sforza:
Elvira, addio. Non ti vedrò, ch'io creda, 30
Un'altra volta. Or dunque addio. Ti rendo
Qual maggior grazia mai delle tue cure
Dar possa il labbro mio. Premio daratti
Chi può, se premio ai pii dal ciel si rende.
Impallidia la bella, e il petto anelo 35
Udendo le si fea: che sempre stringe
All'uomo il cor dogliosamente, ancora
Ch'estranio sia, chi si diparte e dice,
Addio per sempre. E contraddir voleva,
Dissimulando l'appressar del fato, 40
Al moribondo. Ma il suo dir prevenne
Quegli, e soggiunse: desiata, e molto,
Come sai, ripregata a me discende,
Non temuta, la morte; e lieto apparmi
Questo feral mio dì. Pesami, è vero, 45
Che te perdo per sempre. Oimè per sempre
Parto da te. Mi si divide il core
In questo dir. Più non vedrò quegli occhi,
Né la tua voce udrò! Dimmi: ma pria
Di lasciarmi in eterno, Elvira, un bacio 50
Non vorrai tu donarmi? un bacio solo
In tutto il viver mio? Grazia ch'ei chiegga
Non si nega a chi muor. Né già vantarmi
Potrò del dono, io semispento, a cui
Straniera man le labbra oggi fra poco 55
Eternamente chiuderà. Ciò detto
Con un sospiro, all'adorata destra
Le fredde labbra supplicando affisse.

Um tirano temor. E assim tornara-o
Menino e escravo o mais que imenso amor.

Mas rompe enfim a morte o nó antigo
Em sua língua. Pois seguros vendo
Do dia que liberta-nos sinais,
Tomou-lhe a mão, que já se ia embora,
E aquela mão branquíssima apertando,
Disse: "Partes, a hora já te obriga:
Elvira, adeus. Não te verei, eu creio,
Uma outra vez. Adeus, então. Recebe
Por teus cuidados o mais puro grato
Que possa dar o lábio meu. Teu prêmio,
Quem pode te dará, se prêmio aos pios
O céu concede". Empalidece a bela,
Seu peito arfar ouvia: sulca sempre
O coração humano, inda que estranho
A ele seja, quem partindo diz:
Adeus p'ra sempre. E desmentir queria,
Dissimulando a pressa do destino,
O moribundo. Mas a impede aquele,
Acrescentando: "Desejada, e muito,
O sabes, e implorada chega a mim,
Jamais temida, a morte; e penso alegre
O dia do meu fim. Pesa-me, é certo,
Que te perco p'ra sempre. Oh sim, p'ra sempre
Parto de ti. Divide-se meu peito
Ao dizê-lo. Não mais verei teus olhos,
Tua voz não ouvirei! Oh diz: mas antes
De deixar-me em eterno, Elvira, um beijo
Não queres tu me dar? Um beijo apenas
Em todo o meu viver? Graça que implora
Não se nega ao que morre. Nem orgulho
Terei da prenda, um semiextinto, cujo
Lábio uma estrangeira mão em pouco
Eternamente cerrará". Calou-se,
Com um suspiro, à mão tão adorada
O frio lábio em súplica pousou.

Stette sospesa e pensierosa in atto
La bellissima donna; e fiso il guardo, 60
Di mille vezzi sfavillante, in quello
Tenea dell'infelice, ove l'estrema
Lacrima rilucea. Né dielle il core
Di sprezzar la dimanda, e il mesto addio
Rinacerbir col niego; anzi la vinse 65
Misericordia dei ben noti ardori.
E quel volto celeste, e quella bocca,
Già tanto desiata, e per molt'anni
Argomento di sogno e di sospiro,
Dolcemente appressando al volto afflitto 70
E scolorato dal mortale affanno,
Più baci e più, tutta benigna e in vista
D'alta pietà, su le convulse labbra
Del trepido, rapito amante impresse.

Che divenisti allor? quali appariro 75
Vita, morte, sventura agli occhi tuoi,
Fuggitivo Consalvo? Egli la mano,
Ch'ancor tenea, della diletta Elvira
Postasi al cor, che gli ultimi battea
Palpiti della morte e dell'amore, 80
Oh, disse, Elvira, Elvira mia! ben sono
In su la terra ancor; ben quelle labbra
Fur le tue labbra, e la tua mano io stringo!
Ahi vision d'estinto, o sogno, o cosa
Incredibil mi par. Deh quanto, Elvira, 85
Quanto debbo alla morte! Ascoso innanzi
Non ti fu l'amor mio per alcun tempo;
Non a te, non altrui; che non si cela
Vero amore alla terra. Assai palese
Agli atti, al volto sbigottito, agli occhi, 90
Ti fu: ma non ai detti. Ancora e sempre
Muto sarebbe l'infinito affetto
Che governa il cor mio, se non l'avesse
Fatto ardito il morir. Morrò contento
Del mio destino omai, né più mi dolgo 95

Ali parou, surpresa, e hesitante,
A belíssima dama; o olhar prendeu,
De mil encantos cintilante, nele,
O infeliz, onde a lágrima final
Reluzia. Seu peito lhe impediu
Ignorar o pedido, e o triste adeus
Exacerbar com um não; antes venceu-a
Misericórdia por paixão tão clara.
E seu rosto celeste, e aquela boca
Há tanto desejada, e há muitos anos
Argumento de sonho e de suspiro,
Docemente levando ao rosto aflito
E descorado por mortal angústia,
Beijos e beijos mais, bondosa e presa
De compaixão, sobre os convulsos lábios
Do amante em transe e trêmulo gravou.

Em que te transformaste então? E como
Vida, morte, amargura agora vias,
Fugitivo Consalvo? Ainda presa,
Ele a mão da dileta e doce Elvira
Traz ao peito, que agônico pulsava
Os tremores finais do amor e morte,
"Oh", disse, "Elvira, Elvira minha, estou
Ainda sobre a terra; aqueles lábios
Foram mesmo os teus lábios, tua é a mão
Que aperto! Ah, visão de morto, ou sonho,
Ou coisa incrível me parece. Elvira,
Oh quanto devo à morte! Oculto nunca
Foi o amor que te dei, por tempo algum;
Nem a ti nem a outros; não se esconde
Do mundo o verdadeiro amor. Brilhava
Nos gestos, timidez no rosto e olhar
Tu o viste: em palavras nunca. Ainda
Mudo estaria o infinito afeto
Que o peito meu governa, se o morrer
Não o tornasse audaz. Contente enfim
Com minha sorte morro, e ter nascido

Ch'aprii le luci al dì. Non vissi indarno,
Poscia che quella bocca alla mia bocca
Premer fu dato. Anzi felice estimo
La sorte mia. Due cose belle ha il mondo:
Amore e morte. All'una il ciel mi guida 100
In sul fior dell'età; nell'altro, assai
Fortunato mi tengo. Ah, se una volta,
Solo una volta il lungo amor quieto
E pago avessi tu, fora la terra
Fatta quindi per sempre un paradiso 105
Ai cangiati occhi miei. Fin la vecchiezza,
L'abborrita vecchiezza, avrei sofferto
Con riposato cor: che a sostentarla
Bastato sempre il rimembrar sarebbe
D'un solo istante, e il dir: felice io fui 110
Sovra tutti i felici. Ahi, ma cotanto
Esser beato non consente il cielo
A natura terrena. Amar tant'oltre
Non è dato con gioia. E ben per patto
In poter del carnefice ai flagelli, 115
Alle ruote, alle faci ito volando
Sarei dalle tue braccia; e ben disceso
Nel paventato sempiterno scempio.

O Elvira, Elvira, oh lui felice, oh sovra
Gl'immortali beato, a cui tu schiuda 120
Il sorriso d'amor! felice appresso
Chi per te sparga con la vita il sangue!
Lice, lice al mortal, non è già sogno
Come stimai gran tempo, ahi lice in terra
Provar felicità. Ciò seppi il giorno 125
Che fiso io ti mirai. Ben per mia morte
Questo m'accadde. E non però quel giorno
Con certo cor giammai, fra tante ambasce,
Quel fiero giorno biasimar sostenni.

Or tu vivi beata, e il mondo abbella, 130
Elvira mia, col tuo sembiante. Alcuno

Não mais lamento. Não vivi em vão,
Depois que aquela boca à minha boca
Tocar foi dado. A sorte creio boa
Até. No mundo há duas coisas belas:
Amor e morte. A esta o céu me guia
Em plena flor da idade; e bem feliz
No outro eu fui. Mas, ah, se ao menos uma,
Uma só vez tão longo amor houvesses
Aquietado e pago, um paraíso
A terra para sempre tornarias
Ao meu olhar mudado. Mesmo o nojo
Da velhice eu teria suportado
Com coração tranquilo: bastaria
A sustentá-los sempre o relembrar
Um só instante, e o meu dizer: feliz
Mais do que todos os felizes fui.
Mas ser assim bendito o céu não cede
Ao que é humano. Um tanto amar e ser
Alegre é impossível. E, por um pacto,
Ao chicote que empunham os carrascos,
Às rodas e à fogueira eu voaria
Sorrindo dos teus braços; me entregava
À tortura sem fim dos condenados.

"Elvira, Elvira, é mais que os imortais
Abençoado o que de ti merece
O sorriso do amor! E quase tanto
O que por ti derrama a vida e o sangue!
Pode, pode o mortal, já não é sonho
Como tanto pensei, pode na terra
Provar prazer. Eu o percebi no dia
Em que te olhei. E sei que é bem por isto
Que morro agora. Ainda assim com peito
Firme, jamais, em tanta angústia imerso,
Aquele dia amargo condenei.

"Vive feliz agora, e adorna o mundo
Com teu semblante, Elvira. Mas ninguém

Non l'amerà quant'io l'amai. Non nasce
Un altrettale amor. Quanto, deh quanto
Dal misero Consalvo in sì gran tempo
Chiamata fosti, e lamentata, e pianta! 135
Come al nome d'Elvira, in cor gelando,
Impallidir; come tremar son uso
All'amaro calcar della tua soglia,
A quella voce angelica, all'aspetto
Di quella fronte, io ch'al morir non tremo! 140
Ma la lena e la vita or vengon meno
Agli accenti d'amor. Passato è il tempo,
Né questo di rimemorar m'è dato.
Elvira, addio. Con la vital favilla
La tua diletta immagine si parte 145
Dal mio cor finalmente. Addio. Se grave
Non ti fu quest'affetto, al mio feretro
Dimani all'annottar manda un sospiro.

Tacque: né molto andò, che a lui col suono
Mancò lo spirto; e innanzi sera il primo 150
Suo dì felice gli fuggia dal guardo.

O irá amar como eu amei. Não nasce
Um outro amor assim. Oh quanto, quanto
Pelo triste Consalvo e tanto tempo
Chamada foste, e em pranto lamentada!
Como ao nome de Elvira, o peito frio
Perder a cor; como tremer me vi
Ao amargo pisar o teu umbral,
Àquela voz angélica, à visão da
Tua fronte, o que nem na morte treme!
Mas agora não tenho força e vida
Para falar de amor. Passou o tempo,
Nem este dia relembrar me é dado.
Elvira, adeus. Com o fogo que me ardia
A tua amada imagem do meu peito
Parte por fim. Adeus. E se importuno
Não foi o meu amor, ao meu cortejo
Na noite de amanhã manda um suspiro."

Calou: e em pouco, com o som sumiu
O sopro; e antes da tarde seu primeiro
Dia alegre dos olhos seus fugia.

XVIII.
ALLA SUA DONNA

Cara beltà che amore
Lunge m'inspiri o nascondendo il viso,
Fuor se nel sonno il core
Ombra diva mi scuoti,
O ne' campi ove splenda 5
Più vago il giorno e di natura il riso;
Forse tu l'innocente
Secol beasti che dall'oro ha nome,
Or leve intra la gente
Anima voli? o te la sorte avara 10
Ch'a noi t'asconde, agli avvenir prepara?

Viva mirarti omai
Nulla spene m'avanza;
S'allor non fosse, allor che ignudo e solo
Per novo calle a peregrina stanza 15
Verrà lo spirto mio. Già sul novello
Aprir di mia giornata incerta e bruna,
Te viatrice in questo arido suolo
Io mi pensai. Ma non è cosa in terra
Che ti somigli; e s'anco pari alcuna 20

XVIII.
À SUA SENHORA

Ó bela,[165] que à distância,
Ou ocultando o rosto, amar preciso,[166]
Menos se o sono em ânsia,
Diva sombra, me abalas,
Ou no campo onde brilha
Mais belo o dia e da natura o riso;[167]
Tu talvez a inocente
Era encantaste que de ouro[168] dizem,
Ou alma leve, a gente
Sem ver-te, voas? Ou a sorte avara
De nós te esconde e ao amanhã prepara?

De ver-te ainda viva
Não me resta esperança;
Talvez quando, oh talvez, desnuda e só
Por nova estrada à estranha vizinhança
Vier minh'alma. Um dia, o fim da incerta
E escura caminhada inda distante,
Pensei-te peregrina neste pó
Que piso. Mas na terra não há nada
Igual a ti; e mesmo semelhante

---

[165] Segundo o próprio Leopardi, é "a mulher que não se encontra", uma idealidade inatingível.

[166] Isto é, só lhe é permitido amá-la na imaginação ou invisível.

[167] Duas exceções onde ela aparece quase real, mas ainda sombra.

[168] A mítica Idade de Ouro dos primeiros seres humanos (cf. Canto VII).

Ti fosse al volto, agli atti, alla favella,
Saria, così conforme, assai men bella.

Fra cotanto dolore
Quanto all'umana età propose il fato,
Se vera e quale il mio pensier ti pinge, 25
Alcun t'amasse in terra, a lui pur fora
Questo viver beato:
E ben chiaro vegg'io siccome ancora
Seguir loda e virtù qual ne' prim'anni
L'amor tuo mi farebbe. Or non aggiunse 30
Il ciel nullo conforto ai nostri affanni;
E teco la mortal vita saria
Simile a quella che nel cielo india.

Per le valli, ove suona
Del faticoso agricoltore il canto, 35
Ed io seggo e mi lagno
Del giovanile error che m'abbandona;
E per li poggi, ov'io rimembro e piagno
I perduti desiri, e la perduta
Speme de' giorni miei; di te pensando, 40
A palpitar mi sveglio. E potess'io,
Nel secol tetro e in questo aer nefando,
L'alta specie serbar; che dell'imago,
Poi che del ver m'è tolto, assai m'appago.

Se dell'eterne idee 45
L'una sei tu, cui di sensibil forma
Sdegni l'eterno senno esser vestita,
E fra caduche spoglie
Provar gli affanni di funerea vita;
O s'altra terra ne' supremi giri 50
Fra' mondi innumerabili t'accoglie,

A ti no rosto, fala, gestos, ela
Seria, ainda assim, bem menos bela.

Em meio à imensa dor
Que à vida humana a sorte má prediz,
Se fosses como meu pensar te pinta,
Ao que te amasse, a vida aqui na terra
Seria então feliz:
E vejo claro, como ainda em guerra
Por loa e glória qual na juventude
Te amando, eu estaria. Hoje não soma
O céu conforto algum a dor tão rude;
E contigo a mortal vida seria
Como a que é no céu diva alegria.

Nos vales, onde soa
Do fatigado lavrador o canto,
Eu me sento e deploro
A ilusão juvenil que parte e voa;
E nas colinas, onde lembro e choro
Os perdidos desejos, e a perdida
Esperança de mim; em ti pensando
A palpitar renasço. Ah, se eu pudesse
No tempo impuro e neste ar nefando
Tua visão gravar; pois com a imago,
Se negam-me a verdade, sou bem pago.

Se és ideia eterna,
Que de forma sensível[169] desdenhou
A inteligência eterna revestir,
E entre corpos imundos
De vida tão funesta a dor sentir;
Nos círculos supremos se outra terra
Te abriga em meio a inumeráveis mundos,

---

[169] Termos da teoria platônica das ideias e das formas, revela-nos Leopardi. "Inteligência eterna", no verso seguinte, está pelo criador de tudo.

E più vaga del Sol prossima stella
T'irraggia, e più benigno etere spiri;
Di qua dove son gli anni infausti e brevi,
Questo d'ignoto amante inno ricevi. 55

E mais bela que o Sol próxima estrela[170]
Te aclara, e ar melhor te nutre e encerra;
Recebe de onde a vida é breve e triste,
Este hino de amante que nem viste.

---

[170] A estrela, próxima do teu mundo distante, que te serve de sol.

XIX.
AL CONTE CARLO PEPOLI

Questo affannoso e travagliato sonno
Che noi vita nomiam, come sopporti,
Pepoli mio? di che speranze il core
Vai sostentando? in che pensieri, in quanto
O gioconde o moleste opre dispensi 5
L'ozio che ti lasciàr gli avi remoti,
Grave retaggio e faticoso? È tutta,
In ogni umano stato, ozio la vita,
Se quell'oprar, quel procurar che a degno
Obbietto non intende, o che all'intento 10
Giunger mai non potria, ben si conviene
Ozioso nomar. La schiera industre
Cui franger glebe o curar piante e greggi
Vede l'alba tranquilla e vede il vespro,
Se oziosa dirai, da che sua vita 15
È per campar la vita, e per sé sola
La vita all'uom non ha pregio nessuno,
Dritto e vero dirai. Le notti e i giorni
Tragge in ozio il nocchiero; ozio il perenne
Sudar nelle officine, ozio le vegghie 20
Son de' guerrieri e il perigliar nell'armi;

XIX.
AO CONDE CARLO PEPOLI[171]

Este sono de angústia atribulado
Que nós chamamos vida, como aguentas,
Pepoli meu? Com que esperanças vais
O peito sustentando? Em que pensares,
Em que trabalho alegre ou triste gastas
O ócio que dos ancestrais herdaste,
Árduo legado e fatigante? É só,
Não importa o estágio humano, ócio a vida,
Se o trabalhar, se o procurar que digno
Fim não pretende, e mesmo pretendendo
Jamais o alcançaria, é justo ocioso
Chamar. Se a multidão trabalhadora,
Que arando o chão e olhando o fruto e o gado
Vê a alba tranquila e a luz de Vésper,[172]
Ociosa tu disseres, pois que a sua
Vida é manter a vida, e por si só
Ao olho humano a vida é sem valor,
A verdade dirás. Noites e dias
Vaga em ócio o do mar; ócio o perene
Suar na oficina; ócio a vigília
Do guerreiro e o nas armas se arriscar;

---

[171] O conde Carlo Pepoli (1796-1881) foi um nobre bolonhês que se tornou um dos maiores amigos de Leopardi. Este canto, uma epístola horaciana, foi lido pelo autor em março de 1826, na Accademia dei Felsinei, da qual Pepoli era vice-presidente. Por sua participação em movimentos liberais, o conde esteve preso e viveu no exílio mais de uma vez. Era também poeta e escreveu o libreto da ópera *I Puritani* de Bellini. Quando morreu, era senador do Reino e muito estimado por seu passado patriótico.

[172] A estrela da manhã.

E il mercatante avaro in ozio vive:
Che non a sé, non ad altrui, la bella
Felicità, cui solo agogna e cerca
La natura mortal, veruno acquista 25
Per cura o per sudor, vegghia o periglio.
Pure all'aspro desire onde i mortali
Già sempre infin dal dì che il mondo nacque
D'esser beati sospiraro indarno,
Di medicina in loco apparecchiate 30
Nella vita infelice avea natura
Necessità diverse, a cui non senza
Opra e pensier si provvedesse, e pieno,
Poi che lieto non può, corresse il giorno
All'umana famiglia; onde agitato 35
E confuso il desio, men loco avesse
Al travagliarne il cor. Così de' bruti
La progenie infinita, a cui pur solo,
Né men vano che a noi, vive nel petto
Desio d'esser beati; a quello intenta 40
Che a lor vita è mestier, di noi men tristo
Condur si scopre e men gravoso il tempo,
Né la lentezza accagionar dell'ore.
Ma noi, che il viver nostro all'altrui mano
Provveder commettiamo, una più grave 45
Necessità, cui provveder non puote
Altri che noi, già senza tedio e pena
Non adempiam: necessitate, io dico,
Di consumar la vita: improba, invitta
Necessità, cui non tesoro accolto, 50
Non di greggi dovizia, o pingui campi,
Non aula puote e non purpureo manto
Sottrar l'umana prole. Or s'altri, a sdegno
I vòti anni prendendo, e la superna
Luce odiando, l'omicida mano, 55
I tardi fati a prevenir condotto,
In se stesso non torce; al duro morso
Della brama insanabile che invano
Felicità richiede, esso da tutti

E o mercador avaro em ócio vive:
Felicidade, a bela que é dos homens
Desejo e meta única, não há,
Para si mesmo ou outros, quem conquiste
Com angústia ou suor, vigília ou riscos.
No entanto à ânsia amarga, que ao mortal,
Desde o nascer do mundo para sempre,
De ser feliz faz suspirar em vão,
Para servir de bálsamo aprontara
Nesta vida infeliz a natureza
Necessidades várias, só supridas
Por força e por pensar, tornando cheio,
Se alegre é impossível, cada dia
Do lar humano; e assim confusa e afoita,
A ânsia encontraria menos campo
Onde oprimir-lhe o peito. E mesmo a raça
Infinita das feras, solitária
E igualmente vã, oprime a ânsia
De ser feliz; voltada inteiramente
À luta de viver, bem menos triste
Que nós e em menos tédio atura o tempo
E não maldiz a lentidão das horas.
Mas nós, que usamos delegar a outros
O prover nossa vida, bem mais grave
Necessidade, que prover não pode
Outro que nós, e não sem tédio e penas,
Não suprimos: necessidade, eu digo,
De preencher a vida: árdua, invicta
Necessidade, que nenhum tesouro,
Nem de gado fartura, ou férteis campos,
Palácios ou purpúreo manto pode
Tirar da raça humana. E o que o vazio
Dos anos desprezando, e detestando
A luz do dia, a homicida mão,
Levado a prevenir a morte lerda,
De encontro a si não curva; à dura garra
Do desejo insanável que sem chance
Felicidade pede, esse, por todo

Lati cercando, mille inefficaci 60
Medicine procaccia, onde quell'una
Cui natura apprestò, mal si compensa.

Lui delle vesti e delle chiome il culto
E degli atti e dei passi, e i vani studi
Di cocchi e di cavalli, e le frequenti 65
Sale, e le piazze romorose, e gli orti,
Lui giochi e cene e invidiate danze
Tengon la notte e il giorno; a lui dal labbro
Mai non si parte il riso; ahi, ma nel petto,
Nell'imo petto, grave, salda, immota 70
Come colonna adamantina, siede
Noia immortale, incontro a cui non puote
Vigor di giovanezza, e non la crolla
Dolce parola di rosato labbro,
E non lo sguardo tenero, tremante, 75
Di due nere pupille, il caro sguardo,
La più degna del ciel cosa mortale.

Altri, quasi a fuggir volto la trista
Umana sorte, in cangiar terre e climi
L'età spendendo, e mari e poggi errando 80
Tutto l'orbe trascorre, ogni confine
Degli spazi che all'uom negl'infiniti
Campi del tutto la natura aperse,
Peregrinando aggiunge. Ahi ahi, s'asside
Su l'alte prue la negra cura, e sotto 85
Ogni clima, ogni ciel, si chiama indarno
Felicità, vive tristezza e regna.

Havvi chi le crudeli opre di marte
Si elegge a passar l'ore, e nel fraterno
Sangue la man tinge per ozio; ed havvi 90
Chi d'altrui danni si conforta, e pensa

Lado buscando, mil ineficazes
Bálsamos caça, que jamais compensam
O que a natura mesma lhe ofertou.

Com trajes e cabelos o cuidado,
Com a postura e o gesto, e o zelo vão
Com coches e cavalos, e os lugares
Da moda, parques, praças rumorosas,
Com jogos, ceias, bailes invejados,
Ocupa a noite e o dia: e os lábios seus
Não abandona o riso; ai, mas no peito,
Bem lá no peito, firme, grave, imóvel
Como coluna adamantina, jaz
Tédio imortal, e contra ele é inócuo
Vigor de juventude, e não o abala
Doce palavra de rosado lábio,
Nem o terno, tremente olhar de duas
Pupilas negras, ah, o olhar amado,
A mais digna do céu coisa mortal.

Outro, disposto a se evadir da triste
Sorte humana, a trocar a terra e o clima a
Vida gastando, e mar e monte errando
O mundo todo trilha, cada canto
Dos espaços que ao homem nos infindos
Campos do todo a natureza abriu,
Peregrinando agrega. Ai ai, sentada
Na alta proa a negra angústia; não
Importa o clima ou céu, felicidade
Se invoca em vão, tristeza vive e reina.

E há quem o cruel fazer de marte[173]
Para passar a vida elege, e em sangue
Fraterno tinge a mão por ócio; e há
O que a alheia dor faz leve; pensa

---

173 O guerrear.

Con far misero altrui far sé men tristo,
Sì che nocendo usar procaccia il tempo.
E chi virtute o sapienza ed arti
Perseguitando; e chi la propria gente 95
Conculcando e l'estrane, o di remoti
Lidi turbando la quiete antica
Col mercatar, con l'armi, e con le frodi,
La destinata sua vita consuma.

Te più mite desio, cura più dolce 100
Regge nel fior di gioventù, nel bello
April degli anni, altrui giocondo e primo
Dono del ciel, ma grave, amaro, infesto
A chi patria non ha. Te punge e move
Studio de' carmi e di ritrar parlando 105
Il bel che raro e scarso e fuggitivo
Appar nel mondo, e quel che più benigna
Di natura e del ciel, fecondamente
A noi la vaga fantasia produce
E il nostro proprio error. Ben mille volte 110
Fortunato colui che la caduca
Virtù del caro immaginar non perde
Per volger d'anni; a cui serbare eterna
La gioventù del cor diedero i fati;
Che nella ferma e nella stanca etade, 115
Così come solea nell'età verde,
In suo chiuso pensier natura abbella,
Morte, deserto avviva. A te conceda
Tanta ventura il ciel; ti faccia un tempo
La favilla che il petto oggi ti scalda, 120
Di poesia canuto amante. Io tutti
Della prima stagione i dolci inganni
Mancar già sento, e dileguar dagli occhi
Le dilettose immagini, che tanto

Urdindo o mal alheio urdir seu bem
E gasta o tempo a maquinar desgraças.
Há o que a glória ou sapiência e arte
Buscando para si; o que seu povo
Pisando ou um estranho, ou de remotas
Terras roubando a paz que existe há eras
Com seu comércio, armas e com fraudes,
A vida destinada a si consome.

Querer mais doce, afã mais manso rege-
Te em plena juventude, no formoso
Abril dos anos, para alguns primeira
E alegre dádiva do céu, mas triste,
Hostil ao que sem pátria.[174] O amor aos versos
Te punge e move e retratar falando[175]
O belo que fugaz e escasso e raro
Surge no mundo, e o que, bem mais piedoso
Que o da natura e que o do céu, fecundo,
Em nós a bela fantasia engendra
E o inato iludir-se. Dez mil vezes
Feliz quem a virtude decadente
Do amado imaginar não vai perdendo
Com o ir dos anos; que manter eterno
Um peito jovem permitiram os fados;
Que no seu tempo forte e no cansado,
Como fazia em plena verde idade,
Fechado em si adorna a natureza,
Morte, deserto aviva. A ti conceda
Tanta ventura o céu; te faça um dia
A centelha que o peito hoje te inflama,
Da poesia idoso amante. Eu todas
Da juventude as ilusões mais doces
Sumirem sinto, apagam-se em meus olhos
As imagens de encanto que, e tanto,

---

[174] Provável alusão à Itália dominada, raptada dos seus jovens.

[175] Pepoli não só amava a literatura mas era, ele próprio, poeta.

Amai, che sempre infino all'ora estrema 125
Mi fieno, a ricordar, bramate e piante.
Or quando al tutto irrigidito e freddo
Questo petto sarà, né degli aprichi
Campi il sereno e solitario riso,
Né degli augelli mattutini il canto 130
Di primavera, né per colli e piagge
Sotto limpido ciel tacita luna
Commoverammi il cor; quando mi fia
Ogni beltate o di natura o d'arte,
Fatta inanime e muta; ogni alto senso, 135
Ogni tenero affetto, ignoto e strano;
Del mio solo conforto allor mendico,
Altri studi men dolci, in ch'io riponga
L'ingrato avanzo della ferrea vita,
Eleggerò. L'acerbo vero, i ciechi 140
Destini investigar delle mortali
E dell'eterne cose; a che prodotta,
A che d'affanni e di miserie carca
L'umana stirpe; a quale ultimo intento
Lei spinga il fato e la natura; a cui 145
Tanto nostro dolor diletti o giovi:
Con quali ordini e leggi a che si volva
Questo arcano universo; il qual di lode
Colmano i saggi, io d'ammirar son pago.

In questo specolar gli ozi traendo 150
Verrò: che conosciuto, ancor che tristo,
Ha suoi diletti il vero. E se del vero
Ragionando talor, fieno alle genti
O mal grati i miei detti o non intesi,
Non mi dorrò, che già del tutto il vago 155
Desio di gloria antico in me fia spento:
Vana Diva non pur, ma di fortuna
E del fato e d'amor, Diva più cieca.

Amei, que sempre até a hora extrema
Recordarei com lágrima e desejo.
Mas quando todo enrijecido e frio
Este peito estiver, e do luzente
Campo o sereno e solitário riso,
Nem na manhã dos pássaros o canto
De primavera, nem por vale e monte
Sob o límpido céu calada lua,
Não mais me comoverem; quando toda
Beleza quer da arte ou da natura,
Tornar-se muda e inânime; nobreza
E ternura, distantes e estranhas;
Do meu único bálsamo mendigo,
Afazer menos doce em que eu apoie
O ingrato resto desta férrea vida,
Elegerei. Investigar a amarga
Verdade, a sorte cega dos mortais
E das eternas coisas; por que nascem,
Por que de angústia e dor tão carregada
A raça humana; a qual extremo intuito
A natureza e a sorte nos impelem;
A quem alegra nossa dor já tanta:
Por quais ordens e leis se movimenta
Este arcano universo; o qual de loas
Cumula o sábio, e admirar me basta.

Irei os ócios arrastando neste
Especular: pois conhecida, embora
Triste, a verdade apraz. E se, a verdade
Buscando, a alguns o meu falar tornar-se
Duro às vezes ou incompreensível,
Não vou me lamentar; há muito a antiga
Ânsia de glória extinta vai estar:
Inútil Deusa,[176] e mais, do que a fortuna
E o destino e o amor, Deusa mais cega.

---

[176] A glória.

XX.
IL RISORGIMENTO

Credei ch'al tutto fossero
In me, sul fior degli anni,
Mancati i dolci affanni
Della mia prima età:
I dolci affanni, i teneri — 5
Moti del cor profondo,
Qualunque cosa al mondo
Grato il sentir ci fa.

Quante querele e lacrime
Sparsi nel novo stato, — 10
Quando al mio cor gelato
Prima il dolor mancò!
Mancàr gli usati palpiti,
L'amor mi venne meno,
E irrigidito il seno — 15
Di sospirar cessò!

Piansi spogliata, esanime
Fatta per me la vita;
La terra inaridita,
Chiusa in eterno gel; — 20
Deserto il dì; la tacita
Notte più sola e bruna;

XX.
O RENASCIMENTO[177]

Pensei que nada houvesse-me,
Na plena flor dos anos,
Dos doces meus enganos
Restado ainda: oh sim,
Doces enganos, tímidos
Tremidos do meu peito,
Tudo que tem o efeito
De nos mover enfim.

Quanto lamento e lágrimas
Verti no novo estado,
Quando no imo gelado
Primeiro a dor faltou!
Não mais vivia trêmulo,
Secou do amor o veio,
E frígido o meu seio
De suspirar cessou!

Chorei desnuda, exânime
A vida em mim tornada;
A terra devastada,
Presa em gelo cruel;
Deserto o dia; a tácita
Noite mais negra e nua;

[177] O poema saúda o renascer do poeta após cinco anos, aproximadamente, quase sem escrever versos. Marcantes são as referências aos estágios do seu desenvolvimento literário e filosófico.

Spenta per me la luna,
Spente le stelle in ciel.

Pur di quel pianto origine 25
Era l'antico affetto:
Nell'intimo del petto
Ancor viveva il cor.
Chiedea l'usate immagini
La stanca fantasia; 30
E la tristezza mia
Era dolore ancor.

Fra poco in me quell'ultimo
Dolore anco fu spento,
E di più far lamento 35
Valor non mi restò.
Giacqui: insensato, attonito,
Non dimandai conforto:
Quasi perduto e morto,
Il cor s'abbandonò. 40

Qual fui! quanto dissimile
Da quel che tanto ardore,
Che sì beato errore
Nutrii nell'alma un dì!
La rondinella vigile, 45
Alle finestre intorno
Cantando al novo giorno,
Il cor non mi ferì:

Non all'autunno pallido
In solitaria villa, 50
La vespertina squilla,
Il fuggitivo Sol.
Invan brillare il vespero
Vidi per muto calle,
Invan sonò la valle 55
Del flebile usignol.

Fosca p'ra mim a lua,
Fosco p'ra mim o céu.

Mas tudo originava-se
Naquele amor antigo:
Meu peito inda era abrigo
De um vivo coração.
Pedia imagens trôpegas
A exausta fantasia;
Da tristeza nascia
Dor ainda e paixão.

Mas logo aquela última
Dor se foi qual um vento,
De gritar meu lamento
Força alguma restou.
Prostrado, inerte, atônito,
Não procurei conforto:
Como se vácuo e morto,
O peito se entregou.

Quão outro! Quanto afasto-me
Do que tanta loucura,
Que ilusões de ventura
Um dia em si nutriu!
A andorinha lépida,
Que na janela ia
Cantando ao novo dia,
Meu peito não feriu:

Nem no outono tão pálido
Da aldeia tão deserta,
O sino que desperta,
O fugitivo Sol.
De Vésper a luz cálida
Em vão na rua muda,
Em vão no vale, aguda
A voz do rouxinol.

E voi, pupille tenere,
Sguardi furtivi, erranti,
Voi de' gentili amanti
Primo, immortale amor, 60
Ed alla mano offertami
Candida ignuda mano,
Foste voi pure invano
Al duro mio sopor.

D'ogni dolcezza vedovo, 65
Tristo; ma non turbato,
Ma placido il mio stato,
Il volto era seren.
Desiderato il termine
Avrei del viver mio; 70
Ma spento era il desio
Nello spossato sen.

Qual dell'età decrepita
L'avanzo ignudo e vile,
Io conducea l'aprile 75
Degli anni miei così:
Così quegl'ineffabili
Giorni, o mio cor, traevi,
Che sì fugaci e brevi
Il cielo a noi sortì. 80

Chi dalla grave, immemore
Quiete or mi ridesta?
Che virtù nova è questa,
Questa che sento in me?
Moti soavi, immagini, 85
Palpiti, error beato,

E tu, pupila terna[178] que
Olhas furtiva, errante,
Tu do gentil amante
Primeiro, eterno amor,
E a esta mão oferta-me
Cândida mão e nua,
Também foi vã a tua
Magia ao meu torpor.

Viúvo dos meus bálsamos,
Triste; mas não turbado,
De paz o meu estado,
Sereno o meu olhar.
Ah, desejado o término
Do meu viver teria;
Mas eu já não sabia
O que era desejar.

Qual da idade decrépita
A sobra vil, vazia,
Assim eu conduzia
Dos anos meus o abril:
Eram bons dias, lembro-me,
Coração, que eu levava,
Fugaz e breve lava
Que o céu nos consentiu.

Quem desta paz de séculos
Agora me desperta?
Que força descoberta
Nascendo sinto em mim?
Doce ilusão diáfana,
Imaginar amado,

---

[178] Provável menção à condessa Teresa Carniani-Malvezzi, por quem Leopardi andou enamorado pouco antes da composição do poema.

Per sempre a voi negato
Questo mio cor non è?

Siete pur voi quell'unica
Luce de' giorni miei? 90
Gli affetti ch'io perdei
Nella novella età?
Se al ciel, s'ai verdi margini,
Ovunque il guardo mira,
Tutto un dolor mi spira, 95
Tutto un piacer mi dà.

Meco ritorna a vivere
La piaggia, il bosco, il monte;
Parla al mio core il fonte,
Meco favella il mar. 100
Chi mi ridona il piangere
Dopo cotanto obblio?
E come al guardo mio
Cangiato il mondo appar?

Forse la speme, o povero 105
Mio cor, ti volse un riso?
Ahi della speme il viso
Io non vedrò mai più.
Proprii mi diede i palpiti,
Natura, e i dolci inganni. 110
Sopiro in me gli affanni
L'ingenita virtù;

Non l'annullàr: non vinsela
Il fato e la sventura;
Non con la vista impura 115
L'infausta verità.
Dalle mie vaghe immagini
So ben ch'ella discorda:
So che natura è sorda,
Che miserar non sa. 120

Meu coração fechado
A vós não está enfim?

Sois vós aquela única
Estrela em minha vida?
A paixão que perdida
Julguei p'ra sempre estar?
Se ao céu, regatos límpidos,
Aonde o olho mira,
Tudo uma dor inspira,
Tudo um prazer vem dar.

Comigo voltam vívidos
A praia, o bosque, o monte;
Fala ao meu peito a fonte,
Comigo fala o mar.
Quem me devolve a lágrima
Tanto tempo esquecida?
E como em minha vida
Vejo o mundo mudar?

Foi a esperança, ó mísero
Peito, que riu-te a gosto?
Ai, da esperança o rosto
Não voltarei a ver.
Deu-me a natura a íntima
Doce ilusão, tremores.
Sufocaram-me as dores
A força do meu ser;

Mas falham: não venceram-na
A sorte e a desventura,
Nem mesmo a face impura
Da verdade tão má.
Com o imaginar revolta-se,
Os sonhos meus chafurda
A natureza: é surda,
Jamais se apiedará.

Che non del ben sollecita
Fu, ma dell'esser solo:
Purché ci serbi al duolo,
Or d'altro a lei non cal.
So che pietà fra gli uomini 125
Il misero non trova;
Che lui, fuggendo, a prova
Schernisce ogni mortal.

Che ignora il tristo secolo
Gl'ingegni e le virtudi; 130
Che manca ai degni studi
L'ignuda gloria ancor.
E voi, pupille tremule,
Voi, raggio sovrumano,
So che splendete invano, 135
Che in voi non brilla amor.

Nessuno ignoto ed intimo
Affetto in voi non brilla:
Non chiude una favilla
Quel bianco petto in sé. 140
Anzi d'altrui le tenere
Cure suol porre in gioco;
E d'un celeste foco
Disprezzo è la mercè.

Pur sento in me rivivere 145
Gl'inganni aperti e noti;
E, de' suoi proprii moti
Si maraviglia il sen.
Da te, mio cor, quest'ultimo
Spirto, e l'ardor natio, 150
Ogni conforto mio
Solo da te mi vien.

Mancano, il sento, all'anima
Alta, gentile e pura,

No alegrar não solícita,
Jogou-nos, só, no mundo:
Quer-nos em dor; no fundo
Nada mais lhe é vital.
Para o infeliz não acha-se
Entre os homens piedade;
Dele foge, oh maldade!
Zomba todo mortal.

Pois ignora este século
Todo gênio e virtude;
Falta a quem, digno, estude
A inútil glória até.
De ti, pupila trêmula,
De ti, luz sobre-humana,
É vão o que se emana,
Brilho de amor não é.

Nenhum oculto e íntimo
Afeto em ti rebrilha:
Em fogo algum fervilha
Teu branco peito eu sei.
Em vez disso, ah! eu vejo-te
Fazer do amor um jogo;
Dar ao celeste fogo
Desprezo e inda verei.

Mas sinto renascendo-me
A ilusão já antiga;
Meu peito até se intriga
Com seu próprio bater.
Coração, este último
Sopro, este ardor inato,
Vem de ti, e sou grato:
Só tu me dás prazer.

Da alma nobre e límpida
Fogem, sei, a beleza,

La sorte, la natura, 155
Il mondo e la beltà.
Ma se tu vivi, o misero,
Se non concedi al fato,
Non chiamerò spietato
Chi lo spirar mi dà. 160

A sorte, a natureza,
O próprio mundo enfim.
   Mas se viveres, mísero,
Se não vencer-te a sina,
Não chamarei ferina
Quem vida põe em mim.

XXI.
A SILVIA

Silvia, rimembri ancora
Quel tempo della tua vita mortale,
Quando beltà splendea
Negli occhi tuoi ridenti e fuggitivi,
E tu, lieta e pensosa, il limitare 5
Di gioventù salivi?

Sonavan le quiete
Stanze, e le vie dintorno,
Al tuo perpetuo canto,
Allor che all'opre femminili intenta 10
Sedevi, assai contenta
Di quel vago avvenir che in mente avevi.
Era il maggio odoroso: e tu solevi
Così menare il giorno.

Io gli studi leggiadri 15
Talor lasciando e le sudate carte,
Ove il tempo mio primo
E di me si spendea la miglior parte,
D'in su i veroni del paterno ostello
Porgea gli orecchi al suon della tua voce, 20
Ed alla man veloce
Che percorrea la faticosa tela.

XXI.
A SÍLVIA

Sílvia,[179] lembras ainda
O tempo da tua vida aqui na terra,
Em que brilhavam belas
Tuas pupilas rindo e fugidias,
Alegre e pensativa, do umbral da
Juventude saías?

Os cômodos calados
Soavam, invadia
Teu canto a rua em volta,
Quando tu a coser, bordar, sentavas;
Contente, oh tanto, estavas
Com o porvir que era então em tua mente.
Era o maio aromado: e alegremente
Passavas o teu dia.

Meus estudos felizes,
Livros largando, imerso no cansaço
Que da manhã da minha
Vida e de mim roubou o bom pedaço,
Lá das varandas da mansão paterna
O ouvido eu dava ao som daquele canto,
E à mão que, com espanto,
Veloz ouvia a percorrer a tela.

---

[179] Teresa Fattorini, filha do cocheiro da família Leopardi, que morreu tuberculosa, em 1818, muito jovem ainda. O nome "Sílvia" parece ter sido tirado de *Aminta*, drama pastoral de Tasso que Leopardi admirava muito.

Mirava il ciel sereno,
Le vie dorate e gli orti,
E quinci il mar da lungi, e quindi il monte. 25
Lingua mortal non dice
Quel ch'io sentiva in seno.

Che pensieri soavi,
Che speranze, che cori, o Silvia mia!
Quale allor ci apparia 30
La vita umana e il fato!
Quando sovviemmi di cotanta speme,
Un affetto mi preme
Acerbo e sconsolato,
E tornami a doler di mia sventura. 35
O natura, o natura,
Perché non rendi poi
Quel che prometti allor? perché di tanto
Inganni i figli tuoi?

Tu pria che l'erbe inaridisse il verno, 40
Da chiuso morbo combattuta e vinta,
Perivi, o tenerella. E non vedevi
Il fior degli anni tuoi;
Non ti molceva il core
La dolce lode or delle negre chiome, 45
Or degli sguardi innamorati e schivi;
Né teco le compagne ai dì festivi
Ragionavan d'amore.

Anche peria fra poco
La speranza mia dolce: agli anni miei 50
Anche negaro i fati
La giovanezza. Ahi come,
Come passata sei,
Cara compagna dell'età mia nova,

Olhava o céu de calma,
Jardins, douradas ruas,
De um lado ao longe o mar, do outro o monte.[180]
Língua mortal não conta
O que havia em minh'alma.

Que doces pensamentos,
Que esperanças, que amores, Sílvia minha!
Assim, pensamos, vinha
Nossa vida e o destino!
Quando recordo o imenso da esperança,
Uma paixão se lança
Sobre mim, e ferino
Volta o doer da minha desventura,
Ó natura, ó natura,
Por que não dás agora
O prometido então? Oh, por que tanto
Nos iludes, senhora?

Antes que o inverno enfim rugasse a relva,
Por mal desconhecido combatida,
Tombavas, terna minha. E nem chegavas
À flor dos anos teus;
Não te alegrava o peito
O elogio ao negror dos teus cabelos,
Ao teu olhar tão meigo e puro e esquivo;
Com tua amiga ao pôr do sol festivo
Falar do amor perfeito.

Pouco tempo e morria
Também minha esperança: oh, nem vivi
A minha juventude:
Negaram-na os destinos.
Ai, como te perdi,
Ó cara amiga dos meus verdes anos,

---

[180] O Adriático e os Apeninos.

Mia lacrimata speme! 55
Questo è quel mondo? questi
I diletti, l'amor, l'opre, gli eventi
Onde cotanto ragionammo insieme?
Questa la sorte dell'umane genti?
All'apparir del vero 60
Tu, misera, cadesti: e con la mano
La fredda morte ed una tomba ignuda
Mostravi di lontano.

Lacrimada esperança!
É este aquele mundo?
O amor, prazeres, obras, de que tanto
Falávamos nós dois com confiança?
É toda sorte assim, por todo canto?
A verdade surgindo,
Tu, mísera, caíste: oh, apontavas
Com a mão a morte fria e tumba nua[181]
Ao longe tu mostravas.

---

[181] A de Leopardi.

XXII.
LE RICORDANZE

Vaghe stelle dell'Orsa, io non credea
Tornare ancor per uso a contemplarvi
Sul paterno giardino scintillanti,
E ragionar con voi dalle finestre
Di questo albergo ove abitai fanciullo, 5
E delle gioie mie vidi la fine.
Quante immagini un tempo, e quante fole
Creommi nel pensier l'aspetto vostro
E delle luci a voi compagne! allora
Che, tacito, seduto in verde zolla, 10
Delle sere io solea passar gran parte
Mirando il cielo, ed ascoltando il canto
Della rana rimota alla campagna!
E la lucciola errava appo le siepi
E in su l'aiuole, susurrando al vento 15
I viali odorati, ed i cipressi
Là nella selva; e sotto al patrio tetto
Sonavan voci alterne, e le tranquille
Opre de' servi. E che pensieri immensi,
Che dolci sogni mi spirò la vista 20
Di quel lontano mar, quei monti azzurri,
Che di qua scopro, e che varcare un giorno
Io mi pensava, arcani mondi, arcana

XXII.
AS RECORDAÇÕES

Belas estrelas da Ursa, pensei
Que nunca voltaria a contemplar-vos
Sobre o jardim paterno cintilantes,
E conversar convosco das janelas
Desta morada onde habitei menino,
E onde os prazeres meus findar eu vi.
Imagens, fantasias, foram tantas
Brotando em meu pensar ao ver o vosso
Rosto e das luzes vossas companheiras!
Era o tempo em que, mudo, sobre a relva
Sentado, a noite quase inteira o céu
Eu contemplava, ouvindo ao longe o canto
Da recôndita rã lá na campina!
E o vaga-lume errava sobre as sebes,
Pelos canteiros, sussurrando ao vento
Alamedas de aromas, e os ciprestes
Lá na floresta; e sob o pátrio teto
Soavam vozes cá e lá, e o calmo
Afã dos servos. E que pensamentos
Vastos, que sonhos me inspirou a vista.
Daquele mar longínquo, o azul dos montes,[182]
Que ali eu vejo, e que cruzar um dia
Imaginei, arcano mundo, arcana

---

[182] O Adriático e os Apeninos.

Felicità fingendo al viver mio!
Ignaro del mio fato, e quante volte 25
Questa mia vita dolorosa e nuda
Volentier con la morte avrei cangiato.

Né mi diceva il cor che l'età verde
Sarei dannato a consumare in questo
Natio borgo selvaggio, intra una gente 30
Zotica, vil; cui nomi strani, e spesso
Argomento di riso e di trastullo,
Son dottrina e saper; che m'odia e fugge,
Per invidia non già, che non mi tiene
Maggior di sé, ma perché tale estima 35
Ch'io mi tenga in cor mio, sebben di fuori
A persona giammai non ne fo segno.
Qui passo gli anni, abbandonato, occulto,
Senz'amor, senza vita; ed aspro a forza
Tra lo stuol de' malevoli divengo: 40
Qui di pietà mi spoglio e di virtudi,
E sprezzator degli uomini mi rendo,
Per la greggia ch'ho appresso: e intanto vola
Il caro tempo giovanil; più caro
Che la fama e l'allor, più che la pura 45
Luce del giorno, e lo spirar: ti perdo
Senza un diletto, inutilmente, in questo
Soggiorno disumano, intra gli affanni,
O dell'arida vita unico fiore.

Alegria mentindo ao meu viver![183]
Meu destino ignorando, quantas vezes
Esta vida de dor somente e nua,
Com a morte imploraria ter trocado.

Nem disse o peito que meus anos verdes
Nesta natal selvagem aldeia[184] estava
Condenado a secar, entre uma gente
Rústica, vil; que acha estranhos nomes,
E motivo de riso muitas vezes,
Saber e arte; que me odeia e evita,[185]
Nem sequer por inveja: não me acham
Superior, mas creem que no fundo
Eu pense assim, ainda que a ninguém
O houvesse demonstrado externamente.
E eu vivo aqui, abandonado, oculto,
Sem amor e sem vida; e, à força, rude
Entre um bando de broncos eu me torno:
A piedade e a virtude perco aqui,
E agora sou desprezador dos homens,
Culpa do gado que me cerca: e voa
O caro tempo juvenil; mais caro
Do que a fama e que os louros,[186] mais que o puro
Luzir do dia e o respirar: te perco
Sem um prazer, inutilmente, neste
Lugar tão desumano, entre as angústias,
Ó da árida vida única flor.[187]

---

[183] Reflete a decepção por não ter encontrado, além dos montes, o mundo e a alegria que imaginara.

[184] Expressão cruel do ódio que Recanati lhe despertava.

[185] Leopardi era ridicularizado na rua aos gritos de "o corcunda!" e erroneamente acreditava-se que sua reclusão era consequência de um sentimento de desprezo pela gente humilde da aldeia.

[186] Lamenta os anos de estudos em busca da fama e da glória como filólogo que arruinaram sua saúde.

[187] A juventude.

Viene il vento recando il suon dell'ora 50
Dalla torre del borgo. Era conforto
Questo suon, mi rimembra, alle mie notti,
Quando fanciullo, nella buia stanza,
Per assidui terrori io vigilava,
Sospirando il mattin. Qui non è cosa 55
Ch'io vegga o senta, onde un'immagin dentro
Non torni, e un dolce rimembrar non sorga.
Dolce per sé; ma con dolor sottentra
Il pensier del presente, un van desio
Del passato, ancor tristo, e il dire: io fui. 60
Quella loggia colà, volta agli estremi
Raggi del dì; queste dipinte mura,
Quei figurati armenti, e il Sol che nasce
Su romita campagna, agli ozi miei
Porser mille diletti allor che al fianco 65
M'era, parlando, il mio possente errore
Sempre, ov'io fossi. In queste sale antiche,
Al chiaror delle nevi, intorno a queste
Ampie finestre sibilando il vento,
Rimbombaro i sollazzi e le festose 70
Mie voci al tempo che l'acerbo, indegno
Mistero delle cose a noi si mostra
Pien di dolcezza; indelibata, intera
Il garzoncel, come inesperto amante,
La sua vita ingannevole vagheggia, 75
E celeste beltà fingendo ammira.

O speranze, speranze; ameni inganni
Della mia prima età! sempre, parlando,
Ritorno a voi; che per andar di tempo,
Per variar d'affetti e di pensieri, 80
Obbliarvi non so. Fantasmi, intendo,

Vem o vento trazendo o som da hora
Lá da torre da aldeia.[188] Era consolo
Este som, bem me lembro, em minhas noites,
Quando menino, o quarto tão escuro,
Em meio aos medos meus sempre acordado,
Desejava a manhã. Não há aqui o
Que eu veja ou sinta, e imagens lá bem dentro
Não traga, e um doce relembrar não brote.
Doce por si; mas o soterra em dor
O pensar do presente, um vão querer o
Passado, triste sim, dizer: eu fui.
Aquela arcada ali, voltada aos raios
Finais do dia; estas paredes tintas,
O rebanho em afresco,[189] e o Sol que nasce
Na deserta campina, quando à toa
Estava, deram-me prazer e sempre
Ao meu lado, falando, eu via a forte
Ilusão, onde eu fosse. Nestas salas
Antigas, no clarão da neve, pelas
Amplas janelas sibilando o vento,
Ribombaram folguedos e festiva
Minha voz: era o tempo em que o indigno,
Cruel mistério deste mundo finge
Ser só doçura; imaculada, inteira
O menino, parece ingênuo amante,
Corteja sua vida traiçoeira,
E celeste beleza a crendo adora.

Ó esperança, esperança: do menino
Que fui doce ilusão! Sempre, falando,
Retorno a ti; pois marche em frente o tempo,
Variem meus afetos, pensamentos,
Esquecer-te não sei. Fantasmas, certos,

---

[188] A torre da praça de Recanati, no prédio onde funcionava a sede da administração local.

[189] A arcada e os afrescos mencionados ainda podem ser vistos no Palazzo Leopardi, em Recanati.

Son la gloria e l'onor; diletti e beni
Mero desio; non ha la vita un frutto,
Inutile miseria. E sebben vòti
Son gli anni miei, sebben deserto, oscuro 85
Il mio stato mortal, poco mi toglie
La fortuna, ben veggo. Ahi, ma qualvolta
A voi ripenso, o mie speranze antiche,
Ed a quel caro immaginar mio primo;
Indi riguardo il viver mio sì vile 90
E sì dolente, e che la morte è quello
Che di cotanta speme oggi m'avanza;
Sento serrarmi il cor, sento ch'al tutto
Consolarmi non so del mio destino.
E quando pur questa invocata morte 95
Sarammi allato, e sarà giunto il fine
Della sventura mia; quando la terra
Mi fia straniera valle, e dal mio sguardo
Fuggirà l'avvenir; di voi per certo
Risovverrammi; e quell'imago ancora 100
Sospirar mi farà, farammi acerbo
L'esser vissuto indarno, e la dolcezza
Del dì fatal tempererà d'affanno.

E già nel primo giovanil tumulto
Di contenti, d'angosce e di desio, 105
Morte chiamai più volte, e lungamente
Mi sedetti colà su la fontana
Pensoso di cessar dentro quell'acque
La speme e il dolor mio. Poscia, per cieco
Malor, condotto della vita in forse, 110
Piansi la bella giovanezza, e il fiore
De' miei poveri dì, che sì per tempo
Cadeva: e spesso all'ore tarde, assiso
Sul conscio letto, dolorosamente

São a glória e o louvor; bens e prazeres
Mero desejo; a vida não tem fruto,
Uma inútil miséria. E embora vácuos
Os anos meus, e embora só e escuro o
Meu estado mortal, pouco me rouba
A fortuna, bem vejo. Mas é só
Te relembrar, velhíssima esperança, e
No amado imaginar de mim menino,
Percebo logo o meu viver tão vil,
Tão doloroso, e que é a morte tudo
Que de tanta esperança hoje me resta;
Sinto cerrar meu peito, e ao meu destino,
Sinto, não sei nem saberei curvar-me.
E mesmo quando esta invocada morte
Estiver do meu lado, e o fim chegar
Da minha desventura; quando a terra
For estrangeiro vale, e dos meus olhos
Fugir todo porvir; de ti, por certo,
Me lembrarei; e ainda aquela imagem
Suspirar me fará, doerá amargo
O ter vivido em vão, meu doce dia
Fatal temperará com acre angústia.

Desde o primeiro juvenil tumulto
De alegrias, de angústias, de desejo,
Chamei a morte muitas vezes; horas
Passei sentado ali naquela fonte
Pensando em dar um fim naquelas águas
À esperança e ao sofrer. Depois, por cego
Mal em perigo posta a minha vida,[190]
Chorei a bela juventude, e a flor
Dos pobres dias meus, que tão depressa
Caía: e muitas vezes, noite tarda,
No leito alerta, dolorosamente

---

[190] Referência à primeira grande crise de saúde, em 1816, quando chegou a correr risco de vida.

Alla fioca lucerna poetando, 115
Lamentai co' silenzi e con la notte
Il fuggitivo spirto, ed a me stesso
In sul languir cantai funereo canto.

Chi rimembrar vi può senza sospiri,
O primo entrar di giovinezza, o giorni 120
Vezzosi, inenarrabili, allor quando
Al rapito mortal primieramente
Sorridon le donzelle; a gara intorno
Ogni cosa sorride; invidia tace,
Non desta ancora ovver benigna; e quasi 125
(Inusitata maraviglia!) il mondo
La destra soccorrevole gli porge,
Scusa gli errori suoi, festeggia il novo
Suo venir nella vita, ed inchinando
Mostra che per signor l'accolga e chiami? 130
Fugaci giorni! a somigliar d'un lampo
Son dileguati. E qual mortale ignaro
Di sventura esser può, se a lui già scorsa
Quella vaga stagion, se il suo buon tempo,
Se giovanezza, ahi giovanezza, è spenta? 135

O Nerina! e di te forse non odo
Questi luoghi parlar? caduta forse
Dal mio pensier sei tu? Dove sei gita,
Che qui sola di te la ricordanza
Trovo, dolcezza mia? Più non ti vede 140
Questa Terra natal: quella finestra,

À débil luz da vela poetando,
Lamentei com os silêncios e com a noite
O fugitivo sopro, e para mim,
Fio tênue, cantei de morte um canto.[191]

Quem vos pode lembrar sem mil suspiros,
Primeiro vir da juventude, ó dias
De encanto inenarrável, tempo em que
Ao mortal quase em transe belas jovens
Sorriem a vez primeira; e tudo em volta
Compete em mil sorrisos; cala a inveja
Ou dorme ainda ou é benigna; e quase
(Inusitada maravilha!) o mundo
A mão direita estende-lhe em socorro,
Perdoa os erros seus, festeja o novo
Seu vir à vida, e se inclinando mostra
Que por senhor o aceita e o chamará?
Fugazes dias! Dissipados qual
Relâmpagos. E qual mortal alheio
Às penas pode ser, se já passou
Sua bela estação, se o seu bom tempo,
Se a juventude, ai juventude, é finda?

Ó Nerina![192] E de ti então não ouço
Este tudo falar? Caída então
Do meu pensar estás? Por onde andas,
Que aqui de ti somente a vã lembrança
Encontro, ó doce minha? E tua Aldeia[193]
Não mais te vê: deserta eis a janela

---

[191] É o poema "Aproximação da morte", do qual alguns versos aparecem como o fragmento XXXIX nos *Cantos*.

[192] Para alguns é Teresa Fattorini; para outros, Maria Belardinelli, filha de um humilde trabalhador recanatense que vivia num casebre em frente ao Palazzo Leopardi. Nascida em 1800, Maria morreu em 1827, pouco antes do último período de residência do poeta em Recanati. O nome "Nerina", como "Sílvia", pertence também ao *Aminta* de Tasso.

[193] A inicial maiúscula para dizer natal, ou seja, Recanati.

Ond'eri usata favellarmi, ed onde
Mesto riluce delle stelle il raggio,
È deserta. Ove sei, che più non odo
La tua voce sonar, siccome un giorno, 145
Quando soleva ogni lontano accento
Del labbro tuo, ch'a me giungesse, il volto
Scolorarmi? Altro tempo. I giorni tuoi
Furo, mio dolce amor. Passasti. Ad altri
Il passar per la terra oggi è sortito, 150
E l'abitar questi odorati colli.
Ma rapida passasti; e come un sogno
Fu la tua vita. Iva danzando; in fronte
La gioia ti splendea, splendea negli occhi
Quel confidente immaginar, quel lume 155
Di gioventù, quando spegneali il fato,
E giacevi. Ahi Nerina! In cor mi regna
L'antico amor. Se a feste anco talvolta,
Se a radunanze io movo, infra me stesso
Dico: o Nerina, a radunanze, a feste 160
Tu non ti acconci più, tu più non movi.
Se torna maggio, e ramoscelli e suoni
Van gli amanti recando alle fanciulle,
Dico: Nerina mia, per te non torna
Primavera giammai, non torna amore. 165
Ogni giorno sereno, ogni fiorita
Piaggia ch'io miro, ogni goder ch'io sento,
Dico: Nerina or più non gode; i campi,
L'aria non mira. Ahi tu passasti, eterno
Sospiro mio: passasti: e fia compagna 170
D'ogni mio vago immaginar, di tutti
I miei teneri sensi, i tristi e cari
Moti del cor, la rimembranza acerba.

Onde comigo conversavas, e onde
Triste reluz o raio das estrelas
Agora. Oh, onde estás, que mais não ouço
A tua voz soar, como no tempo
Em que cada longínquo som do lábio
Teu costumava, ao me alcançar, o rosto
Meu tornar pálido? Outro tempo. Os dias
Teus se foram, amor. Passaste. A outros
O passar pela terra hoje compete,
O habitar estes montes aromados.
Mas rápida passaste; e como um sonho
Foi tua vida. Dançavas; na tua fronte
Prazer brilhava, nos teus olhos brilho
O confiante imaginar, a chama
Juvenil quando a sorte os apagou
E caíste. Ai, Nerina! Reina ainda
Em mim o antigo amor. Se para festas,
Se me dirijo a bailes, a mim mesmo
Digo: ó Nerina, para festas, bailes,
Tu não te enfeitas mais, nem te diriges.
Se volta maio, e vão canções, raminhos
Os amantes levando para as moças,
Digo: Nerina minha, a ti não volta
A primavera mais, não volta o amor.
Cada dia sereno, cada vale
Que miro em flor, cada alegrar que sinto,
Digo: Nerina, não te alegras mais,
Céu e campos não miras. Ai, passaste,
Eterno amor: passaste: e acompanhar
Cada imagem, e cada terno afeto
Que há em mim, os tremores tristes, caros,
Do meu peito, a lembrança amarga irá.

XXIII.
CANTO NOTTURNO DI UN PASTORE ERRANTE DELL'ASIA

Che fai tu, luna, in ciel? dimmi, che fai,
Silenziosa luna?
Sorgi la sera, e vai,
Contemplando i deserti; indi ti posi.
Ancor non sei tu paga 5
Di riandare i sempiterni calli?
Ancor non prendi a schivo, ancor sei vaga
Di mirar queste valli?
Somiglia alla tua vita
La vita del pastore. 10
Sorge in sul primo albore;
Move la greggia oltre pel campo, e vede
Greggi, fontane ed erbe;
Poi stanco si riposa in su la sera:
Altro mai non ispera. 15
Dimmi, o luna: a che vale
Al pastor la sua vita,
La vostra vita a voi? dimmi: ove tende
Questo vagar mio breve,
Il tuo corso immortale? 20

XXIII.
CANTO NOTURNO DE UM PASTOR ERRANTE DA ÁSIA[194]

Que fazes, lua, aí no céu? Que fazes,
Diz, silenciosa lua?
Some o sol, e te aprazes
Em ir varrer desertos; depois pousas.
Ainda não cansaste
De andar eternas ruas afinal?
Inda desejas, não te entediaste
De um mesmo vale igual?
É como a tua vida
A vida do pastor.
Surge do dia a cor;
Move o gado por campos, e só vê
Gramas e gado e fontes;
Depois cansado à noite pousa: impera
O nada e nada espera.
Ó lua, vale a tal
Pastor a sua vida,
A vossa vida a vós? Aonde levam
Este vagar meu breve,
O teu curso imortal?

---

[194] O próprio Leopardi cita a fonte que inspirou este canto: no seu livro *Voyage d'Orenbourg à Boukhara, fait en 1820, a travers les steppes qui s'étendent a l'est de la Mer d'Aral et au-delà de l'ancien Jaxartes* (Paris, 1826), o barão russo Georges de Meyendorff relata que muitos quirguizes (um povo do norte da Ásia Central com uma tradição de pastores nômades que remonta a milênios) "passam a noite sentados sobre um rochedo a olhar a lua e improvisar palavras muito tristes sobre os ares que não lhes são menos".

Vecchierel bianco, infermo,
Mezzo vestito e scalzo,
Con gravissimo fascio in su le spalle,
Per montagna e per valle,
Per sassi acuti, ed alta rena, e fratte, 25
Al vento, alla tempesta, e quando avvampa
L'ora, e quando poi gela,
Corre via, corre, anela,
Varca torrenti e stagni,
Cade, risorge, e più e più s'affretta, 30
Senza posa o ristoro,
Lacero, sanguinoso; infin ch'arriva
Colà dove la via
E dove il tanto affaticar fu volto:
Abisso orrido, immenso, 35
Ov'ei precipitando, il tutto obblia.
Vergine luna, tale
È la vita mortale.

Nasce l'uomo a fatica,
Ed è rischio di morte il nascimento. 40
Prova pena e tormento
Per prima cosa; e in sul principio stesso
La madre e il genitore
Il prende a consolar dell'esser nato.
Poi che crescendo viene, 45
L'uno e l'altro il sostiene, e via pur sempre
Con atti e con parole
Studiasi fargli core,
E consolarlo dell'umano stato:
Altro ufficio più grato 50
Non si fa da parenti alla lor prole.
Ma perché dare al sole,
Perché reggere in vita
Chi poi di quella consolar convenga?
Se la vita è sventura 55
Perché da noi si dura?
Intatta luna, tale

Velhinho branco e fraco,
Descalço e seminu,
Sobre os ombros a carga é animal,
Por vale glacial,
Por dunas, pedra em ponta e precipícios,
Ao vento, à tempestade, e quando o tempo
Calcina, e quando gela,
E corre, e corre, anela,
Vara torrentes, charcos,
Cai, levanta-se, e mais e mais se apressa,
Sem pausas, sem descanso,
Sangrando e lacerado, até que alcança
O que seu curso e prece
E tanto se cansar tanto buscara:
Abismo enorme, horrível,
Em que ele se atirando, o tudo esquece.
Ó virgem lua, tal
É a vida mortal.

Nasce o homem em dores,
E é um risco de morte o nascimento.
Prova pena e tormento
Antes de tudo; e desde o seu princípio
Buscam seus pais um jeito
Que o console por ter chegado à vida.
Depois, enquanto cresce,
Um e outro o sustêm, e sempre tentam
Gesto, palavras, trilhos
Que animem-no e seu peito,
E possam consolá-lo em tal ferida:
Pois coisa mais querida
Jamais farão os pais pelos seus filhos.
Mas por que dar aos brilhos
Do sol, por que guiar
Na vida quem terá que ter consolo?
Se a vida é desventura
Por que o homem a atura?
Intacta lua, tal

E` lo stato mortale.
Ma tu mortal non sei,
E forse del mio dir poco ti cale. 60

Pur tu, solinga, eterna peregrina,
Che sì pensosa sei, tu forse intendi,
Questo viver terreno,
Il patir nostro, il sospirar, che sia;
Che sia questo morir, questo supremo 65
Scolorar del sembiante,
E perir dalla terra, e venir meno
Ad ogni usata, amante compagnia.
E tu certo comprendi
Il perché delle cose, e vedi il frutto 70
Del mattin, della sera,
Del tacito, infinito andar del tempo.
Tu sai, tu certo, a qual suo dolce amore
Rida la primavera,
A chi giovi l'ardore, e che procacci 75
Il verno co' suoi ghiacci.
Mille cose sai tu, mille discopri,
Che son celate al semplice pastore.
Spesso quand'io ti miro
Star così muta in sul deserto piano, 80
Che, in suo giro lontano, al ciel confina;
Ovver con la mia greggia
Seguirmi viaggiando a mano a mano;
E quando miro in cielo arder le stelle;
Dico fra me pensando: 85
A che tante facelle?
Che fa l'aria infinita, e quel profondo
Infinito seren? che vuol dir questa
Solitudine immensa? ed io che sono?
Così meco ragiono: e della stanza 90
Smisurata e superba,
E dell'innumerabile famiglia;
Poi di tanto adoprar, di tanti moti
D'ogni celeste, ogni terrena cosa,

É o estado mortal.
Mas tu mortal não és,
Talvez tu nem te importes afinal.

Mas, solitária e eterna peregrina,
Tão pensativa assim, quem sabe entendes
Este viver terreno,
O nosso arfar, sofrer, o que é que seja;
O que seja o morrer, este supremo
Cinzar-se do semblante,
Sumir da terra, e desertar o ameno
Convívio do que, amante, te deseja.
E, claro, compreendes
O porquê deste todo, e vês um fundo
Nessas noites e auroras,
No tácito, infinito andar do tempo.
Claro, ela sabe, ó primavera, o amor
Que te faz rir e adoras,
Quem quer calor, o que com tanto zelo
Caça o inverno com o gelo.
Mil coisas sabes, lua, e mil descobres,
De mim ocultas, mísero pastor.
E sempre que te vejo
Estar tão muda assim sobre o deserto,
Que, em seu limite incerto, o céu confina,
Ou sobre o meu rebanho,
Indo, indo, a seguir-me bem de perto;
E olhando o céu de estrelas sobre as rochas;
Digo-me, assim, pensando:
Para que tantas tochas?
Donde o ar infinito, e esse profundo
Infinito só paz? Que quer dizer
Tão grande solidão? E eu, que sou?
Assim falando eu vou: e desta casa
Soberba e sem fronteira,
De uma família assim inumerável,
De tanta ação, de tanto movimento
De cada coisa no teu céu, na terra,

Girando senza posa, 95
Per tornar sempre là donde son mosse;
Uso alcuno, alcun frutto
Indovinar non so. Ma tu per certo,
Giovinetta immortal, conosci il tutto.
Questo io conosco e sento, 100
Che degli eterni giri,
Che dell'esser mio frale,
Qualche bene o contento
Avrà fors'altri; a me la vita è male.

O greggia mia che posi, oh te beata, 105
Che la miseria tua, credo, non sai!
Quanta invidia ti porto!
Non sol perché d'affanno
Quasi libera vai;
Ch'ogni stento, ogni danno, 110
Ogni estremo timor subito scordi;
Ma più perché giammai tedio non provi.
Quando tu siedi all'ombra, sovra l'erbe,
Tu se' queta e contenta;
E gran parte dell'anno 115
Senza noia consumi in quello stato.
Ed io pur seggo sovra l'erbe, all'ombra,
E un fastidio m'ingombra
La mente, ed uno spron quasi mi punge
Sì che, sedendo, più che mai son lunge 120
Da trovar pace o loco.
E pur nulla non bramo,
E non ho fino a qui cagion di pianto.
Quel che tu goda o quanto,
Non so già dir; ma fortunata sei. 125
Ed io godo ancor poco,
O greggia mia, né di ciò sol mi lagno.
Se tu parlar sapessi, io chiederei:
Dimmi: perché giacendo
A bell'agio, ozioso, 130

Giro que não se encerra
Voltando sempre ao onde da partida,
O porquê, lá no fundo,
Adivinhar não sei. Mas tu, é claro,
Ó imortal, conheces tudo e o mundo.
Isto sei a contento,
Talvez do eterno giro,
E do meu ser banal,
Algum bem ou alento
Venha a alguém; para mim viver é um mal.

Rebanho que descansas, tu tens sorte:
Não sabes, creio, quantos são teus ais!
Te invejo quase amargo!
Não só porque de dores
Quase livre tu vais;
E privações, temores,
Toda máxima angústia, logo largas;
Mas bem mais porque nunca sentes tédio.
Quando sentas à sombra, sobre a relva,
Estás quieto e contente;
Quase o ano, em torpores
Mas sem tédio, consomes neste estado.
Também eu sobre a relva, à sombra, sento
E o fastio é um tormento
Em minha mente, espinho angustiante
Que me faz mais que nunca estar distante
Da paz e quase louco.
E ela é tudo que anseio,
Não tive até aqui razão de pranto.
Qual teu prazer ou quanto
Não sei dizer; mas sei que és bem feliz.
Meu prazer é tão pouco,
Rebanho, e não só disto me lastimo.
Se tu falasses, pediria: diz:
Por que assim deitado,
À toa e ocioso,

S'appaga ogni animale;
Me, s'io giaccio in riposo, il tedio assale?

Forse s'avess'io l'ale
Da volar su le nubi,
E noverar le stelle ad una ad una, 135
O come il tuono errar di giogo in giogo,
Più felice sarei, dolce mia greggia,
Più felice sarei, candida luna.
O forse erra dal vero,
Mirando all'altrui sorte, il mio pensiero: 140
Forse in qual forma, in quale
Stato che sia, dentro covile o cuna,
È funesto a chi nasce il dì natale.

Satisfaz-se o animal;
E em mim, se deito, o tédio é um punhal?

Talvez, com asa tal
Que me elevasse às nuvens,
A contar as estrelas uma a uma,
Ou, trovão, a vagar de topo em topo,
Eu fosse mais feliz, doce rebanho,
Eu fosse mais feliz, ó lua, em suma.
Talvez se perca em vento,
Olhando alheia sorte, o pensamento;
Ou não importe qual
O estado ou forma, em berço, em meio à bruma,
O dia em que se nasce é já fatal.

XXIV.
LA QUIETE DOPO LA TEMPESTA

Passata è la tempesta:
Odo augelli far festa, e la gallina,
Tornata in su la via,
Che ripete il suo verso. Ecco il sereno
Rompe là da ponente, alla montagna; 5
Sgombrasi la campagna,
E chiaro nella valle il fiume appare.
Ogni cor si rallegra, in ogni lato
Risorge il romorio
Torna il lavoro usato. 10
L'artigiano a mirar l'umido cielo,
Con l'opra in man, cantando,
Fassi in su l'uscio; a prova
Vien fuor la femminetta a còr dell'acqua
Della novella piova; 15
E l'erbaiuol rinnova
Di sentiero in sentiero
Il grido giornaliero.
Ecco il Sol che ritorna, ecco sorride
Per li poggi e le ville. Apre i balconi, 20
Apre terrazzi e logge la famiglia:
E, dalla via corrente, odi lontano
Tintinnio di sonagli; il carro stride
Del passeggier che il suo cammin ripiglia.

Si rallegra ogni core. 25
Sì dolce, sì gradita
Quand'è, com'or, la vita?

XXIV.
A PAZ DEPOIS DA TEMPESTADE

Passou a tempestade:
Pássaros à vontade piam, volta à
Sua trilha a galinha,
Com seu velho refrão. Olha: o sereno
Brota lá no poente, da colina;
Liberta-se a campina,
E claro lá no vale o rio surge.
Os corações se alegram; logo, vário
Renasce o burburinho e
Volta o afazer diário.
O artesão, para olhar o céu molhado,
Com a obra nas mãos, cantando, chega
À porta; se adianta
Uma menina e corre e colhe a água
Da chuva nova e tanta;
E o verdureiro canta
De caminho em caminho
Seu pregão igualzinho.
Olha: o Sol vem voltando, olha: os sorrisos
Que vertem morro e aldeia. E nas casas
Abrem varandas, pátios, a sacada:
E, da rua onde está, ouve distante
Ranger de rodas, tintilar de guizos:
O viajante em seu carro volta à estrada.

Se alegra o coração.
Quando assim tão querida
Será, de novo, a vida?

Quando con tanto amore
L'uomo a' suoi studi intende?
O torna all'opre? o cosa nova imprende? 30
Quando de' mali suoi men si ricorda?
Piacer figlio d'affanno;
Gioia vana, ch'è frutto
Del passato timore, onde si scosse
E paventò la morte 35
Chi la vita abborria;
Onde in lungo tormento,
Fredde, tacite, smorte,
Sudàr le genti e palpitàr, vedendo
Mossi alle nostre offese 40
Folgori, nembi e vento.

O natura cortese,
Son questi i doni tuoi,
Questi i diletti sono
Che tu porgi ai mortali. Uscir di pena 45
È diletto fra noi.
Pene tu spargi a larga mano; il duolo
Spontaneo sorge e di piacer, quel tanto
Che per mostro e miracolo talvolta
Nasce d'affanno, è gran guadagno. Umana 50
Prole cara agli eterni! assai felice
Se respirar ti lice
D'alcun dolor: beata
Se te d'ogni dolor morte risana.

Quando é tanta a paixão
Com que o homem trabalha?
Ou volta à obra? Ou nova em folha entalha?
Quando recorda menos suas dores?
Prazer filho da angústia;
Vã alegria: fruto
Do passado temor, tal que abalara
Com o pavor da morte
Quem detestava a vida;
Tal que pôs em tormento,
Gelou, calou o forte,
Fez suar, fez tremer a todos, vendo
O ataque e a ira acesa
De raio, nuvem, vento.

Ó cortês natureza,
São estes os presentes,
Estes são os prazeres
Que ofertas aos mortais. Fugir de pena
É um prazer que consentes.
Esparges penas a mãos-cheias; dores
Sozinhas surgem e de alegria, aquele
Tanto que muitas vezes por milagre
Nasce da angústia, é lucro imenso. Obscura
Raça tão cara aos deuses! Bem feliz
Se escapas por um triz
De alguma dor: bendita
Só se a morte, de toda dor te cura.

XXV.
IL SABATO DEL VILLAGGIO

La donzelletta vien dalla campagna,
In sul calar del sole,
Col suo fascio dell'erba; e reca in mano
Un mazzolin di rose e di viole,
Onde, siccome suole, 5
Ornare ella si appresta
Dimani, al dì di festa, il petto e il crine.
Siede con le vicine
Su la scala a filar la vecchierella,
Incontro là dove si perde il giorno; 10
E novellando vien del suo buon tempo,
Quando ai dì della festa ella si ornava,
Ed ancor sana e snella
Solea danzar la sera intra di quei
Ch'ebbe compagni dell'età più bella. 15
Già tutta l'aria imbruna,
Torna azzurro il sereno, e tornan l'ombre
Giù da' colli e da' tetti,
Al biancheggiar della recente luna.
Or la squilla dà segno 20
Della festa che viene;
Ed a quel suon diresti

XXV.
O SÁBADO DA ALDEIA

Vem de lá da campina uma donzela,
Sob o findar do dia,
Com seu feixe de feno; e traz na mão
Buquê de violeta e rosa: iria,
Como sempre fazia,
Enfeitar seio e tranças
Com elas para as danças de amanhã.
Se senta a anciã
Com as vizinhas a fiar na escada,
Voltada para onde o sol se põe;
Desfia histórias do seu tempo bom,
Ah, se enfeitava toda para a festa,
E ainda sã e ágil,
Costumava dançar a noite inteira
Com os amigos da idade bela e frágil.
Todo o ar já escurece,
Volta o céu a azular-se, voltam sombras
Sob os morros e os tetos,
Que a lua inda recente os embranquece.[195]
E dá sinal o sino
Da festa que já vem;
E àquele som dirias

---

[195] Estes quatro últimos versos são um exemplo do insuperável poder descritivo de Leopardi. Com a mais absoluta concisão, ele diz: depois da claridade rubra do crepúsculo, o ar (não o céu) escurece; perdendo o rubor, volta a ficar azul, mas agora quase negro; e surgem as sombras: olhando para o alto, já se verá a lua que nasce e, por um momento, nitidamente clareia a paisagem distante e as casas próximas.

Che il cor si riconforta.
I fanciulli gridando
Su la piazzuola in frotta, 25
E qua e là saltando,
Fanno un lieto romore:
E intanto riede alla sua parca mensa,
Fischiando, il zappatore,
E seco pensa al dì del suo riposo. 30

Poi quando intorno è spenta ogni altra face,
E tutto l'altro tace,
Odi il martel picchiare, odi la sega
Del legnaiuol, che veglia
Nella chiusa bottega alla lucerna, 35
E s'affretta, e s'adopra
Di fornir l'opra anzi il chiarir dell'alba.

Questo di sette è il più gradito giorno,
Pien di speme e di gioia:
Diman tristezza e noia 40
Recheran l'ore, ed al travaglio usato
Ciascuno in suo pensier farà ritorno.

Garzoncello scherzoso,
Cotesta età fiorita
È come un giorno d'allegrezza pieno, 45
Giorno chiaro, sereno,
Che precorre alla festa di tua vita.
Godi, fanciullo mio; stato soave,
Stagion lieta è cotesta.
Altro dirti non vo'; ma la tua festa 50
Ch'anco tardi a venir non ti sia grave.

Que o peito se conforta.
Os meninos gritando
Vêm para a praça[196] em hordas,
E cá e lá saltando,
Num alegre rumor:
Enquanto volta, assobiando, à sua
Pobreza o lavrador,
E não se amua: o dia é de descanso.

As luzes apagadas, nada abala
A noite e tudo cala,
Soa o martelo, soa a serra ainda
Do artesão acordado,
Que dentro da oficina à luz da vela,
Se apressa, e se desdobra
Para acabar a obra antes da aurora.

Este é o melhor dos sete dias, cheio
De esperança e alegria:
O triste e o que entedia
Trarão as horas da manhã, às lutas
Diárias voltarão as mentes, sei-o.

Rapaz sempre contente,
Esta idade florida
É como um dia de alegria pleno,
Dia claro, sereno,
E que precede a festa da tua vida.
Aproveita, menino, pois é breve
Época alegre esta.
Mais não direi;[197] mas que o tardar da festa
Em vez de entristecer te seja leve.

---

[196] Para a qual o Palazzo Leopardi dá fundos.

[197] Para não te desiludir.

XXVI.
IL PENSIERO DOMINANTE

Dolcissimo, possente
Dominator di mia profonda mente;
Terribile, ma caro
Dono del ciel; consorte
Ai lùgubri miei giorni, 5
Pensier che innanzi a me sì spesso torni.

Di tua natura arcana
Chi non favella? il suo poter fra noi
Chi non sentì? Pur sempre
Che in dir gli effetti suoi 10
Le umane lingue il sentir proprio sprona,
Par novo ad ascoltar ciò ch'ei ragiona.

Come solinga è fatta
La mente mia d'allora
Che tu quivi prendesti a far dimora! 15
Ratto d'intorno intorno al par del lampo
Gli altri pensieri miei
Tutti si dileguàr. Siccome torre

XXVI.
O PENSAMENTO DOMINANTE

Dulcíssimo, potente
Dominador do tudo em minha mente;
Terrível, mas amado
Dom do céu; companheiro
Dos dias meus sem fim,
Pensamento que voltas sempre a mim.

Do teu ser só mistério
Quem não fala? Sua força em nossos peitos[198]
Quem não sentiu? Mas sempre
Que ao dizer seus efeitos
A língua humana o próprio amor incita,
Parece coisa nova a que é dita.[199]

Quão solitária a minha
Mente se viu tornada
Quando tu[200] a tomaste por morada!
Fugiram qual relâmpago desperto
Que o céu não mais protela,
Meus outros pensamentos. E qual torre

---

[198] Na mudança da segunda para a terceira pessoa, Leopardi busca o testemunho dos seres humanos em geral.

[199] Isto é, sempre que o amor provoca alguém a falar dos seus efeitos vê-se como em cada amante estes efeitos são diferentes.

[200] Volta a dirigir-se ao pensamento dominante.

In solitario campo,
Tu stai solo, gigante, in mezzo a lei. 20

Che divenute son, fuor di te solo,
Tutte l'opre terrene,
Tutta intera la vita al guardo mio!
Che intollerabil noia
Gli ozi, i commerci usati, 25
E di vano piacer la vana spene,
Allato a quella gioia,
Gioia celeste che da te mi viene!

Come da' nudi sassi
Dello scabro Apennino 30
A un campo verde che lontan sorrida
Volge gli occhi bramoso il pellegrino;
Tal io dal secco ed aspro
Mondano conversar vogliosamente,
Quasi in lieto giardino, a te ritorno, 35
E ristora i miei sensi il tuo soggiorno.

Quasi incredibil parmi
Che la vita infelice e il mondo sciocco
Già per gran tempo assai
Senza te sopportai; 40
Quasi intender non posso
Come d'altri desiri,
Fuor ch'a te somiglianti, altri sospiri.

Giammai d'allor che in pria
Questa vita che sia per prova intesi, 45
Timor di morte non mi strinse il petto.
Oggi mi pare un gioco
Quella che il mondo inetto,

No imenso de um deserto,
Estás gigante, e só, no centro dela.

Quão transformado (és única exceção)[201]
Tudo o que o homem faz,
Toda inteira esta vida ao meu olhar!
Que tédio e agonia
O lazer, amizades,
De vão prazer o afã ineficaz,
Comparado à alegria,
Alegria celeste que me dás!

Como das rochas nuas
Do áspero Apenino
A um campo verde rindo lá bem longe
Volta os olhos sedento o peregrino;
Assim eu da aridez
Do conversar mundano ansiosamente,
Qual se um jardim divino, te procuro,
E só de estar contigo a alma curo.

Quase incrível parece
Que esta vida infeliz e o mundo insosso
Sem te ter ao meu lado
Tenha, há tanto, aguentado;
Quase entender não posso
Como de outro desejo,
Não teu igual, arfando os outros vejo.

Jamais, desde que vi
E provei e entendi o que era a vida,
Temor de morte me oprimiu o peito.
Hoje vejo que é um nada
A[202] que o mundo imperfeito

---

[201] Só o amor é imutável.

[202] A morte, a "fatalidade extrema" logo abaixo.

Talor lodando, ognora abborre e trema,
Necessitade estrema; 50
E se periglio appar, con un sorriso
Le sue minacce a contemplar m'affiso.

Sempre i codardi, e l'alme
Ingenerose, abbiette
Ebbi in dispregio. Or punge ogni atto indegno 55
Subito i sensi miei;
Move l'alma ogni esempio
Dell'umana viltà subito a sdegno.
Di questa età superba,
Che di vote speranze si nutrica, 60
Vaga di ciance, e di virtù nemica;
Stolta, che l'util chiede,
E inutile la vita
Quindi più sempre divenir non vede;
Maggior mi sento. A scherno 65
Ho gli umani giudizi; e il vario volgo
A' bei pensieri infesto,
E degno tuo disprezzator, calpesto.

A quello onde tu movi,
Quale affetto non cede? 70
Anzi qual altro affetto
Se non quell'uno intra i mortali ha sede?
Avarizia, superbia, odio, disdegno,
Studio d'onor, di regno,
Che sono altro che voglie 75
Al paragon di lui? Solo un affetto
Vive tra noi: quest'uno,

Ora louva, mas por temor blasfema,
Fatalidade extrema;
E se o perigo surge, eu acho graça
E rio ao contemplar sua ameaça.

Sempre o covarde, a alma
Não generosa, abjeta
Desprezei. Cada ato indigno agora,
Logo me fere fundo;
A cada exemplo infame
A alma, de vergonha, logo cora.
Que esta era arrogante,
Que com vácua esperança a si ilude,
Que ama o vão, e é inimiga da virtude;
Tola, no útil crê,
E a vida mais inútil
Pouco a pouco tornando-se não vê;
Maior me sinto.[203] Zombo
Do julgamento humano; e o vário vulgo,
Ao bom pensar hostil,
E teu desprezador, esmago vil.

Aquela[204] de onde brotas,
Qual paixão a supera?
Diz, qual outra paixão,
Se não aquela entre os mortais impera?
Ódio, soberba, escárnio e avareza,
Posse, glória, riqueza,
Passam de vis vontades
Perto dela? Somente uma paixão
Vive entre nós: e a ela,

---

[203] Um dos ataques leopardianos à intelectualidade do seu tempo e à crença desta no progresso, na obra "útil", como fonte de felicidade.

[204] A paixão do amor de onde brota o pensamento dominante.

Prepotente signore,
Dieder l'eterne leggi all'uman core.

Pregio non ha, non ha ragion la vita 80
Se non per lui, per lui ch'all'uomo è tutto;
Sola discolpa al fato,
Che noi mortali in terra
Pose a tanto patir senz'altro frutto;
Solo per cui talvolta, 85
Non alla gente stolta, al cor non vile
La vita della morte è più gentile.

Per còr le gioie tue, dolce pensiero,
Provar gli umani affanni,
E sostener molt'anni 90
Questa vita mortal, fu non indegno;
Ed ancor tornerei,
Così qual son de' nostri mali esperto,
Verso un tal segno a incominciare il corso:
Che tra le sabbie e tra il vipereo morso, 95
Giammai finor sì stanco
Per lo mortal deserto
Non venni a te, che queste nostre pene
Vincer non mi paresse un tanto bene.

Che mondo mai, che nova 100
Immensità, che paradiso è quello
Là dove spesso il tuo stupendo incanto
Parmi innalzar! dov'io,
Sott'altra luce che l'usata errando,
Il mio terreno stato 105
E tutto quanto il ver pongo in obblio!

Prepotente senhora,
Lei eterna ata o homem vida afora.[205]

Valor não tem, não tem porquê a vida
Senão por ela, ela que é-nos tudo;
Só ela justifica
O destino, que aqui nos
Pôs a sofrer sem fruto um mal agudo;
Só ela às vezes faz,
Não ao tolo loquaz, mas ao viril,
A vida do que a morte mais gentil.[206]

Por arder no teu fogo, ó pensamento,
Provar os desenganos,
Suportar tantos anos
Esta vida mortal, não foi inútil;
Retomaria ainda,
Ciente o quanto estou dos nossos males,
Rumo a tal meta o curso de partida:
Pois entre o pó, da víbora a mordida,
Jamais tão fatigado
Pelo mortal deserto
Cheguei a ti, que penas tais vencer
A mim não parecesse só prazer.

A que outro mundo, e nova
Imensidão, que paraíso aquele
Aonde, e tanto, o teu tremendo encanto
Parece alçar-me! Onde,
Em luz diversa da comum errando,
Esqueço o meu estado
Aqui na terra e o que a verdade esconde!

---

[205] É destino do ser humano amar para sempre.

[206] O nobre amante prefere a vida mesmo que seu amor não seja retribuído. Esta é uma afirmação estranha à filosofia leopardiana; nesta, a morte é sempre desejada. Mas, meses depois desta embriaguez e já desiludido, dirá: estava "fora de mim" (cf. Canto XXIX).

Tali son, credo, i sogni
Degl'immortali. Ahi finalmente un sogno
In molta parte onde s'abbella il vero
Sei tu, dolce pensiero; 110
Sogno e palese error. Ma di natura,
Infra i leggiadri errori,
Divina sei; perché sì viva e forte,
Che incontro al ver tenacemente dura,
E spesso al ver s'adegua, 115
Né si dilegua pria, che in grembo a morte.

E tu per certo, o mio pensier, tu solo
Vitale ai giorni miei,
Cagion diletta d'infiniti affanni,
Meco sarai per morte a un tempo spento: 120
Ch'a vivi segni dentro l'alma io sento
Che in perpetuo signor dato mi sei.
Altri gentili inganni
Soleami il vero aspetto
Più sempre infievolir. Quanto più torno 125
A riveder colei
Della qual teco ragionando io vivo,
Cresce quel gran diletto,
Cresce quel gran delirio, ond'io respiro.
Angelica beltade! 130
Parmi ogni più bel volto, ovunque io miro,
Quasi una finta imago
Il tuo volto imitar. Tu sola fonte
D'ogni altra leggiadria,
Sola vera beltà parmi che sia. 135

São assim, creio, os sonhos
Dos imortais. Ai, mas no fim um sonho
Em que a verdade veste um ornamento
És também, pensamento;
Sonho e clara ilusão. Mas é divina,
Sob o véu de ilusões,
A tua origem; e é tão viva e forte,
Contra a verdade tanto se obstina,
Que acabam por ser uma,
É bruma só depois que o seio é morte.

E tu por certo, ó meu pensar, tu só
Vital alento em mim,
Razão feliz de infindas provações,
Por morte, junto a mim serás extinto:
Vivos sinais dentro da alma eu sinto
De que serás meu amo até o fim.
As outras ilusões
Diante da verdade
Eu via enfraquecer. Quanto mais volto
A ver aquela, sim,
Ela,[207] de quem falando sempre vivo,
Cresce em mim a vontade,
Cresce em mim a vertigem que é meu ar.
Angélica beleza!
Os rostos belos em que pouso o olhar
Parecem simulacros
A teu rosto imitar. Só tu[208] és fonte
Do belo em cada ser,
Só tu real beleza penso ter.

---

207 Fanny Targioni-Tozzetti, a grande paixão de Leopardi. Foram inspirados por ela, além deste, os Cantos XVII, XXVII, XXVIII e XXIX, que são referidos, às vezes, como o ciclo de Aspásia.

208 Leopardi passa a falar, até o fim do poema, ao objeto do seu amor, a "angélica beleza".

Da che ti vidi pria,
Di qual mia seria cura ultimo obbietto
Non fosti tu? quanto del giorno è scorso,
Ch'io di te non pensassi? ai sogni miei
La tua sovrana imago 140
Quante volte mancò? Bella qual sogno,
Angelica sembianza,
Nella terrena stanza,
Nell'alte vie dell'universo intero,
Che chiedo io mai, che spero 145
Altro che gli occhi tuoi veder più vago?
Altro più dolce aver che il tuo pensiero?

Não me bastou te ver
E tu dos meus afãs a meta extrema
Te tornaste? Oh, e quanto avança o dia
Sem que eu só pense em ti? Num sonho meu
O teu vulto tirano
Quantas vezes faltou? Belo qual sonho,
Angélico semblante,
Aqui na terra, errante
Nas vias do profundo firmamento,
Que peço mais, que tento
Mais belo ver que o teu olhar arcano?
Mais doce ter do que teu pensamento?

XXVII.
AMORE E MORTE

Ὃν οἱ θεοὶ φιλοῦσιν, ἀποθνήσκει νέος.
Muor giovane colui ch'al cielo è caro.

MENANDRO

Fratelli, a un tempo stesso, Amore e Morte
Ingenerò la sorte.
Cose quaggiù sì belle
Altre il mondo non ha, non han le stelle.
Nasce dall'uno il bene, 5
Nasce il piacer maggiore
Che per lo mar dell'essere si trova;
L'altra ogni gran dolore,
Ogni gran male annulla.
Bellissima fanciulla, 10
Dolce a veder, non quale
La si dipinge la codarda gente,
Gode il fanciullo Amore
Accompagnar sovente;
E sorvolano insiem la via mortale, 15
Primi conforti d'ogni saggio core.
Né cor fu mai più saggio
Che percosso d'amor, né mai più forte
Sprezzò l'infausta vita,
Né per altro signore 20
Come per questo a perigliar fu pronto:

XXVII.
AMOR E MORTE

Ὃν οἱ θεοὶ φιλοῦσιν, ἀποθνήσκει νέος.
Morre jovem aquele caro ao céu.

MENANDRO[209]

Irmãos, ao mesmo tempo, Amor e Morte
Engendrou-os a sorte.
Beleza assim, no fundo,
Nas estrelas não há, não há no mundo.
Nasce daquele o bem,
Nasce o prazer, o ardor
Maior que pelo mar do ser se encontra;
Ela todo temor,
Todo mal elimina.
Belíssima menina,
Doce de ver, não qual
A imagina essa covarde gente,
Junto ao menino Amor
Anda frequentemente;
Sobrevoando a via do mortal,
São o alívio da sábia alma em dor.
Nem alma foi mais sábia
Que a ferida de amor, e nem tão forte
Desprezou sua desgraça,
Nem por outro senhor,
Como por este, a postos no perigo:

[209] Menandro (*c.* 342-292 a.C.) foi o mais famoso dos poetas da Nova Comédia, já no período alexandrino de literatura grega. Plauto e Terêncio o imitaram bem de perto e, através deles, a influência de Menandro chegou a Molière e, através deste, até nós. Até o início do século XX, só se conheciam fragmentos e peças incompletas. Várias descobertas importantes desde 1907 revelaram muito mais de sua obra do que Leopardi conhecia. A epígrafe é uma de suas frases mais citadas.

Ch'ove tu porgi aita,
Amor, nasce il coraggio,
O si ridesta; e sapiente in opre,
Non in pensiero invan, siccome suole, 25
Divien l'umana prole.

Quando novellamente
Nasce nel cor profondo
Un amoroso affetto,
Languido e stanco insiem con esso in petto 30
Un desiderio di morir si sente:
Come, non so: ma tale
D'amor vero e possente è il primo effetto.
Forse gli occhi spaura
Allor questo deserto: a sé la terra 35
Forse il mortale inabitabil fatta
Vede omai senza quella
Nova, sola, infinita
Felicità che il suo pensier figura:
Ma per cagion di lei grave procella 40
Presentendo in suo cor, brama quiete,
Brama raccorsi in porto
Dinanzi al fier disio,
Che già, rugghiando, intorno intorno oscura.

Poi, quando tutto avvolge 45
La formidabil possa,
E fulmina nel cor l'invitta cura,
Quante volte implorata
Con desiderio intenso,
Morte, sei tu dall'affannoso amante! 50
Quante la sera, e quante,
Abbandonando all'alba il corpo stanco,
Sé beato chiamò s'indi giammai
Non rilevasse il fianco,
Né tornasse a veder l'amara luce! 55
E spesso al suon della funebre squilla,
Al canto che conduce

O amor faz com que nasça
A bravura ou se acabe a
Despertando; e perita no fazer,
Não no pensar inútil, que ela adora,
A prole humana aflora.

Quando assim de repente
Nasce no coração
O amor mais que perfeito,
Lânguido e exausto, lá também, no peito,
Uma vontade de morrer se sente:
Como, não sei: mas tal
De amor real, potente, é logo o efeito.
E talvez tema o olhar
Este deserto então: tornada a terra
Inóspita, o mortal talvez a veja
Sem aquela (e a lamenta)
Única, nova, imensa
Felicidade ardendo em seu pensar:
Mas por ela causada uma tormenta
Pressentindo em seu peito, pede paz,
Pede abrigo num porto
Ao ver paixão tão fera,
Que já, rugindo, suga a luz do ar.

Depois que tudo engole
A formidável força,
E faísca em seu peito a invicta ânsia,
Oh quanto és implorada
Com intenso desejo,
Morte, na dor do angustiado amante!
Quanto à noite, e diante
Da manhã ao cansaço então cedendo,
A si feliz chamou se nunca mais
Se erguesse, assim não vendo
Outra vez a cruel, amarga luz!
E, sim, ao som do último dos sinos,
Do canto que conduz

La gente morta al sempiterno obblio,
Con più sospiri ardenti
Dall'imo petto invidiò colui 60
Che tra gli spenti ad abitar sen giva.
Fin la negletta plebe,
L'uom della villa, ignaro
D'ogni virtù che da saper deriva,
Fin la donzella timidetta e schiva, 65
Che già di morte al nome
Sentì rizzar le chiome,
Osa alla tomba, alle funeree bende
Fermar lo sguardo di costanza pieno,
Osa ferro e veleno 70
Meditar lungamente,
E nell'indotta mente
La gentilezza del morir comprende.
Tanto alla morte inclina
D'amor la disciplina. Anco sovente, 75
A tal venuto il gran travaglio interno
Che sostener nol può forza mortale,
O cede il corpo frale
Ai terribili moti, e in questa forma
Pel fraterno poter Morte prevale; 80
O così sprona Amor là nel profondo,
Che da se stessi il villanello ignaro,
La tenera donzella
Con la man violenta
Pongon le membra giovanili in terra. 85
Ride ai lor casi il mondo,
A cui pace e vecchiezza il ciel consenta.

Ai fervidi, ai felici,
Agli animosi ingegni

Os mortos ao eterno esquecimento,
Com a paixão mais ardente,
Lá no imo invejou o que partia,
Finalmente, de toda coisa viva.
Mesmo os homens mais rudes,
O aldeão, ignorante
Das virtudes que do saber deriva,
Mesmo a donzela tímida e esquiva,
Que ao nome morte esfria
E treme e se arrepia,
Ousando, os olhos firmemente prende
Na tumba e corpo envolto em linho ameno,
Ousa em punhal, veneno,
Meditar longamente,
E em sua inculta mente
Como é doce o morrer enfim entende.
Pois tanto à morte inclina
Do amor a disciplina. E é frequente
Que esta agonia interna avance tanto
Que a mera força do mortal fenece,
Ou o corpo padece
Tremendo horrivelmente, e logo, pelo
Poder do irmão a Morte prevalece;
Ou tanto o Amor o fere e tão profundo,
Que por si sós até o ignorante,
A tão terna donzela
Com sua mão cruel
Põem os seus corpos juvenis por terra.
Zomba deles o mundo,
Paz e velhice lhe conceda o céu.[210]

Aos de alma feliz,
Os ardentes, audazes,

---

[210] Leopardi ironiza os seres humanos comuns ("o mundo"), que, zombando daqueles que morrem, imaginam que o destino lhes dará paz e velhice feliz.

L'uno o l'altro di voi conceda il fato, 90
Dolci signori, amici
All'umana famiglia,
Al cui poter nessun poter somiglia
Nell'immenso universo, e non l'avanza,
Se non quella del fato, altra possanza. 95
E tu, cui già dal cominciar degli anni
Sempre onorata invoco,
Bella Morte, pietosa
Tu sola al mondo dei terreni affanni,
Se celebrata mai 100
Fosti da me, s'al tuo divino stato
L'onte del volgo ingrato
Ricompensar tentai,
Non tardar più, t'inchina
A disusati preghi, 105
Chiudi alla luce omai
Questi occhi tristi, o dell'età reina.
Me certo troverai, qual si sia l'ora
Che tu le penne al mio pregar dispieghi,
Erta la fronte, armato, 110
E renitente al fato,
La man che flagellando si colora
Nel mio sangue innocente
Non ricolmar di lode,
Non benedir, com'usa 115
Per antica viltà l'umana gente;
Ogni vana speranza onde consola
Se coi fanciulli il mondo,
Ogni conforto stolto
Gittar da me; null'altro in alcun tempo 120
Sperar, se non te sola;
Solo aspettar sereno
Quel dì ch'io pieghi addormentato il volto
Nel tuo virgineo seno.

Um ou outro de vós[211] lhes dê o destino,
Ó senhores gentis,
Amigos dos mortais,
Cujo poder nenhum poder desfaz
Neste imenso universo, e não o vence, a
Não ser a do destino, outra potência.
E tu, que desde o início dos meus anos
Sempre louvada invoco,
Bela Morte, só tu
És piedosa com nossos desenganos,
Se já te celebrei
Um dia, se ao estado teu divino,
O insulto do cretino
Remediar tentei,
Não tardes mais, escuta
Esta estranha oração,
Fecha com tua lei
Meu olho à luz, imperatriz das eras.
Me encontrarás, esteja certa, quando
Vier tua asa em minha direção,
Rosto ereto e ferino,
Renitente ao destino,
À mão que se colore, flagelando,
Em meu sangue inocente
Não tecendo louvores,
Não bendizendo-a, como
Faz por vileza antiga a humana gente;
Toda vã esperança com que todos,
Infantis, se consolam,
De vão alívio o gosto
Despir; e nada mais em tempo algum
Esperar, nem engodos;
Só aguardar que, cheio
De paz, eu pouse o adormecido rosto
No teu virgíneo seio.

---

[211] Amor e Morte.

XXVIII.
A SE STESSO

Or poserai per sempre,
Stanco mio cor. Perì l'inganno estremo,
Ch'eterno io mi credei. Perì. Ben sento,
In noi di cari inganni,
Non che la speme, il desiderio è spento. 5
Posa per sempre. Assai
Palpitasti. Non val cosa nessuna
I moti tuoi, né di sospiri è degna
La terra. Amaro e noia
La vita, altro mai nulla; e fango è il mondo. 10
T'acqueta omai. Dispera
L'ultima volta. Al gener nostro il fato
Non donò che il morire. Omai disprezza
Te, la natura, il brutto
Poter che, ascoso, a comun danno impera, 15
E l'infinita vanità del tutto.

XXVIII.
A SI MESMO

Te calarás p'ra sempre,
Meu coração. Morreu o sonho extremo,
Que eterno acreditei. Morreu. Bem sinto,
Em nós de belos sonhos,
Não só a esperança, até o desejo é extinto.
Cala p'ra sempre. E não
Mais tremores. Não vale coisa alguma
O teu bater, nem de suspiro é digna
A terra. Amargo e tédio
A vida, e nada mais; e lama é o mundo.
Te aquieta enfim. Vê, fera, a
Última angústia. À nossa raça a sorte
Não deu mais que o morrer. Enfim despreza-
Te, a natureza, o agudo
Poder que, oculto, contra nós impera,
E a infinita vanidade em tudo.

XXIX.
ASPASIA

Torna dinanzi al mio pensier talora
Il tuo sembiante, Aspasia. O fuggitivo
Per abitati lochi a me lampeggia
In altri volti; o per deserti campi,
Al dì sereno, alle tacenti stelle, 5
Da soave armonia quasi ridesta,
Nell'alma a sgomentarsi ancor vicina
Quella superba vision risorge.
Quanto adorata, o numi, e quale un giorno
Mia delizia ed erinni! E mai non sento 10
Mover profumo di fiorita piaggia,
Né di fiori olezzar vie cittadine,
Ch'io non ti vegga ancor qual eri il giorno
Che ne' vezzosi appartamenti accolta,
Tutti odorati de' novelli fiori 15
Di primavera, del color vestita
Della bruna viola, a me si offerse
L'angelica tua forma, inchino il fianco
Sovra nitide pelli, e circonfusa
D'arcana voluttà; quando tu, dotta 20
Allettatrice, fervidi sonanti
Baci scoccavi nelle curve labbra
De' tuoi bambini, il niveo collo intanto

XXIX.
ASPÁSIA[212]

Retorna ao pensamento meu às vezes
O teu semblante, Aspásia. Ou fugidio
Na multidão lampeja um certo instante
Em outros rostos; ou por campos ermos
Na paz do dia, sob estrelas mudas,
Como se meiga música a acordasse,
Na alma de assombrar-se ainda perto
Soberba aquela aparição ressurge.
Quão adorada, ó céus, e como, um dia,
Meu prazer e tormento! E não mais sinto
Perfume se mover de vale em flor,
Nem de flores as ruas aromando,
Sem que eu te veja ainda qual no dia
Em que nos aposentos recolhida,
Odorados com flores as mais frescas
Da primavera, com a cor vestida
Da escura violeta, a mim se dava
A angélica tua forma, recostada
Sobre claros arminhos, circunfusa
De uma volúpia arcana; quando, ó sábia
Feiticeira, febris e ressoantes
Beijos ao curvo lábio arremessavas
Dos teus filhinhos, dando-lhes o colo

---

[212] Era o nome da célebre hetera que foi amante de Péricles. Leopardi aplica o nome a Fanny Targioni-Tozzetti agora que o amor cessava. A intenção é sutilmente irônica: Aspásia era admiradíssima por seus próprios dotes intelectuais e políticos; dos de Fanny, veremos Leopardi rir, um pouco mais adiante.

Porgendo, e lor di tue cagioni ignari
Con la man leggiadrissima stringevi 25
Al seno ascoso e disiato. Apparve
Novo ciel, nova terra, e quasi un raggio
Divino al pensier mio. Così nel fianco
Non punto inerme a viva forza impresse
Il tuo braccio lo stral, che poscia fitto 30
Ululando portai finch'a quel giorno
Si fu due volte ricondotto il sole.

Raggio divino al mio pensiero apparve,
Donna, la tua beltà. Simile effetto
Fan la bellezza e i musicali accordi, 35
Ch'alto mistero d'ignorati Elisi
Paion sovente rivelar. Vagheggia
Il piagato mortal quindi la figlia
Della sua mente, l'amorosa idea,
Che gran parte d'Olimpo in sé racchiude, 40
Tutta al volto ai costumi alla favella
Pari alla donna che il rapito amante
Vagheggiare ed amar confuso estima.
Or questa egli non già, ma quella, ancora
Nei corporali amplessi, inchina ed ama. 45
Alfin l'errore e gli scambiati oggetti
Conoscendo, s'adira; e spesso incolpa
La donna a torto. A quella eccelsa imago
Sorge di rado il femminile ingegno;

De neve, e sem que teu porquê soubessem
Com a mão formosíssima os trazia
Ao seio oculto e amado. Ali surgiu
Novo céu, nova terra, e um quase raio
Divino em meu pensar. Assim no flanco
Não sem armas[213] cravou com viva força
Teu braço a seta,[214] que uma vez fincada
Urrando usei enquanto àquele dia
Por duas vezes não voltou o sol.[215]

Raio divino em meu pensar surgiu,
Dama, tua beleza. Igual efeito
Produzem o belo e os musicais acordes,
Que altos mistérios de ignorado Elísio[216]
Parecem tanto revelar. Contempla
O ferido mortal daí em diante
De sua mente a filha, a amorosa
Ideia,[217] que contém quase o Olimpo,[218]
Idêntica no rosto, modos, fala
À dama que o amante enlouquecido
Confuso contemplar e amar supõe.
Contudo não a esta, e sim àquela,
Mesmo a abraçando, é que se curva e ama.
Por fim o erro e o alvo seu trocado
Sabendo, se enfurece; e culpa sempre
A dama sem razão. Àquela excelsa
Imagem é raro alçar-se a alma fêmea;

---

[213] Leopardi dá a entender que sabia dos riscos de amar.

[214] A seta de Eros-Cupido.

[215] Por dois anos.

[216] No mundo dos mortos, era o lugar (alguns dizem uma ilha) destinado aos filhos e eleitos dos deuses e às almas dos justos. No Elísio, só havia paz e felicidade e, da natureza, só o lado benigno. Aqui está por paraíso, lugar edênico.

[217] O conceito platônico (como no Canto XVIII), aqui contraposto à realidade que lhe está sempre aquém.

[218] Olimpo está por céu, no sentido de felicidade eterna e absoluta.

E ciò che inspira ai generosi amanti 50
La sua stessa beltà, donna non pensa,
Né comprender potria. Non cape in quelle
Anguste fronti ugual concetto. E male
Al vivo sfolgorar di quegli sguardi
Spera l'uomo ingannato, e mal richiede 55
Sensi profondi, sconosciuti, e molto
Più che virili, in chi dell'uomo al tutto
Da natura è minor. Che se più molli
E più tenui le membra, essa la mente
Men capace e men forte anco riceve. 60

Né tu finor giammai quel che tu stessa
Inspirasti alcun tempo al mio pensiero,
Potesti, Aspasia, immaginar. Non sai
Che smisurato amor, che affanni intensi,
Che indicibili moti e che deliri 65
Movesti in me; né verrà tempo alcuno
Che tu l'intenda. In simil guisa ignora
Esecutor di musici concenti
Quel ch'ei con mano o con la voce adopra
In chi l'ascolta. Or quell'Aspasia è morta 70
Che tanto amai. Giace per sempre, oggetto
Della mia vita un dì: se non se quanto,
Pur come cara larva, ad ora ad ora
Tornar costuma e disparir. Tu vivi,
Bella non solo ancor, ma bella tanto, 75
Al parer mio, che tutte l'altre avanzi.
Pur quell'ardor che da te nacque è spento:
Perch'io te non amai, ma quella Diva
Che già vita, or sepolcro, ha nel mio core.
Quella adorai gran tempo; e sì mi piacque 80
Sua celeste beltà, ch'io, per insino
Già dal principio conoscente e chiaro
Dell'esser tuo, dell'arti e delle frodi,

E o que inspira ao amante nobre a sua
Própria beleza, a dama sequer sonha:
Jamais compreenderia. Pois não cabe
Em frontes tão estreitas tal conceito.
Sem razão, ao brilhar daqueles olhos
Anima-se o iludido, e exige estranhos,
Profundos sentimentos, muito mais
Do que viris, em quem, por natureza,
Em tudo é bem menor que o homem. São
Mais frágeis, meigos, seus membros, e mente
Menos forte e capaz também lhe cabe.

Nem tu até agora o que tu mesma
No pensamento meu alimentaste,
Jamais pudeste imaginar, Aspásia.
Que desvairado amor, que angústia intensa,
Que indizíveis tremores, que delírios
Moveste em mim não sabes; e nem nunca
Entenderás. Do mesmo modo ignora
O intérprete de músicas aquilo
Que sua mão e sua voz operam
Em quem o escuta. Agora aquela Aspásia
Que tanto amei, morreu. Jaz para sempre,
Razão da minha vida um dia: embora,
Amado espectro apenas, vez por outra.
Voltar costume e então sumir. Tu vives,
Bela ainda e não só, mas bela tanto,
Que és mais, ao meu olhar, que qualquer outra.
Mas o ardor que por ti nasceu é extinto:
Pois não te amei, mas sim aquela Deusa,[219]
A que viveu, e agora jaz, em mim.
Amei-a muito tempo; e tanto ardeu-me
Sua beleza celeste, que, já desde
O princípio ciente e sabedor
Do que eras, das fraudes, dos ardis,

[219] "A mulher que não se encontra", a senhora do Canto XVIII.

Pur ne' tuoi contemplando i suoi begli occhi,
Cupido ti seguii finch'ella visse, 85
Ingannato non già, ma dal piacere
Di quella dolce somiglianza un lungo
Servaggio ed aspro a tollerar condotto.

Or ti vanta, che il puoi. Narra che sola
Sei del tuo sesso a cui piegar sostenni 90
L'altero capo, a cui spontaneo porsi
L'indomito mio cor. Narra che prima,
E spero ultima certo, il ciglio mio
Supplichevol vedesti, a te dinanzi
Me timido, tremante (ardo in ridirlo 95
Di sdegno e di rossor), me di me privo,
Ogni tua voglia, ogni parola, ogni atto
Spiar sommessamente, a' tuoi superbi
Fastidi impallidir, brillare in volto
Ad un segno cortese, ad ogni sguardo 100
Mutar forma e color. Cadde l'incanto,
E spezzato con esso, a terra sparso
Il giogo: onde m'allegro. E sebben pieni
Di tedio, alfin dopo il servire e dopo
Un lungo vaneggiar, contento abbraccio 105
Senno con libertà. Che se d'affetti
Orba la vita, e di gentili errori,
È notte senza stelle a mezzo il verno,
Già del fato mortale a me bastante
E conforto e vendetta è che su l'erba 110
Qui neghittoso immobile giacendo,
Il mar la terra e il ciel miro e sorrido.

Vendo nos teus os belos olhos dela,
Enquanto ela viveu segui-te em ânsias,
Enganado jamais, mas no prazer
Daquela doce semelhança longa
Servidão induzido a suportar.

Gaba-te agora, podes. E relata
Que só a ti do sexo teu a testa
Altiva suportei curvar, meu peito
Bravio só a ti dei livremente.
Relata que a primeira foste, e espero
A última, a me ver, olhar que implora,
Eu tímido e tremente (ardo ao dizê-lo
De vergonha e rubor), fora de mim,[220]
Cada querer, palavra, cada gesto
Notar submissamente, aos presunçosos
Fastios pálido ficar, no rosto
Brilho a um sinal cortês, mudar de aspecto
E cor a cada olhar. Cai o feitiço,
E em pedaços com ele, suja a terra
O jugo: o que me alegra. E embora cheios
De tédio, após a servidão e o longo
Delirar, o retorno, alegre, abraço
Ao senso e à liberdade. Pois se a vida
Sem paixão e ilusões tão generosas,
É noite sem estrela em pleno inverno,
Do destino mortal é-me bastante
Vingança e bálsamo que sobre a grama,
Aqui, indolente imóvel me deitando,
O mar a terra e o céu olhe e sorria.

---

[220] Leopardi se vê pensando, sonhando e fazendo coisas (como implorar com os olhos, tremer de timidez etc.) que jamais pensaria, sonharia ou faria, não fosse a paixão que o domina. Para ele, é como se o amor por Aspásia lhe tivesse roubado a essência do seu verdadeiro ser.

XXX.
SOPRA UN BASSORILIEVO ANTICO SEPOLCRALE, DOVE UNA GIOVANE MORTA È RAPPRESENTATA IN ATTO DI PARTIRE, ACCOMIATANDOSI DAI SUOI

Dove vai? chi ti chiama
Lunge dai cari tuoi,
Bellissima donzella?
Sola, peregrinando, il patrio tetto
Sì per tempo abbandoni? a queste soglie 5
Tornerai tu? farai tu lieti un giorno
Questi ch'oggi ti son piangendo intorno?

Asciutto il ciglio ed animosa in atto,
Ma pur mesta sei tu. Grata la via
O dispiacevol sia, tristo il ricetto 10
A cui movi o giocondo,
Da quel tuo grave aspetto
Mal s'indovina. Ahi ahi, né già potria
Fermare io stesso in me, né forse al mondo
S'intese ancor, se in disfavore al cielo, 15
Se cara esser nomata,
Se misera tu debbi o fortunata.

Morte ti chiama; al cominciar del giorno
L'ultimo istante. Al nido onde ti parti,
Non tornerai. L'aspetto 20
De' tuoi dolci parenti

XXX.
SOBRE UM ANTIGO BAIXO-RELEVO NUM SEPULCRO ONDE UMA JOVEM MORTA É REPRESENTADA NO ATO DE PARTIR DESPEDINDO-SE DOS SEUS[221]

Onde vais? Quem te chama
Para longe dos teus,
Belíssima donzela?
Solitária, vagando, o pátrio teto
Abandonas tão cedo? A esta porta
Retornarás? Alegrarás ainda
Os que te choram hoje com tua vinda?

Enxuto o cílio e resoluto o passo,
Estás no entanto triste. Se é caminho
Grato ou mesquinho, trevas o destino
Que buscas ou luzente,
No teu ar nenhum tino
Adivinha. Nem eu, jamais, sozinho
O faria, nem ser nenhum vivente
O pôde ainda, ao céu se em desfavor,
Se deves ser chamada,
De cara ou infeliz ou fortunada.

Morte te chama; no nascer do dia
E, eis, já finda. Ao ninho de onde partes,
Não voltarás. O rosto
Dos pais amados deixas

---

[221] Sem muita certeza, supõe-se que a obra que inspirou este canto é de autoria de Pietro Tenerani, esculpida em 1825 para a tumba de Clelia Severini. Leopardi, numa carta de 1831, relata ter visitado o monumento em Roma e a forte impressão que lhe causou.

Lasci per sempre. Il loco
A cui movi, è sotterra:
Ivi fia d'ogni tempo il tuo soggiorno.
Forse beata sei; ma pur chi mira, 25
Seco pensando, al tuo destin, sospira.

Mai non veder la luce
Era, credo, il miglior. Ma nata, al tempo
Che reina bellezza si dispiega
Nelle membra e nel volto, 30
Ed incomincia il mondo
Verso lei di lontano ad atterrarsi;
In sul fiorir d'ogni speranza, e molto
Prima che incontro alla festosa fronte
I lùgubri suoi lampi il ver baleni; 35
Come vapore in nuvoletta accolto
Sotto forme fugaci all'orizzonte,
Dileguarsi così quasi non sorta,
E cangiar con gli oscuri
Silenzi della tomba i dì futuri, 40
Questo se all'intelletto
Appar felice, invade
D'alta pietade ai più costanti il petto.

Madre temuta e pianta
Dal nascer già dell'animal famiglia, 45
Natura, illaudabil maraviglia,
Che per uccider partorisci e nutri,
Se danno è del mortale
Immaturo perir, come il consenti
In quei capi innocenti? 50
Se ben, perché funesta,
Perché sovra ogni male,
A chi si parte, a chi rimane in vita,
Inconsolabil fai tal dipartita?

Misera ovunque miri, 55
Misera onde si volga, ove ricorra,

Por todo o sempre. O teu
Destino é sob a terra:
Ali terás eterna moradia.
Talvez sejas feliz; mas quem te mira,
Pensando em ti, ainda assim suspira.

Jamais ter visto a luz
Era, creio, o melhor. Mas vinda ao mundo,
Quando rainha verte-se beleza
Por membros e semblantes,
Começa logo o mundo
Desde longe a prostrar-se em sua honra;
No florir de esperanças, e bem antes
Que sobre a sua inda festiva fronte
A verdade seus raios negros lance;
Qual nuvem que condensa ares errantes
Sob formas fugazes no horizonte,
Como se nem surgida desfazer-se, e
Trocar pelos escuros
Silêncios de uma tumba seus futuros,
Se à mente tal efeito
Feliz parece, invade
De acre piedade o mais constante peito.

Mãe de temor e pranto
Desde o nascer desta animal família,
Natureza, temível maravilha,
Que para nos matar dá à luz e nutre,
Se dano é do mortal
Imaturo o morrer, como o consentes
A estes inocentes?
Se bem, por que funesta,
Maior que todo mal,
Ao que parte, ao que fica aqui na vida,
Inconsolável fazes tal partida?

Infeliz onde mire,
Infeliz onde busque, a quem recorra,

Questa sensibil prole!
Piacqueti che delusa
Fosse ancor dalla vita
La speme giovanil; piena d'affanni 60
L'onda degli anni; ai mali unico schermo
La morte; e questa inevitabil segno,
Questa, immutata legge
Ponesti all'uman corso. Ahi perché dopo
Le travagliose strade, almen la meta 65
Non ci prescriver lieta? anzi colei
Che per certo futura
Portiam sempre, vivendo, innanzi all'alma,
Colei che i nostri danni
Ebber solo conforto, 70
Velar di neri panni,
Cinger d'ombra sì trista,
E spaventoso in vista
Più d'ogni flutto dimostrarci il porto?

Già se sventura è questo 75
Morir che tu destini
A tutti noi che senza colpa, ignari,
Né volontari al vivere abbandoni,
Certo ha chi more invidiabil sorte
A colui che la morte 80
Sente de' cari suoi. Che se nel vero,
Com'io per fermo estimo,
Il vivere è sventura,
Grazia il morir, chi però mai potrebbe,
Quel che pur si dovrebbe, 85
Desiar de' suoi cari il giorno estremo,
Per dover egli scemo
Rimaner di se stesso,
Veder d'in su la soglia levar via
La diletta persona 90
Con chi passato avrà molt'anni insieme,
E dire a quella addio senz'altra speme
Di riscontrarla ancora

Esta sensível raça!
Te deu prazer ainda
Ver frustrada a esperança
Juvenil do viver; só desenganos
O vir dos anos; único refúgio
Da dor a morte; e esta inevitável
Alvo, imutável lei
Nos impuseste. Ai por que depois
Da dura estrada, ao menos nossa meta
Não fizeste dileta? Em vez de aquela
Que por certo futura
Temos sempre, vivendo, em nossa alma,
Oh ela que dos danos
É único conforto,
Trajar de negros panos,
De sombra tão malquista,
E assim medonho à vista
Bem mais que o próprio mar nos dar o porto?

Porém se é desventura
Este morrer que impões
A todos nós, sem culpa, sem saber,
Sem nem querer, à vida abandonados,
De quem morre invejável é a sorte
Ao que padece a morte
Dos que ama. Porque se é verdadeiro,
Como eu tão firme creio,
Que é desventura a vida,
Graça o morrer, quem é que poderia,
E o certo assim seria,
Desejar dos que ama a hora extrema,
Provar a dor suprema
De ficar sem si mesmo,
Presenciar do seu umbral levada
A pessoa querida
Com quem terá vivido anos a fio,
Dizer-lhe o derradeiro adeus, sombrio,
Sem nenhuma esperança

Per la mondana via;
Poi solitario abbandonato in terra, 95
Guardando attorno, all'ore ai lochi usati
Rimemorar la scorsa compagnia?
Come, ahi, come, o natura, il cor ti soffre
Di strappar dalle braccia
All'amico l'amico, 100
Al fratello il fratello,
La prole al genitore,
All'amante l'amore: e l'uno estinto,
L'altro in vita serbar? Come potesti
Far necessario in noi 105
Tanto dolor, che sopravviva amando
Al mortale il mortal? Ma da natura
Altro negli atti suoi
Che nostro male o nostro ben si cura.

De vê-la nesta estrada;
Depois, abandonado e só, caçar
Nas mesmas horas e lugares, sempre
Lembrar aquela, súbito amputada?
Como, ai como, ó natura, te consente
O coração que roubes
De seu amigo o amigo,
De seu irmão o irmão,
A prole ao genitor,
Do amante o seu amor: e um morrendo,
Vivo o outro deixar? Como pudeste
Tornar tão necessária
A nós tal dor, que sobreviva amando
Ao mortal o mortal? Não nos conforta
A natureza vária:
O nosso mal ou bem pouco lhe importa.

XXXI.
SOPRA IL RITRATTO DI UNA BELLA DONNA SCOLPITO NEL MONUMENTO SEPOLCRALE DELLA MEDESIMA

Tal fosti: or qui sotterra
Polve e scheletro sei. Su l'ossa e il fango
Immobilmente collocato invano,
Muto, mirando dell'etadi il volo,
Sta, di memoria solo 5
E di dolor custode, il simulacro
Della scorsa beltà. Quel dolce sguardo,
Che tremar fe', se, come or sembra, immoto
In altrui s'affisò; quel labbro, ond'alto
Par, come d'urna piena, 10
Traboccare il piacer; quel collo, cinto
Già di desio; quell'amorosa mano,
Che spesso, ove fu porta,
Sentì gelida far la man che strinse;
E il seno, onde la gente 15
Visibilmente di pallor si tinse,
Furo alcun tempo: or fango
Ed ossa sei: la vista
Vituperosa e trista un sasso asconde.

Così riduce il fato 20
Qual sembianza fra noi parve più viva
Immagine del ciel. Misterio eterno

XXXI.
SOBRE O RETRATO DE UMA BELA DAMA ESCULPIDO NO MONUMENTO SEPULCRAL DA MESMA[222]

Foste assim: mas sepulta
És só pó e esqueleto. Sobre a lama,
Sobre os ossos, em vão e imóvel aposto,
Mudo, mirando a fuga atroz dos anos,
Da memória e dos danos
Guardião solitário, o simulacro
Da beleza perdida. Aquele doce
Olhar que fez tremer, se, como agora
Parece, em outros se cravava; o lábio,
Que lembra um vaso pleno, a
Transbordar de prazer; o colo, antes
Enlaçado em desejo; a mão amante
Que tanto, onde levada,
Tornou gélida a mão que a apertava;
E o teu seio, que todos
De palidez visível colorava,
Não há mais: és só lama
E ossos: a visão
Da triste podridão a pedra esconde.

Assim reduz o fado
Qualquer semblante que mais viva imagem
Do céu nos pareceu. Mistério eterno

---

[222] Ainda menos firme que a suposição feita para o canto anterior é a de que a inspiração para este brotou de esboços do mesmo Pietro Tenerani para o baixo-relevo em mármore em memória de Lady Northampton (i.e., Margaret Douglas-Maclean--Clephane, esposa de Spencer Compton, segundo marquês de Northampton).

Dell'esser nostro. Oggi d'eccelsi, immensi
Pensieri e sensi inenarrabil fonte,
Beltà grandeggia, e pare, 25
Quale splendor vibrato
Da natura immortal su queste arene,
Di sovrumani fati,
Di fortunati regni e d'aurei mondi
Segno e sicura spene 30
Dare al mortale stato:
Diman, per lieve forza,
Sozzo a vedere, abominoso, abbietto
Divien quel che fu dianzi
Quasi angelico aspetto, 35
E dalle menti insieme
Quel che da lui moveva
Ammirabil concetto, si dilegua.

Desiderii infiniti
E visioni altere 40
Crea nel vago pensiere,
Per natural virtù, dotto concento;
Onde per mar delizioso, arcano
Erra lo spirto umano,
Quasi come a diporto 45
Ardito notator per l'Oceano:
Ma se un discorde accento
Fere l'orecchio, in nulla
Torna quel paradiso in un momento.

Natura umana, or come, 50
Se frale in tutto e vile,
Se polve ed ombra sei, tant'alto senti?
Se in parte anco gentile,
Come i più degni tuoi moti e pensieri
Son così di leggeri 55
Da sì basse cagioni e desti e spenti?

Da vida. Hoje de excelso, tão imenso
Pensamento e de intenso afeto fonte,
Reina a beleza, e é quase
Um brilho arremessado
Da natura imortal a este deserto,
De destinos etéreos,
De felizes impérios e áureos mundos
Sinal seguro e certo
Dando ao mortal estado:
Amanhã, uma brisa e,
Sujo de ver, abjeto, abominável
Se torna o que foi antes
Quase angélico e amável,
E da mente, a um só tempo,
O que nela inspirava
Ideia admirável, se dissipa.

Desejos infinitos,
Visões e alumbramento
Cria no pensamento,
Por força inata, a sábia harmonia;
Donde por mar que é só delícia, arcano
Erra o espírito humano,
Quase como a brincar
Um nadador audaz pelo Oceano:
Mas mínima anarquia
Que fira o ouvido, logo
Torna-se nada o Éden que existia.

Essência humana, como,
Se em tudo frágil, pobre,
Se és sombra e pó, te elevas quase alada?
Se mesmo em parte nobre
Como o pensar e a ânsia mais decente
É assim tão facilmente
Por coisas vis desperta e apagada?

XXXII.
PALINODIA AL MARCHESE GINO CAPPONI

Il sempre sospirar nulla rileva.
PETRARCA

Errai, candido Gino; assai gran tempo,
E di gran lunga errai. Misera e vana
Stimai la vita, e sovra l'altre insulsa
La stagion ch'or si volge. Intolleranda
Parve, e fu, la mia lingua alla beata 5
Prole mortal, se dir si dee mortale
L'uomo, o si può. Fra maraviglia e sdegno,
Dall'Eden odorato in cui soggiorna,
Rise l'alta progenie, e me negletto
Disse, o mal venturoso, e di piaceri 10
O incapace o inesperto, il proprio fato
Creder comune, e del mio mal consorte
L'umana specie. Alfin per entro il fumo

XXXII. PALINÓDIA AO MARQUÊS GINO CAPPONI[223]

O sempre suspirar a nada leva.[224]

PETRARCA

Errei, cândido Gino; um tempo enorme
E enormemente errei. Mísera e vã
Pensei a vida, e mais que as outras oca
A era que decorre. Intolerável
Minha língua soou, e foi, à alegre
Prole mortal, se é que mortal chamá-la
Se deve, ou pode. Em meio a assombro e escárnio,
Do Éden aromado onde ela mora,
A prole nobre debochou-me, e disse
Que, desprezado ou infeliz, de gozos
Ou ignorante ou incapaz, pensei
Ser seu o meu destino, e do meu mal
Parceira a espécie.[225] E enfim por entre o fumo

---

[223] Gino Capponi (1792-1876) era florentino. Leopardi o conheceu em Florença e dele mereceu uma amizade sincera, ainda que marcada por divergências, que este canto disseca, quanto ao papel do intelectual moderno. Capponi foi um liberal famoso do grupo que fundou o importantíssimo periódico *L'Antologia*, proibido pelo governo em 1833. O termo *palinódia* refere-se a um tipo de composição poética em que o autor renega opiniões expressas anteriormente; aqui é usado em sentido obviamente irônico.

[224] É o quarto verso do poema 105 (nas edições modernas) do *Canzioniere* de Petrarca. A passagem original é "*Mai non vo' piú cantar com'io soleva,/ ch'altri no m'intendeva, ond'ebbi scorno;/ et puossi in bel soggiorno esser molesto./ Il sempre sospirar nulla releva*" que se pode traduzir, aproximadamente, por "Não cantarei jamais como fazia,/ os outros não me entendem, me escarnecem;/ se pode em bela vila ver-se triste./ O sempre suspirar a nada leva", in *Il Canzoniere*, a cura di Giancarlo Contini, Torino, Einaudi, 1964.

[225] Leopardi alude à opinião de alguns opositores seus que diziam que sua visão pessimista do mundo era fruto exclusivo de sua tragédia pessoal.

De' sigari onorato, al romorio
De' crepitanti pasticcini, al grido 15
Militar, di gelati e di bevande
Ordinator, fra le percosse tazze
E i branditi cucchiai, viva rifulse
Agli occhi miei la giornaliera luce
Delle gazzette. Riconobbi e vidi 20
La pubblica letizia, e le dolcezze
Del destino mortal. Vidi l'eccelso
Stato e il valor delle terrene cose,
E tutto fiori il corso umano, e vidi
Come nulla quaggiù dispiace e dura. 25
Né men conobbi ancor gli studi e l'opre
Stupende, e il senno, e le virtudi, e l'alto
Saver del secol mio. Né vidi meno
Da Marrocco al Catai, dall'Orse al Nilo,
E da Boston a Goa, correr dell'alma 30
Felicità su l'orme a gara ansando
Regni, imperi e ducati; e già tenerla
O per le chiome fluttuanti, o certo
Per l'estremo del boa. Così vedendo,

Honrado dos charutos, ao rumor
De um crepitante biscoitinho, ao grito
Militar do que ordena mil sorvetes,
Refrescos, entre xícaras que rufam
E brandidas colheres, brilha viva
Nos olhos meus diariamente a luz
Das gazetas.[226] Reconheci e vi
A pública alegria, e as doçuras
Do destino mortal. E vi o excelso
Estado, vi o valor do que é terreno,
E toda em flor a estrada humana, e vi
Que nada por aqui despraz e dura,
Nem menos conheci estudos, obras
Estupendas, e o gênio, e astúcia, e o alto
Saber deste meu século. Nem menos
De Tânger a Catai, da Ursa ao Nilo,[227]
E de Boston a Goa,[228] competindo
No rastro da felicidade arfarem
Reinos, impérios e ducados; tê-la[229]
Ou pela trança flutuante, ou mesmo
Pela pontinha do boá.[230] E vendo,

---

[226] Aqui, e em outros trechos mais à frente, Giacomo Leopardi ironiza a profusão de periódicos existentes na época. Eram estes o principal veículo das ideias liberais que Leopardi julgava mistificadoras, acreditando que a infelicidade, por ser da essência da vida humana, não seria sanada com o progresso científico, pedra-de-toque das gazetas liberais.

[227] Tânger (no original, Marrocos) está pelo estreito de Gibraltar, e, assim, por Ocidente; Catai (o nome pré-moderno que os europeus davam à China) está por Oriente; a Ursa está por norte; o Nilo, por sul (na visão pré-moderna dos europeus).

[228] Provavelmente uma alusão, em Boston, ao capitalismo moderno, por um lado, e, em Goa, ao colonialismo.

[229] A felicidade.

[230] Leopardi usa a palavra como havia sido importada da França e anota a etimologia do vocábulo atribuindo-lhe a origem à espécie de serpente chamada *boa*. E descreve a peça de vestuário como tendo “forma de serpente”. Era moda recente naquela época.

E meditando sovra i larghi fogli 35
Profondamente, del mio grave, antico
Errore, e di me stesso, ebbi vergogna.

Aureo secolo omai volgono, o Gino,
I fusi delle Parche. Ogni giornale,
Gener vario di lingue e di colonne, 40
Da tutti i lidi lo promette al mondo
Concordemente. Universale amore,
Ferrate vie, moltiplici commerci,
Vapor, tipi e cholèra i più divisi
Popoli e climi stringeranno insieme: 45
Né maraviglia fia se pino o quercia
Suderà latte e mele, o s'anco al suono
D'un walser danzerà. Tanto la possa
Infin qui de' lambicchi e delle storte,
E le macchine al cielo emulatrici 50
Crebbero, e tanto cresceranno al tempo
Che seguirà; poiché di meglio in meglio
Senza fin vola e volerà mai sempre
Di Sem, di Cam e di Giapeto il seme.

Ghiande non ciberà certo la terra 55
Però, se fame non la sforza: il duro
Ferro non deporrà. Ben molte volte
Argento ed or disprezzerà, contenta

E meditando sobre as largas folhas[231]
Profundamente, do meu grave, antigo
Erro, e de mim, eu tive então vergonha.

Áureo século à frente tece o fuso
Das Parcas,[232] ó meu Gino. Mil jornais,
Em espécies várias de coluna e línguas,
Em cada canto já o prometem ao mundo
Uníssonos. Amor universal,
Ferrovias e múltiplos comércios,
Tipos, vapor e o cólera,[233] farão
Dos mais distantes povos um apenas:
Surpresa alguma se o carvalho ou o pinho
Suarem leite e mel,[234] ou se ao som de
Um walser[235] se abraçarem. Tanto a força
Já agora de alambiques e retortas,
E máquinas do céu emuladoras[236]
Cresceram, e tanto crescerão com o tempo
Que inda virá: porque em frente e em frente
Voa por todo o sempre e voará
De Sem, de Cam e de Jafé[237] o sêmen.

Raiz não comerá[238] por certo o mundo
Porém, se a fome não o força: o duro
Ferro não deporá. Mas muitas vezes
Desprezará o ouro e a prata, alegre

---

[231] Das gazetas.

[232] As três deusas que determinavam os destinos humanos.

[233] Frutos ("tipos" refere-se à expansão da imprensa) e mazela do progresso. A epidemia de cólera que atingiu o Mediterrâneo nas primeiras décadas do século XIX alcançou Leopardi em Nápoles em 1835-36.

[234] Características da mítica Idade de Ouro.

[235] A valsa, vinda da Alemanha, era uma dança recém-chegada à Itália.

[236] O século nascente era considerado o das ciências e das máquinas.

[237] Os filhos de Noé, que recriaram a raça humana depois do dilúvio.

[238] Outro costume da Idade de Ouro.

A polizze di cambio. E già dal caro
Sangue de' suoi non asterrà la mano 60
La generosa stirpe: anzi coverte
Fien di stragi l'Europa e l'altra riva
Dell'atlantico mar, fresca nutrice
Di pura civiltà, sempre che spinga
Contrarie in campo le fraterne schiere 65
Di pepe o di cannella o d'altro aroma
Fatal cagione, o di melate canne,
O cagion qual si sia ch'ad auro torni.
Valor vero e virtù, modestia e fede
E di giustizia amor, sempre in qualunque 70
Pubblico stato, alieni in tutto e lungi
Da' comuni negozi, ovvero in tutto
Sfortunati saranno, afflitti e vinti;
Perché diè lor natura, in ogni tempo
Starsene in fondo. Ardir protervo e frode, 75
Con mediocrità, regneran sempre,
A galleggiar sortiti. Imperio e forze,
Quanto più vogli o cumulate o sparse,
Abuserà chiunque avralle, e sotto
Qualunque nome. Questa legge in pria 80
Scrisser natura e il fato in adamante;
E co' fulmini suoi Volta né Davy
Lei non cancellerà, non Anglia tutta
Con le macchine sue, né con un Gange
Di politici scritti il secol novo. 85
Sempre il buono in tristezza, il vile in festa
Sempre e il ribaldo: incontro all'alme eccelse

Com câmbios, notas, cheques. E do caro
Sangue dos seus não deterá o braço
A nobre raça: antes, com massacre
Cobrirá toda a Europa e a outra margem
Do mar atlântico, mais fresca fonte
De civilização, sempre que empurre
Fraternas tropas umas contra as outras
De pimenta ou canela ou de outro aroma
Questão intransponível, ou de cana,
Ou questão, seja lá, que vire ouro.[239]
Valor real, virtude, fé e modéstia
E de justiça amor, qualquer que seja o
Regime, alheios totalmente e longe
Da vida pública, ou melhor, de todo
Infelizes enfim, serão pisados;
Que a natureza lhes impôs jazerem,
Sempre no fundo. A fraude e a insolência,
Reinarão, com os medíocres, para sempre,
A boiar destinados. Força, e reinos,
O quanto queiras, dispersada ou não,
Abusará quem a detenha, e seja
Em nome de quem for.[240] Tal lei a sorte e a
Natureza gravaram em diamante;
E nem Volta nem Davy com seus raios[241]
Tal lei cancelarão, nem a Inglaterra
Com suas máquinas,[242] nem com um Ganges
De erudição política esta era.
Sempre o bom em tristeza, o vil em festa
Sempre e o patife: contra as almas nobres

---

[239] Leopardi afirma a origem econômica dos conflitos entre povos e da voragem colonialista.

[240] A descrença leopardiana nas soluções políticas.

[241] Alessandro Volta (1745-1827) foi o inventor da pilha elétrica. Humphry Davy (1778-1829) inventou a lâmpada de segurança para uso na mineração e foi o primeiro a produzir o arco voltaico.

[242] A Inglaterra já estava em pleno processo de industrialização.

In arme tutti congiurati i mondi
Fieno in perpetuo: al vero onor seguaci
Calunnia, odio e livor: cibo de' forti 90
Il debole, cultor de' ricchi e servo
Il digiuno mendico, in ogni forma
Di comun reggimento, o presso o lungi
Sien l'eclittica o i poli, eternamente
Sarà, se al gener nostro il proprio albergo 95
E la face del dì non vengon meno.

Queste lievi reliquie e questi segni
Delle passate età, forza è che impressi
Porti quella che sorge età dell'oro:
Perché mille discordi e repugnanti 100
L'umana compagnia principii e parti
Ha per natura; e por quegli odii in pace
Non valser gl'intelletti e le possanze
Degli uomini giammai, dal dì che nacque
L'inclita schiatta, e non varrà, quantunque 105
Saggio sia né possente, al secol nostro
Patto alcuno o giornal. Ma nelle cose
Più gravi, intera, e non veduta innanzi,
Fia la mortal felicità. Più molli
Di giorno in giorno diverran le vesti 110
O di lana o di seta. I rozzi panni
Lasciando a prova agricoltori e fabbri,
Chiuderanno in coton la scabra pelle,
E di castoro copriran le schiene.
Meglio fatti al bisogno, o più leggiadri 115
Certamente a veder, tappeti e coltri,
Seggiole, canapè, sgabelli e mense,
Letti, ed ogni altro arnese, adorneranno

Perpetuamente em armas conjurado
O mundo se verá: caçando a honra
Calúnia, ódio e inveja: e dos mais fortes
Pasto o fraco; cultor dos ricos, servo,
O faminto mendigo, em qualquer forma
De Estado, estejam longe ou estejam perto
O equador ou os polos, para sempre
Será, se à nossa raça a própria casa
E o semblante do dia não faltarem.

Estas tênues relíquias e sinais
De eras passadas, a nascente Idade
De Ouro impressos levará por certo:
Porque mil discordantes e nojentos
Princípios e partidos têm os homens
Por natureza; e no aplacar tais ódios
Jamais valeram as forças e intelectos
Dos homens, desde o dia em que nasceu
A estirpe célebre, e nem valerá,
Quão sábio seja ou forte, em nosso tempo
Pacto[243] algum ou jornal. Mas no que importa
Realmente, será qual nunca vista a
Mortal felicidade.[244] Dia a dia
Mais macias se irão tornar as vestes
De lã ou seda. Os panos mais grosseiros
Largando, lavradores e artesãos
Com pressa vão cobrir de linho a pele
Áspera, as costas com castor. Mais próprios
Ao uso, ou certamente mais formosos
Ao nosso olhar, serão tapetes, colchas,
Sofás, cadeiras, mesas e escabelos,
Leitos, e todo outro utensílio a ornar

243 Regime político.

244 Leopardi então produz uma lista de artigos industriais de consumo para ironizar as tentativas de busca da felicidade através de coisas materiais.

Di lor menstrua beltà gli appartamenti;
E nove forme di paiuoli, e nove 120
Pentole ammirerà l'arsa cucina.
Da Parigi a Calais, di quivi a Londra,
Da Londra a Liverpool, rapido tanto
Sarà, quant'altri immaginar non osa,
Il cammino, anzi il volo: e sotto l'ampie 125
Vie del Tamigi fia dischiuso il varco,
Opra ardita, immortal, ch'esser dischiuso
Dovea, già son molt'anni. Illuminate
Meglio ch'or son, benché sicure al pari,
Nottetempo saran le vie men trite 130
Delle città sovrane, e talor forse
Di suddita città le vie maggiori.
Tali dolcezze e sì beata sorte
Alla prole vegnente il ciel destina.

Fortunati color che mentre io scrivo 135
Miagolanti in su le braccia accoglie
La levatrice! a cui veder s'aspetta
Quei sospirati dì, quando per lunghi
Studi fia noto, e imprenderà col latte
Dalla cara nutrice ogni fanciullo, 140
Quanto peso di sal, quanto di carni,
E quante moggia di farina inghiotta
Il patrio borgo in ciascun mese; e quanti
In ciascun anno partoriti e morti

Com beleza mensal[245] as nossas casas;
E de bule e panela novas formas
Deixam a cozinha suja estupefata.
De Paris a Calais, dali a Londres,
De lá a Liverpool, assim ligeiro
Será, quão mais o imaginar não ousa,
O caminho, ou melhor, o voo:[246] sob o
Tâmisa um túnel,[247] sim, será aberto,
Obra audaz, imortal, que ser rasgada
Devia, há muito tempo. Iluminadas
Melhor que agora,[248] e tão seguras quanto,
Serão à noite as ruas mais desertas
Das cidades autônomas,[249] quem sabe
Até das súditas as principais.
Tais delícias e tão bendita sorte
À raça que virá o céu destina.

Felizes os que enquanto escrevo caem
Nos braços da parteira inda gemendo!
Os quais verão, espera-se, o ansiado
Instante, em que depois de mil pesquisas[250]
Se saberá, e cada criancinha
Já no leite da mãe o aprenderá,
Qual o peso de sal, quanto de carne,
E quantas cuias de farinha engole
A sua aldeia mês a mês; e quantos
Nascimentos e mortes ano a ano

---

[245] Mensal porque, no consumismo desenfreado, as coisas não duram mais que um mês.

[246] Referência aos novos meios de transporte da época.

[247] O túnel sob o Tâmisa havia sido iniciado em 1825 e seria concluído em 1843, ligando Wapping a Rotherhithe, em Londres.

[248] A iluminação pública a gás era coisa recentíssima; estava começando a ser introduzida na Itália.

[249] Está por capitais.

[250] Ironiza a crescente popularidade dos estudos estatísticos.

Scriva il vecchio prior: quando, per opra 145
Di possente vapore, a milioni
Impresse in un secondo, il piano e il poggio,
E credo anco del mar gl'immensi tratti,
Come d'aeree gru stuol che repente
Alle late campagne il giorno involi, 150
Copriran le gazzette, anima e vita
Dell'universo, e di savere a questa
Ed alle età venture unica fonte!

Quale un fanciullo, con assidua cura,
Di fogliolini e di fuscelli, in forma 155
O di tempio o di torre o di palazzo,
Un edificio innalza; e come prima
Fornito il mira, ad atterrarlo è volto,
Perché gli stessi a lui fuscelli e fogli
Per novo lavorio son di mestieri; 160
Così natura ogni opra sua, quantunque
D'alto artificio a contemplar, non prima
Vede perfetta, ch'a disfarla imprende,
Le parti sciolte dispensando altrove.
E indarno a preservar se stesso ed altro 165
Dal gioco reo, la cui ragion gli è chiusa
Eternamente, il mortal seme accorre
Mille virtudi oprando in mille guise
Con dotta man: che, d'ogni sforzo in onta,
La natura crudel, fanciullo invitto, 170
Il suo capriccio adempie, e senza posa
Distruggendo e formando si trastulla.
Indi varia, infinita una famiglia
Di mali immedicabili e di pene
Preme il fragil mortale, a perir fatto 175
Irreparabilmente: indi una forza
Ostil, distruggitrice, e dentro il fere
E di fuor da ogni lato, assidua, intenta
Dal dì che nasce; e l'affatica e stanca,
Essa indefatigata; insin ch'ei giace 180
Alfin dall'empia madre oppresso e spento.

Registra o velho padre: em que, por obra
Do possante vapor, aos mil milhões
Impressas num segundo, o plano e o pico,
Creio mesmo do mar imensos trechos,
Como um bando de grous que de repente
Rapine da campina vasta o dia,
Cobrirão as gazetas, alma e vida
Deste universo, e de saber, a esta
E às eras que virão, única fonte!

Qual um fedelho que, perseverante,
Com forquilhinhas e folhinha, em forma
Ou de templo ou de torre ou de palácio,
Um edifício alça; e vendo-o pronto
Se põe a demoli-lo, pois que as mesmas
Folhinhas e forquilhas necessita
Em seu novo trabalho; a natureza
Também, tão logo vê uma obra sua
Perfeita, não importa quão formosa,
Logo logo começa a desfazê-la,
As partes soltas espalhando ao léu.
E em vão no afã de preservar-se e aos outros
Deste cruel brinquedo, cujo intuito
Não saberá jamais, a raça humana
De mil maneiras se desdobra em mil
Com douta mão: porque, malgrado tudo,
Indomável fedelha, a natureza
Satisfaz seu capricho, e sem descanso
Destruindo e criando se diverte.
Por isso vária, infinda uma família
De males insanáveis e de penas
Pisa o frágil mortal, pois que foi feito
A perecer e só: por isso força
Hostil, destruidora, dentro o fere
E, fora, flanco a flanco, assídua, caça-o
Desde que nasce; e o cansa e exaure e esmaga,
Ela mesma incansável; até que caia,
Por sua ímpia mão pisado e morto.

Queste, o spirto gentil, miserie estreme
Dello stato mortal; vecchiezza e morte,
Ch'han principio d'allor che il labbro infante
Preme il tenero sen che vita instilla; 185
Emendar, mi cred'io, non può la lieta
Nonadecima età più che potesse
La decima o la nona, e non potranno
Più di questa giammai l'età future.
Però, se nominar lice talvolta 190
Con proprio nome il ver, non altro in somma
Fuor che infelice, in qualsivoglia tempo,
E non pur ne' civili ordini e modi,
Ma della vita in tutte l'altre parti,
Per essenza insanabile, e per legge 195
Universal, che terra e cielo abbraccia,
Ogni nato sarà. Ma novo e quasi
Divin consiglio ritrovàr gli eccelsi
Spirti del secol mio: che, non potendo
Felice in terra far persona alcuna, 200
L'uomo obbliando, a ricercar si diero
Una comun felicitade; e quella
Trovata agevolmente, essi di molti
Tristi e miseri tutti, un popol fanno
Lieto e felice: e tal portento, ancora 205
Da pamphlets, da riviste e da gazzette
Non dichiarato, il civil gregge ammira.

Oh menti, oh senno, oh sovrumano acume
Dell'età ch'or si volge! E che sicuro
Filosofar, che sapienza, o Gino, 210
In più sublimi ancora e più riposti
Subbietti insegna ai secoli futuri

Este, ó amigo, o extremo das misérias
Que os mortais têm aqui; velhice e morte,
Que começam com o lábio da criança
Colado ao terno seio que dá vida;
Saná-las, creio eu, não pode o alegre
Dezenove, não mais do que o puderam
O dez ou o nove, e os séculos por vir
Jamais, mais do que esta, poderão.
E por isso, se às vezes à verdade
É lícito chamar com o próprio nome,
Nada além de infeliz, qualquer o tempo,
E não só nos convívios sociais,
Mas desta vida em todo outro setor,
Por essência insanável, e pela lei
Universal, que o céu e a terra abraça,
O que nasce será. Mas nova e quase
Divina solução acharam os gênios
Excelsos do meu tempo: não podendo
Fazer feliz pessoa alguma, o homem
Esquecendo, se deram a procurar
Uma geral felicidade; e aquela
Achada facilmente, eles de muitos
Tristes e todos míseros, fizeram
Um povo alegre:[251] e tal portento, ainda
Nos pamphlets, nas revistas, nas gazetas
Não proclamado, o vulgo em massa admira.

Oh mentes, senso, oh sobre-humano acume
Do tempo que decorre! E que seguro
Filosofar, que sapiência, ó Gino,
Ainda mais obscuros, mais sublimes
Temas leciona aos séculos futuros

---

[251] Leopardi não acreditava na felicidade individual e, por consequência, afirmava ser uma ficção conveniente a proposta de uma felicidade coletiva composta de infelicidades individuais.

Il mio secolo e tuo! Con che costanza
Quel che ieri schernì, prosteso adora
Oggi, e domani abbatterà, per girne 215
Raccozzando i rottami, e per riporlo
Tra il fumo degl'incensi il dì vegnente!
Quanto estimar si dee, che fede inspira
Del secol che si volge, anzi dell'anno,
Il concorde sentir! con quanta cura 220
Convienci a quel dell'anno, al qual difforme
Fia quel dell'altro appresso, il sentir nostro
Comparando, fuggir che mai d'un punto
Non sien diversi! E di che tratto innanzi,
Se al moderno si opponga il tempo antico, 225
Filosofando il saper nostro è scorso!

Un già de' tuoi, lodato Gino; un franco
Di poetar maestro, anzi di tutte
Scienze ed arti e facoltadi umane,
E menti che fur mai, sono e saranno, 230
Dottore, emendator, lascia, mi disse,
I propri affetti tuoi. Di lor non cura
Questa virile età, volta ai severi
Economici studi, e intenta il ciglio
Nelle pubbliche cose. Il proprio petto 235
Esplorar che ti val? Materia al canto
Non cercar dentro te. Canta i bisogni
Del secol nostro, e la matura speme.
Memorande sentenze! ond'io solenni
Le risa alzai quando sonava il nome 240
Della speranza al mio profano orecchio
Quasi comica voce, o come un suono

O meu século e teu! Com que constância[252]
Do que ontem zombou, prostrado adora
Hoje, e amanhã destruirá, só para,
Recolhendo os seus restos, ir repô-los
Entre o fumo de incensos o outro dia!
Quão se deve estimar, que fé inspira
Da era que decorre, antes, do ano,
O concorde sentir! Com que cuidado
Nos convém ao do ano, o qual diverso
Será do ano vindouro, comparando
Nosso sentir, fugir de que divirjam
Em qualquer ponto! E como está à frente,
Se ao tempo antigo opomos o moderno,
Filosofando, a nossa erudição!

Um que já foi dos teus,[253] ó Gino; franco
Mestre do poetar, melhor, de todas
As artes, ramos e ciência humanas
E das mentes que foram, são, serão,
Doutor, censor, me disse um dia: "Esquece
Teus sentimentos. Não os leva em conta
Esta era viril, voltada aos graves
Estudos econômicos, e às coisas
Públicas. Explorar teu próprio peito
Te serve a quê? Matéria para canto
Não busque dentro, em ti. Canta as carências
E a madura esperança deste tempo".
Memorável discurso! Ao qual solene
O riso ergui quando soava o nome
Da esperança no meu profano ouvido
Palavra quase cômica, ou qual som

---

[252] Passa a atacar os modismos intelectuais, os alinhamentos automáticos e inconstantes que produziam polêmicas crescentemente fúteis.

[253] Há pouca dúvida de que a referência seja a Niccolò Tommaseo, opositor declarado da atitude pessimista de Leopardi e companheiro de Gino Capponi no grupo que editava a revista *L'Antologia*. Sua versatilidade nos vários gêneros literários era famosa, o que torna a suposição mais razoável ainda.

Di lingua che dal latte si scompagni.
Or torno addietro, ed al passato un corso
Contrario imprendo, per non dubbi esempi 245
Chiaro oggimai ch'al secol proprio vuolsi,
Non contraddir, non repugnar, se lode
Cerchi e fama appo lui, ma fedelmente
Adulando ubbidir: così per breve
Ed agiato cammin vassi alle stelle. 250
Ond'io, degli astri desioso, al canto
Del secolo i bisogni omai non penso
Materia far; che a quelli, ognor crescendo,
Provveggono i mercati e le officine
Già largamente; ma la speme io certo 255
Dirò, la speme, onde visibil pegno
Già concedon gli Dei; già, della nova
Felicità principio, ostenta il labbro
De' giovani, e la guancia, enorme il pelo.

O salve, o segno salutare, o prima 260
Luce della famosa età che sorge.
Mira dinanzi a te come s'allegra
La terra e il ciel, come sfavilla il guardo
Delle donzelle, e per conviti e feste
Qual de' barbati eroi fama già vola. 265
Cresci, cresci alla patria, o maschia certo
Moderna prole. All'ombra de' tuoi velli
Italia crescerà, crescerà tutta
Dalle foci del Tago all'Ellesponto
Europa, e il mondo poserà sicuro. 270
E tu comincia a salutar col riso
Gl'ispidi genitori, o prole infante,
Eletta agli aurei dì: né ti spauri
L'innocuo nereggiar de' cari aspetti.

De língua que do leite se separa.
Agora volto atrás, e tomo um curso
Contrário ao do passado, está bem claro
Que o seu tempo hoje em dia não convém
Contradizer, desagradar, aquele
Que quer fama e louvor, mas fielmente
Adulando anuir: assim por breve
E fácil trilha chega-se às estrelas.
Donde, querendo os astros,[254] para canto
Das carências do tempo já não penso
Fazer matéria; pois que mais e mais
Satisfazem-nas fábricas, mercados
Amplamente; mas quanto à esperança
A farei, a esperança, da qual clara
Prova nos dão os Deuses; já, da nova
Felicidade início, ostenta o lábio
Dos jovens, e seus rostos, pelo enorme.[255]

Ó salve, ó salutar sinal, primeira
Luz da era famosa que desponta.
Atenta à tua frente em que alegria
A terra e o céu, como cintila o olhar
Das donzelas, e pelos bailes, festas,
Já voa a fama dos heróis barbados.
Cresce, cresce por tua pátria, ó macha
Sim, nova prole. À sombra dos teus cachos
A Itália crescerá, crescerá toda
Do desaguar do Tejo ao Helesponto
A Europa, e o mundo em paz se acalmará.
E tu, começa a conceder sorrisos
Aos pais hirsutos, prole ainda infante,
É tua a era áurea: e não temas
O inócuo escurecer do rosto caro.

---

[254] Ironia. Já na epístola ao conde Carlo Pepoli (Canto XIX) renunciara à glória.

[255] Os jovens liberais e os *Carbonari*, contrariamente ao costume da época, foram dos primeiros a usar a barba crescida.

Ridi, o tenera prole: a te serbato 275
È di cotanto favellare il frutto;
Veder gioia regnar, cittadi e ville,
Vecchiezza e gioventù del par contente,
E le barbe ondeggiar lunghe due spanne.

Ri, ó prole suave: reservado
A ti de tanto falatório é o fruto;
Ver reinar a alegria, o campo e a urbe,
Velhice e juventude rindo juntos,
E as barbas tremular bem uns dois palmos.

XXXIII.
IL TRAMONTO DELLA LUNA

Quale in notte solinga,
Sovra campagne inargentate ed acque,
Là 've zefiro aleggia,
E mille vaghi aspetti
E ingannevoli obbietti 5
Fingon l'ombre lontane
Infra l'onde tranquille
E rami e siepi e collinette e ville;
Giunta al confin del cielo,
Dietro Apennino od Alpe, o del Tirreno 10
Nell'infinito seno
Scende la luna; e si scolora il mondo;
Spariscon l'ombre, ed una
Oscurità la valle e il monte imbruna;
Orba la notte resta, 15
E cantando, con mesta melodia,
L'estremo albor della fuggente luce,
Che dianzi gli fu duce,
Saluta il carrettier dalla sua via;

Tal si dilegua, e tale 20
Lascia l'età mortale
La giovinezza. In fuga
Van l'ombre e le sembianze
Dei dilettosi inganni; e vengon meno
Le lontane speranze, 25
Ove s'appoggia la mortal natura.
Abbandonata, oscura

XXXIII.
O PÔR DA LUA

Qual na noite deserta,
Sobre campinas prateadas, águas,
Lá onde o vento é leve,
E mil rostos etéreos
E formas e mistérios
Fingem as sombras distantes
Entre as ondas tranquilas
E ramos, sebes, e colinas, vilas;
Junta ao confim do céu,
Sobre o Apenino ou Alpe, ou do Tirreno
No âmago sereno
Mergulha a lua; empalidece o mundo;
As sombras somem, e crua
Escuridão o vale e o monte acua;
A noite resta a sós,
E cantando, com voz amargurada,
O último clarão, a agonia
Da luz que lhe era guia,
Saúda o carroceiro lá da estrada;

Assim se esvai, assim
Nos abandona enfim
A juventude. Em fuga
Vão sombras e semblantes
Das ilusões queridas; somem aquelas
Esperanças distantes,
Em que se apoia a natureza humana.
Abandonada, insana

Resta la vita. In lei porgendo il guardo,
Cerca il confuso viatore invano
Del cammin lungo che avanzar si sente 30
Meta o ragione; e vede
Che a sé l'umana sede,
Esso a lei veramente è fatto estrano.

Troppo felice e lieta
Nostra misera sorte 35
Parve lassù, se il giovanile stato,
Dove ogni ben di mille pene è frutto,
Durasse tutto della vita il corso.
Troppo mite decreto
Quel che sentenzia ogni animale a morte, 40
S'anco mezza la via
Lor non si desse in pria
Della terribil morte assai più dura.
D'intelletti immortali
Degno trovato, estremo 45
Di tutti i mali, ritrovàr gli eterni
La vecchiezza, ove fosse
Incolume il desio, la speme estinta,
Secche le fonti del piacer, le pene
Maggiori sempre, e non più dato il bene. 50

Voi, collinette e piagge,
Caduto lo splendor che all'occidente
Inargentava della notte il velo,
Orfane ancor gran tempo
Non resterete; che dall'altra parte 55
Tosto vedrete il cielo
Imbiancar novamente, e sorger l'alba:
Alla qual poscia seguitando il sole,
E folgorando intorno
Con sue fiamme possenti, 60
Di lucidi torrenti
Inonderà con voi gli eterei campi.
Ma la vita mortal, poi che la bella

E escura jaz a vida. E a contemplando,
Busca o confuso viajante em vão
Meta ou porquê da estrada que lhe resta
À frente; e lá no fundo
Só vê que o humano mundo
E ele, na verdade, estranhos são.

Feliz demais e alegre
Nossa mísera sorte
Seria, para o céu, se a juventude,
Em que um só bem é fruto de mil penas,
Não fosse apenas breve instante e pronto.
Decreto até bem brando
O que condena a criatura à morte,
Se metade da vida
Ainda mais sofrida
Do que a terrível morte não lhes desse.
De intelectos eternos
Digno invento, o maior
Dos infernos, criaram os imortais
A velhice, em que fosse
Intacto o afã, extinta a esperança,
Secas as fontes do prazer, e sem
Limite sempre a dor, negado o bem.

Vós, colinas e vales,
Caído o rebrilhar que no ocidente
De prata ornava desta noite o véu,
Órfãs por muito tempo
Não ficareis, porque no lado oposto
Logo vereis o céu
Branquear novamente e erguer-se a alba:
E o sol depois, seguindo-a em pouco tempo
E ardendo tudo em volta
Com suas chamas potentes,
Com luzes em torrentes
Vos cobrirá e aos campos lá do éter.
Mas a vida mortal, depois que a bela

Giovinezza sparì, non si colora
D'altra luce giammai, né d'altra aurora. 65
Vedova è insino al fine; ed alla notte
Che l'altre etadi oscura,
Segno poser gli Dei la sepoltura.

Juventude se foi, não se colore
De nenhuma outra luz, nem de outra aurora.
E viúva jaz até o fim; da noite,
Que o resto oprime escura,
Os Deuses marcam o fim com a sepultura.

XXXIV.
LA GINESTRA,
O IL FIORE DEL DESERTO

> Καὶ ἠγάπησαν οἱ ἄνθρωποι μᾶλλον τὸ σκότος ἢ τὸ φῶς.
> E gli uomini vollero piuttosto le tenebre che la luce.
>
> GIOVANNI, III, 19

Qui su l'arida schiena
Del formidabil monte
Sterminator Vesevo,
La qual null'altro allegra arbor né fiore,
Tuoi cespi solitari intorno spargi, 5
Odorata ginestra,
Contenta dei deserti. Anco ti vidi
De' tuoi steli abbellir l'erme contrade
Che cingon la cittade
La qual fu donna de' mortali un tempo, 10
E del perduto impero
Par che col grave e taciturno aspetto
Faccian fede e ricordo al passeggero.
Or ti riveggo in questo suol, di tristi
Lochi e dal mondo abbandonati amante, 15
E d'afflitte fortune ognor compagna.
Questi campi cosparsi
Di ceneri infeconde, e ricoperti

XXXIV.
A GIESTA,
OU A FLOR DO DESERTO

Καὶ ἠγάπησαν οἱ ἄνθρωποι μᾶλλον τὸ σκότος ἢ τὸ φῶς.
Mas os homens amaram mais as trevas do que a luz.

JOÃO, 3:19

Nesta árida encosta
Do formidável monte
Arruinador Vesevo,[256]
Que árvore alguma ou outra flor alegra,
Teus tufos solitários tu derramas,
Odorada giesta,[257]
Contente com desertos. Também vi
Teus talos a adornar o descampado
Que cinge cada lado
De quem foi dona[258] deste mundo um dia,
Do império e seu destino
Parecem dar, solenes, taciturnos,
Seu testemunho e fé ao peregrino.
Vejo-te agora neste chão, dos tristes
E desertos locais do mundo amante,
E da ingrata fortuna eterna amiga.
Estes campos cobertos
De cinzas infecundas, e sepultos

---

[256] É o nome latino dado ao Vesúvio, vulcão responsável pela destruição das cidades de Herculano e Pompeia em 79 d.C. Em 25 de abril de 1835, um ano antes da provável data de composição deste canto, Leopardi testemunhou uma violenta erupção do Vesúvio.

[257] Hoje, três espécies de giesta ocorrem no Vesúvio, mas uma foi introduzida no princípio do século XX. Provavelmente, a espécie a que Leopardi se refere é a giesta odorada (*Spartium junceum* L.), também conhecida como giesta-da-Espanha.

[258] Roma.

Dell'impietrata lava,
Che sotto i passi al peregrin risona; 20
Dove s'annida e si contorce al sole
La serpe, e dove al noto
Cavernoso covil torna il coniglio;
Fur liete ville e colti,
E biondeggiàr di spiche, e risonaro 25
Di muggito d'armenti;
Fur giardini e palagi,
Agli ozi de' potenti
Gradito ospizio; e fur città famose
Che coi torrenti suoi l'altero monte 30
Dall'ignea bocca fulminando oppresse
Con gli abitanti insieme. Or tutto intorno
Una ruina involve,
Dove tu siedi, o fior gentile, e quasi
I danni altrui commiserando, al cielo 35
Di dolcissimo odor mandi un profumo,
Che il deserto consola. A queste piagge
Venga colui che d'esaltar con lode
Il nostro stato ha in uso, e vegga quanto
È il gener nostro in cura 40
All'amante natura. E la possanza
Qui con giusta misura
Anco estimar potrà dell'uman seme,
Cui la dura nutrice, ov'ei men teme,
Con lieve moto in un momento annulla 45
In parte, e può con moti
Poco men lievi ancor subitamente
Annichilare in tutto.
Dipinte in queste rive

Pela empedrada lava,
Que sob os pés do peregrino ecoa;
Onde se aninha ao sol e se contorce
A serpente, e onde ao velho
Cavernoso covil volta o coelho;
Foram vilas, lavouras,
Douraram-se de espigas, ecoaram
Mugidos preguiçosos;
Foram jardins, palácios,
Nos quais os poderosos
Viviam o ócio;[259] e célebres cidades
Que com rios de fogo o altivo monte
Da boca despejando fulminou
Com os habitantes junto. E tudo agora
Uma ruína envolve,
Ao teu redor, ó flor gentil, e como
Se com pena da dor alheia, ao céu
De dulcíssimo odor mandas perfume
Que o deserto consola. A esta encosta
Venha aquele[260] que gosta de exaltar
Com loas nosso estado, e então constate
O quanto somos presa
Do amor da natureza. E aqui quão grande
Medir a fortaleza
Também conseguirá do humano sêmen,
Que a mãe terrível, quando a menos temem,
Com um leve movimento logo anula
Em parte, e pode, um pouco
Menos de leve e ainda de repente,
Aniquilar de todo.
Pintadas nestes cortes

---

[259] Pompeia e Herculano eram cidades que os romanos usavam primordialmente para descanso e lazer.

[260] O que crê no progresso científico como fonte de felicidade.

Son dell'umana gente 50
Le magnifiche sorti e progressive.

Qui mira e qui ti specchia,
Secol superbo e sciocco,
Che il calle insino allora
Dal risorto pensier segnato innanti 55
Abbandonasti, e volti addietro i passi,
Del ritornar ti vanti,
E procedere il chiami.
Al tuo pargoleggiar gl'ingegni tutti,
Di cui lor sorte rea padre ti fece, 60
Vanno adulando, ancora
Ch'a ludibrio talora
T'abbian fra sé. Non io
Con tal vergogna scenderò sotterra;
Ma il disprezzo piuttosto che si serra 65
Di te nel petto mio,
Mostrato avrò quanto si possa aperto:
Ben ch'io sappia che obblio
Preme chi troppo all'età propria increbbe.
Di questo mal, che teco 70
Mi fia comune, assai finor mi rido.
Libertà vai sognando, e servo a un tempo
Vuoi di novo il pensiero,
Sol per cui risorgemmo
Della barbarie in parte, e per cui solo 75
Si cresce in civiltà, che sola in meglio
Guida i pubblici fati.

Estão da humana gente
As progressivas, grandiosas sortes.[261]

Mira-te aqui e vê-te refletido,
Tempo túmido e tolo,
Que a trilha a ti trazida
Do pensar renascido[262] abandonaste,
Dando aos passos o rumo do passado,
E disso te gabaste,
E dizes que é progresso.
À tua criancice os gênios todos,
Cuja sorte cruel lhes fez teus filhos,
Dão loas e guarida,
Embora escarnecida
Entre eles. Não eu
Com tal vergonha descerei à terra;[263]
Mas antes o desprezo que se encerra
Por ti no peito meu,
Terei mostrado tanto quanto possa:
Embora saiba o breu
Que cobre quem condena a própria era.
Deste mal, que contigo
Irei compartilhar, ainda rio.
Enquanto sonhas liberdade, queres
Servil o pensamento:
Só por ele saímos,
Em parte, da barbárie; dele apenas
Cresce a cultura, e apenas ela pode
Guiar melhor o Estado.

---

[261] Este verso é uma citação retirada (e retrabalhada) do prefácio de Terenzio Mamiani, primo de Leopardi e liberal aguerrido, aos seus *Inni Sacri*, publicados em 1832. A ironia de Leopardi é evidente.

[262] Da Renascença.

[263] Depois deste verso, na edição dos *Cantos* supervisionada por Antônio Ranieri e trazida a público em 1845, seguiam-se três versos que, pelos manuscritos disponíveis, era desejo de Leopardi cancelar: "Poderia ir à guerra/ De delírios igual a todos outros,/ E assim cantando ser por ti aceito".

Così ti spiacque il vero
Dell'aspra sorte e del depresso loco
Che natura ci diè. Per questo il tergo 80
Vigliaccamente rivolgesti al lume
Che il fe' palese: e, fuggitivo, appelli
Vil chi lui segue, e solo
Magnanimo colui
Che sé schernendo o gli altri, astuto o folle, 85
Fin sopra gli astri il mortal grado estolle.

Uom di povero stato e membra inferme
Che sia dell'alma generoso ed alto,
Non chiama sé né stima
Ricco d'or né gagliardo, 90
E di splendida vita o di valente
Persona infra la gente
Non fa risibil mostra;
Ma sé di forza e di tesor mendico
Lascia parer senza vergogna, e noma 95
Parlando, apertamente, e di sue cose
Fa stima al vero uguale.
Magnanimo animale
Non credo io già, ma stolto,
Quel che nato a perir, nutrito in pene, 100
Dice, a goder son fatto,
E di fetido orgoglio
Empie le carte, eccelsi fati e nove
Felicità, quali il ciel tutto ignora,
Non pur quest'orbe, promettendo in terra 105
A popoli che un'onda
Di mar commosso, un fiato
D'aura maligna, un sotterraneo crollo
Distrugge sì, che avanza
A gran pena di lor la rimembranza. 110
Nobil natura è quella
Che a sollevar s'ardisce
Gli occhi mortali incontra
Al comun fato, e che con franca lingua,

A verdade é um tormento:
Ver o lugar tão baixo e a dura sorte
Que a natura nos deu. Por causa disto,
À luz que a revelou, covardemente
Voltaste as costas: e, fugindo, dizes
Vil quem a segue, e apenas
É magnânimo aquele
Que se zomba e de outros, sábio ou louco,
Erguendo aos céus nosso valor tão pouco.

Homem de meios parcos, corpo enfermo
Que tenha a alma nobre e generosa,
Não se diz nem se pensa
Rico de ouro ou rijo,
E de esplêndida vida ou de valente
Jamais, risivelmente,
Entre as pessoas posa;
Mas deixa que outros vejam-no mendigo
De força e de tesouro sem vergonha,
E o diz, abertamente, e às suas coisas
Dá o valor real.
Magnânimo animal
Já não creio, mas tolo,
O que nascendo é eleito à morte e diz:
"Para gozar fui feito",
E de fétido orgulho
Enche páginas, sorte imensa e novas
Alegrias, que o próprio céu ignora,
E não só este globo, prometendo
A povos que uma onda
De irado mar, trejeito
De ar maligno, tremor no imo da terra
Tanto arrasa, que resta
Apenas a lembrança, e bem modesta,
Alma nobre é aquela
Que corajosa eleva
Os olhos seus e encara
Nosso destino, e que com franca língua,

Nulla al ver detraendo, 115
Confessa il mal che ci fu dato in sorte,
E il basso stato e frale;
Quella che grande e forte
Mostra sé nel soffrir, né gli odii e l'ire
Fraterne, ancor più gravi 120
D'ogni altro danno, accresce
Alle miserie sue, l'uomo incolpando
Del suo dolor, ma dà la colpa a quella
Che veramente è rea, che de' mortali
Madre è di parto e di voler matrigna. 125
Costei chiama inimica; e incontro a questa
Congiunta esser pensando,
Siccome è il vero, ed ordinata in pria
L'umana compagnia,
Tutti fra sé confederati estima 130
Gli uomini, e tutti abbraccia
Con vero amor, porgendo
Valida e pronta ed aspettando aita
Negli alterni perigli e nelle angosce
Della guerra comune. Ed alle offese 135
Dell'uomo armar la destra, e laccio porre
Al vicino ed inciampo,
Stolto crede così qual fora in campo
Cinto d'oste contraria, in sul più vivo
Incalzar degli assalti, 140
Gl'inimici obbliando, acerbe gare
Imprender con gli amici,
E sparger fuga e fulminar col brando
Infra i propri guerrieri.
Così fatti pensieri 145
Quando fien, come fur, palesi al volgo,
E quell'orror che primo
Contra l'empia natura
Strinse i mortali in social catena,
Fia ricondotto in parte 150
Da verace saper, l'onesto e il retto
Conversar cittadino,

À verdade se atendo,
Confessa o mal que coube a nós em sorte,
E o baixo estado e frágil;
Aquela que mais forte
Se mostra no sofrer, nem ódio ou ira
Fraternas, bem piores
Que toda dor, acresce
À sua própria, o homem incriminando
Por seus males: dá culpa, sim, àquela
Que é verdadeira ré, que dos mortais
É mãe por parto e por querer, madrasta.
Tem-na por inimiga; e contra esta
Unida imaginando,
E é verdade que foi assim um dia,
A humana companhia,
Estima estarem os homens aliados
Uns aos outros, e abraça
Todos, oferecendo
E esperando a veloz e pronta ajuda
Nas penas e perigos alternados
De uma guerra em comum. E para o ataque
Do homem armar a destra, e urdir cilada
E empecilho ao vizinho
Julga tolice, qual se em remoinho,
Cercado de contrários, no mais vivo
Desfechar dos assaltos,
Os inimigos esquecendo, guerra
Movesse a seus amigos,
Pusesse em fuga, o ferro já os marcando,
Os seus com mil tormentos.
Quando estes pensamentos
Forem, como antes, claros para o povo,
E aquele horror que um dia
Contra a ímpia natura
Uniu em social liame os homens,
Em parte houver voltado
Por obra do saber real, o honesto
Convívio dos humanos,

E giustizia e pietade, altra radice
Avranno allor che non superbe fole,
Ove fondata probità del volgo 155
Così star suole in piede
Quale star può quel ch'ha in error la sede.

Sovente in queste rive,
Che, desolate, a bruno
Veste il flutto indurato, e par che ondeggi, 160
Seggo la notte; e su la mesta landa
In purissimo azzurro
Veggo dall'alto fiammeggiar le stelle,
Cui di lontan fa specchio
Il mare, e tutto di scintille in giro 165
Per lo vòto seren brillare il mondo.
E poi che gli occhi a quelle luci appunto,
Ch'a lor sembrano un punto,
E sono immense, in guisa
Che un punto a petto a lor son terra e mare 170
Veracemente; a cui
L'uomo non pur, ma questo
Globo ove l'uomo è nulla,
Sconosciuto è del tutto; e quando miro
Quegli ancor più senz'alcun fin remoti 175
Nodi quasi di stelle,
Ch'a noi paion qual nebbia, a cui non l'uomo
E non la terra sol, ma tutte in uno,
Del numero infinite e della mole,
Con l'aureo sole insiem, le nostre stelle 180
O sono ignote, o così paion come
Essi alla terra, un punto
Di luce nebulosa; al pensier mio
Che sembri allora, o prole
Dell'uomo? E rimembrando 185
Il tuo stato quaggiù, di cui fa segno
Il suol ch'io premo; e poi dall'altra parte,
Che te signora e fine
Credi tu data al Tutto, e quante volte

E justiça e piedade, outra raiz
Terão que não as túmidas tolices
Em que costuma a retidão do povo
Se alicerçar, o quanto
Pode quem base tem em erro tanto.

Costumo em tais encostas,
Que, desoladas, veste
De luto o fluxo duro, e quase ondula,
Sentar-me à noite; e sobre a terra triste
Em puríssimo azul
Bem alto vejo flamejarem estrelas,
E delas faz-se espelho
O mar, e todo cintilante em giro
Na paz do vácuo reluzir o mundo.
Se àquelas luzes meu olhar aponto,
Que lhe parecem um ponto,
E são imensas, tanto,
Que perto delas ponto é a terra e o mar
Na realidade; e que,
Não só o homem, mesmo
O globo onde ele é um nada
Ignoram totalmente; e quando miro
Aqueles, inda mais sem fim, distantes
Como se nós de estrelas
Que nos parecem névoa, aos quais não o homem
E não a terra só, mas todas juntas,
Em número infinitas e em tamanho,
Mais o castanho sol, nossas estrelas
São nada, ou como aqueles nós à terra,
Parecem-lhes um ponto
De nebulosa luz; ao meu pensar
O que pareces, diz, ó pobre humana
Prole? E rememorando o
Teu estar aqui, do qual é testemunho
O chão que piso; e que por outro lado
Te crês por dona e meta
Imposta a este Tudo, e quantas vezes

Favoleggiar ti piacque, in questo oscuro 190
Granel di sabbia, il qual di terra ha nome,
Per tua cagion, dell'universe cose
Scender gli autori, e conversar sovente
Co' tuoi piacevolmente, e che i derisi
Sogni rinnovellando, ai saggi insulta 195
Fin la presente età, che in conoscenza
Ed in civil costume
Sembra tutte avanzar; qual moto allora,
Mortal prole infelice, o qual pensiero
Verso te finalmente il cor m'assale? 200
Non so se il riso o la pietà prevale.

Come d'arbor cadendo un picciol pomo,
Cui là nel tardo autunno
Maturità senz'altra forza atterra,
D'un popol di formiche i dolci alberghi, 205
Cavati in molle gleba
Con gran lavoro, e l'opre
E le ricchezze che adunate a prova
Con lungo affaticar l'assidua gente
Avea provvidamente al tempo estivo, 210
Schiaccia, diserta e copre
In un punto; così d'alto piombando,
Dall'utero tonante
Scagliata al ciel profondo,
Di ceneri e di pomici e di sassi 215
Notte e ruina, infusa
Di bollenti ruscelli
O pel montano fianco
Furiosa tra l'erba
Di liquefatti massi 220
E di metalli e d'infocata arena
Scendendo immensa piena,
Le cittadi che il mar là su l'estremo
Lido aspergea, confuse
E infranse e ricoperse 225
In pochi istanti: onde su quelle or pasce

Te apraz gabar-se, de que a este obscuro
Grão de areia, que tem por nome terra,
Por tua causa, do universo inteiro
Os autores desceram, e bem frequente
Falaram alegremente, e que este tempo,
Renovando as risíveis ilusões,
Insulta os sábios, tempo que em ciência
E em civilização a
Todos parece superar; ó raça
Mortal e triste, que pensar, que afeto
Então meu coração por ti aquece?
Não sei se riso ou pena prevalece.

Qual de um ramo caindo um mero pomo,
Que só de estar maduro
No tardo outono e nada mais, despenca,
De um povo de formigas a morada,
Cavada em terra mole
Com grande esforço e nobre, os
Bens e obras, o tudo que juntara,
Há muito trabalhando, aquela gente
Tenaz, prudente, enquanto ardera o sol,
Devasta, esmaga e cobre-os
Num átimo; do alto assim tombando,
Do útero troante
Lançada ao céu profundo,
De cinzas e de pedras, pó, fumaças
Noite e ruína, rios
Borbulhantes ou pela
Encosta da montanha
Sobre a relva raivosa
De liquefeitas massas
De metais e de areia incandescente
Descendo imensa enchente,
As cidades que o mar na costa ao longe
Banhava, enlouqueceu,
Destruiu, sepultou
Em segundos: e agora a cabra pasta

La capra, e città nove
Sorgon dall'altra banda, a cui sgabello
Son le sepolte, e le prostrate mura
L'arduo monte al suo piè quasi calpesta. 230
Non ha natura al seme
Dell'uom più stima o cura
Che alla formica: e se più rara in quello
Che nell'altra è la strage,
Non avvien ciò d'altronde 235
Fuor che l'uom sue prosapie ha men feconde.

Ben mille ed ottocento
Anni varcàr poi che spariro, oppressi
Dall'ignea forza, i popolati seggi,
E il villanello intento 240
Ai vigneti, che a stento in questi campi
Nutre la morta zolla e incenerita,
Ancor leva lo sguardo
Sospettoso alla vetta
Fatal, che nulla mai fatta più mite 245
Ancor siede tremenda, ancor minaccia
A lui strage ed ai figli ed agli averi
Lor poverelli. E spesso
Il meschino in sul tetto
Dell'ostel villereccio, alla vagante 250
Aura giacendo tutta notte insonne,
E balzando più volte, esplora il corso
Del temuto bollor, che si riversa
Dall'inesausto grembo
Su l'arenoso dorso, a cui riluce 255
Di Capri la marina
E di Napoli il porto e Mergellina.
E se appressar lo vede, o se nel cupo
Del domestico pozzo ode mai l'acqua

Sobre elas, e novas
Cidades surgem mais além, se apoiam
Nas sepultas, e os muros esmagados
No sopé, quase pisa o monte atroz.
Os brados dos humanos
Não são mais escutados
Que os da formiga: e o ser mais rara dele
Que da outra a ruína,
Não tem causas profundas:
Só temos gerações menos fecundas.

Mil e oitocentos anos[264]
Se foram desde que, do fogo, a força
Fez sumir as cidades populosas,
E o aldeão vendo os danos
Que sofrem nestes planos no nutrirem
A vinha as terras mortas, calcinadas,
Ainda eleva os olhos
Seus, suspeitoso, ao cume
Fatal, que nem um pouco menos rude
Ainda jaz tremendo e o ameaça
Com ruína e a seus filhos e aos haveres
Já parcos. Tantas vezes
O infeliz sobe ao teto
Do rústico casebre e passa a noite
Inteira insone em meio à brisa errante,
E em sobressalto sai, explora a senda
Do temido ebulir, que se derrama
Do inexaurível seio
Por sobre encosta e fenda, o qual o mar
De Capri em luz cortina,
De Nápoles o porto e Mergellina.[265]
E se mais perto o vê, ou se no fundo
Do poço no quintal já escuta a água

[264] A rigor, um pouco menos; provavelmente está por dezoito séculos.

[265] Localidades na baía de Nápoles, dominada pelo Vesúvio.

Fervendo gorgogliar, desta i figliuoli, 260
Desta la moglie in fretta, e via, con quanto
Di lor cose rapir posson, fuggendo,
Vede lontan l'usato
Suo nido, e il picciol campo,
Che gli fu dalla fame unico schermo, 265
Preda al flutto rovente,
Che crepitando giunge, e inesorato
Durabilmente sovra quei si spiega.
Torna al celeste raggio
Dopo l'antica obblivion l'estinta 270
Pompei, come sepolto
Scheletro, cui di terra
Avarizia o pietà rende all'aperto;
E dal deserto foro
Diritto infra le file 275
Dei mozzi colonnati il peregrino
Lunge contempla il bipartito giogo
E la cresta fumante,
Che alla sparsa ruina ancor minaccia.
E nell'orror della secreta notte 280
Per li vacui teatri,
Per li templi deformi e per le rotte
Case, ove i parti il pipistrello asconde,
Come sinistra face
Che per vòti palagi atra s'aggiri, 285
Corre il baglior della funerea lava,
Che di lontan per l'ombre
Rosseggia e i lochi intorno intorno tinge.
Così, dell'uomo ignara e dell'etadi
Ch'ei chiama antiche, e del seguir che fanno 290
Dopo gli avi i nepoti,
Sta natura ognor verde, anzi procede
Per sì lungo cammino

Fervendo borbulhar, acorda os filhos,
Com pressa acorda a esposa, e vai, com quanto
De seu possa agarrar, fugindo embora,
Vê de longe o seu ninho, e
A pequena campina,
Que foi de sua fome único escudo,
Presa do fluxo ardente
Que crepitando a alcança e então, daninho,
Eternamente a cobre e queima e cala.
Retorna à luz celeste
Depois de antigo esquecimento a extinta
Pompeia, qual sepulto
Esqueleto, que arranca
Da terra a avareza ou a piedade;
E do fórum deserto
Ereto o peregrino
Ao lado de colunas mutiladas
Contempla ao longe o bipartido pico[266]
E a crista fumegante,
Que a ruína ao redor inda ameaça.
E no horror de uma noite assim secreta
Pelos vácuos teatros,
Pelos templos disformes, pela quieta
Casa onde os filhos o morcego esconde,
Como sinistra tocha
Que por ermos palácios vague triste,
Corre o lampejo da funérea lava,
Que de longe por sombras
Faz rubro o mundo e a tudo e todos tinge.
Assim, o homem ignorando e as eras
Que ele proclama antigas e o seguir
De tantas gerações,
Sempre verde é a natura, e à mercê
De caminho tão longo

---

[266] O que parece um pico bipartido consiste no cone do Vesúvio propriamente dito e no pico do Monte Somma, que semicircunda-o.

Che sembra star. Caggiono i regni intanto,
Passan genti e linguaggi: ella nol vede: 295
E l'uom d'eternità s'arroga il vanto.

E tu, lenta ginestra,
Che di selve odorate
Queste campagne dispogliate adorni,
Anche tu presto alla crudel possanza 300
Soccomberai del sotterraneo foco,
Che ritornando al loco
Già noto, stenderà l'avaro lembo
Su tue molli foreste. E piegherai
Sotto il fascio mortal non renitente 305
Il tuo capo innocente:
Ma non piegato insino allora indarno
Codardamente supplicando innanzi
Al futuro oppressor; ma non eretto
Con forsennato orgoglio inver le stelle, 310
Né sul deserto, dove
E la sede e i natali
Non per voler ma per fortuna avesti;
Ma più saggia, ma tanto
Meno inferma dell'uom, quanto le frali 315
Tue stirpi non credesti
O dal fato o da te fatte immortali.

Parece quase estar. Rei vira entulho,
Vão povos, línguas: ela nem os vê:
E o homem tem, de ser eterno, orgulho.

E tu, fina giesta,
Que de rama aromada
Esta campina despojada adornas,
Vais também, logo logo; à força atroz
Sucumbirás do subterrâneo fogo,
Que, quase como um jogo,
Retornará com o cobiçoso braço
Sobre os teus brotos frágeis. Curvarás,
Ao fardo que te esmaga, obediente
Tua testa inocente:
Mas não curvada até agora em vão e
Covardemente suplicando aos pés do
Teu futuro opressor; mas não ereta
Com orgulho insensato à luz de estrelas,
Nem ao deserto, em que
O teu berço e morada,
Não por querer mas por destino, houveste;
Mas bem mais sábia e muito
Mais sã que o homem, pois que o quase nada
Que é tua raça não creste,
Pelo destino ou ti, sem fim tornada.

XXXV.
IMITAZIONE

Lungi dal proprio ramo,
Povera foglia frale,
Dove vai tu? — Dal faggio
Là dov'io nacqui, mi divise il vento.
Esso, tornando, a volo 5
Dal bosco alla campagna,
Dalla valle mi porta alla montagna.
Seco perpetuamente
Vo pellegrina, e tutto l'altro ignoro.
Vo dove ogni altra cosa, 10
Dove naturalmente
Va la foglia di rosa,
E la foglia d'alloro.

XXXV.
IMITAÇÃO[267]

Longe do próprio ramo,
Pobre folhinha frágil,
Aonde vais? — Da faia
Onde nasci, o vento me arrancou.
E ele, voltando, em voo
Desde o bosque à campina,
Lá do vale me leva à colina.
Com ele eternamente
Vou peregrina, e nada sei de agouro.
Aonde, em polvorosa,
Tudo, e naturalmente
Vai a folha da rosa
E a folha do louro.

[267] A imitação é de um poema francês de Antoine-Vincent Arnault (1766-1834), "La Feuille", que Leopardi provavelmente leu em 1818 quando foi publicado num periódico italiano. O poema teve imensa divulgação; fora escrito em 1815-1816 antes da partida do autor para o exílio, em seguida à derrota final de Napoleão, de quem recebera homenagens: "*De ta tige détachée,/ Pauvre feuille desséchée,/ Où vas-tu? — Je n'en sais rien./ L'orage a brisé le chêne/ Qui seul était mon soutien./ De son inconstante haleine/ Le Zéphir ou l'Aquilon/ Depuis ce jour me promène/ De la forêt à la plaine,/ De la montagne au vallon./ Je vais où le vent me mène/ Sans me plaindre ou m'effrayer;/ Je vais où va toute chose,/ Où va la feuille de rose/ Et la feuille de laurier*".

XXXVI.
SCHERZO

Quando fanciullo io venni
A pormi con le Muse in disciplina,
L'una di quelle mi pigliò per mano;
E poi tutto quel giorno
La mi condusse intorno 5
A veder l'officina.
Mostrommi a parte a parte
Gli strumenti dell'arte,
E i servigi diversi
A che ciascun di loro 10
S'adopra nel lavoro
Delle prose e de' versi.
Io mirava, e chiedea:
Musa, la lima ov'è? Disse la Dea:
La lima è consumata; or facciam senza. 15
Ed io, ma di rifarla
Non vi cal, soggiungea, quand'ella è stanca?
Rispose: hassi a rifar, ma il tempo manca.

XXXVI.
DIVERTIMENTO

Quando menino eu vim
Das Musas aprender a disciplina,
Uma daquelas me tomou a mão, e
Por todo aquele dia
Ela foi minha guia
No ver a oficina.
E me mostrou à parte as
Ferramentas da arte, as
Funções, porquês diversos
De cada e como apura
E auxilia a feitura
Das prosas e dos versos.
Mirando, perguntei:
"Musa, e a lima?". Me disse a Deusa: "Sei
Que se gastou, mas nós seguimos sem".[268]
E eu: "Mas não carece
Fazer outra?", ajuntei, "Que seja boa?".
Me disse: "Oh sim! Mas é que o tempo voa".

---

[268] Leopardi condenava nos modernos o pouco cuidado estilístico. Para ele, o estilo natural, espontâneo e leve, era fruto do mais laborioso trabalho de depuração e nunca de uma técnica de compor sem retrabalhar continuamente os versos.

FRAMMENTI

FRAGMENTOS

XXXVII.
FRAMMENTO: "ODI, MELISSO..."

ALCETA

Odi, Melisso: io vo' contarti un sogno
Di questa notte, che mi torna a mente
In riveder la luna. Io me ne stava
Alla finestra che risponde al prato,
Guardando in alto: ed ecco all'improvviso 5
Distaccasi la luna; e mi parea
Che quanto nel cader s'approssimava,
Tanto crescesse al guardo; infin che venne
A dar di colpo in mezzo al prato; ed era
Grande quanto una secchia, e di scintille 10
Vomitava una nebbia, che stridea
Sì forte come quando un carbon vivo
Nell'acqua immergi e spegni. Anzi a quel modo
La luna, come ho detto, in mezzo al prato
Si spegneva annerando a poco a poco, 15
E ne fumavan l'erbe intorno intorno.
Allor mirando in ciel, vidi rimaso
Come un barlume, o un'orma, anzi una nicchia,
Ond'ella fosse svelta; in cotal guisa,
Ch'io n'agghiacciava; e ancor non m'assicuro. 20

XXXVII.
FRAGMENTO: "OUVE, MELISSO..."[269]

ALCETA

Ouve, Melisso, eu vou contar-te um sonho
Que tive à noite e que me volta à mente
Agora que revejo a lua. Estava
Lá na janela que dá frente ao prado,
Olhando para o alto: e eis que vejo
A lua descolar-se; e parecia
Em seu cair que quanto mais chegava
Perto tanto crescia; até, por fim,
Num surdo baque dar no prado; e era
Tão grande quanto um balde, e de centelhas
Vomitava uma névoa, que chiava
Tão forte como quando brasa viva
Na água tu mergulhas. Era assim que
A lua, como disse, lá no prado
Morria escurecendo pouco a pouco,
E a grama fumegava em todo lado.
E então olhando o céu, vi que restava
Uma sombra, ou um rastro, antes, um nicho
De onde fora arrancada; de tal sorte,
Que eu gelei: não me sinto calmo ainda.

---

[269] Leopardi tirou os nomes dos pastores Melisso e Alceta da comédia pastoral *Filli di Sciro*, de Guidubaldo Bonarelli (1563-1608).

MELISSO

E ben hai che temer, che agevol cosa
Fora cader la luna in sul tuo campo.

ALCETA

Chi sa? non veggiam noi spesso di state
Cader le stelle?

MELISSO

Egli ci ha tante stelle, 25
Che picciol danno è cader l'una o l'altra
Di loro, e mille rimaner. Ma sola
Ha questa luna in ciel, che da nessuno
Cader fu vista mai se non in sogno.

MELISSO

E bem que tens motivo, é coisa fácil
A lua despencar sobre o teu campo.

ALCETA

Quem sabe? Nós não vemos no verão
Caírem estrelas?

MELISSO

Mas há tanta estrela
Que é dano pouco a queda de uma ou outra
Delas, se restam mil. Porém só esta
Lua há no céu, que por ninguém foi vista
Caindo ainda a não ser em sonho.

XXXVIII.
FRAMMENTO: "IO QUI VAGANDO..."

Io qui vagando al limitare intorno,
Invan la pioggia invoco e la tempesta,
Acciò che la ritenga al mio soggiorno.
Pure il vento muggia nella foresta,
E muggia tra le nubi il tuono errante, 5
Pria che l'aurora in ciel fosse ridesta.
O care nubi, o cielo, o terra, o piante,
Parte la donna mia: pietà, se trova
Pietà nel mondo un infelice amante.
O turbine, or ti sveglia, or fate prova 10
Di sommergermi, o nembi, insino a tanto
Che il sole ad altre terre il dì rinnova.
S'apre il ciel, cade il soffio, in ogni canto
Posan l'erbe e le frondi, e m'abbarbaglia
Le luci il crudo Sol pregne di pianto. 15

XXXVIII. FRAGMENTO: “AQUI, VAGANDO...”[270]

Aqui, vagando embaixo da sacada,
Em vão invoco a chuva mais funesta,
Para que a prenda aqui nesta morada.
Mas o vento rugia na floresta,
E rugia o trovão bem longe, errante,
Antes que a aurora o céu ornasse em festa.
Ó plantas, céu, ó chão, nuvem distante,
Parte a dona de mim: piedade, peço,
Se no mundo há piedade para o amante.
Ciclone, acorda, já! E num acesso
De ira, ó nimbo, afogue-me enquanto
Não for ao outro lado o sol regresso.[271]
Se abre o céu, cessa o vento, em todo canto
Se acalmam erva e folha, e me transtorna
O olhar o Sol cruel prenhe de pranto.

---

[270] Com algumas variantes, estes são os versos 40-54, de um total de 82, da “Elegia II” (a “Elegia I” veio a se transformar no Canto X), composta em 1818 por ocasião do seu reencontro com Geltrude Cassi, seu primeiro amor.

[271] Isto é, até que a noite venha.

XXXIX.
FRAMMENTO: "SPENTO IL DIURNO RAGGIO..."

Spento il diurno raggio in occidente,
E queto il fumo delle ville, e queta
De' cani era la voce e della gente;
Quand'ella, volta all'amorosa meta,
Si ritrovò nel mezzo ad una landa 5
Quanto foss'altra mai vezzosa e lieta.
Spandeva il suo chiaror per ogni banda
La sorella del sole, e fea d'argento
Gli arbori ch'a quel loco eran ghirlanda.
I ramoscelli ivan cantando al vento, 10
E in un con l'usignol che sempre piagne
Fra i tronchi un rivo fea dolce lamento.
Limpido il mar da lungi, e le campagne
E le foreste, e tutte ad una ad una
Le cime si scoprian delle montagne. 15
In queta ombra giacea la valle bruna,
E i collicelli intorno rivestia
Del suo candor la rugiadosa luna.
Sola tenea la taciturna via
La donna, e il vento che gli odori spande, 20
Molle passar sul volto si sentia.
Se lieta fosse, è van che tu dimande:
Piacer prendea di quella vista, e il bene
Che il cor le prometteva era più grande.

XXXIX.
FRAGMENTO: "MORTO O RAIO DO DIA..."[272]

Morto o raio do dia no ocidente,
Quieta a fumaça das aldeias, quieta
Estava a voz dos cães, de toda gente;
Quando ela, buscando o amor qual seta,
Se deparou no meio bem de um prado,
De, mais que outro qualquer, graça completa.
Jorrava seu clarão por todo lado
A irmã do sol: de prata era o ornamento
Do bosque com que estava circundado.
Cantavam os raminhos sob o vento;
Com a lágrima do pássaro que trina,
Entre os troncos um rio e seu lamento.
Límpido o mar ao longe, e há campina
E florestas, e, uma a uma, nua
Se abria ao seu olhar cada colina.
Em quieta sombra o vale se atenua,
E os morrinhos em volta revestia
Suando seu candor de orvalho a lua.
Sozinha pela estrada prosseguia
A moça, e o vento que um odor expande,
Suave sobre o rosto seu sentia.
Se estava alegre? É vã pergunta: o afã de
Revê-lo era no olhar, do peito o aceno
E o que lhe prometia era tão grande!

---

[272] Bastante retrabalhados, são os versos 1-82, de um total de 878, do poema "Aproximação da morte". Neste, o episódio era referido a um narrador, personagem na primeira pessoa; aqui a narrativa é na terceira pessoa; o personagem, uma moça.

Come fuggiste, o belle ore serene! 25
Dilettevol quaggiù null'altro dura,
Né si ferma giammai, se non la spene.
Ecco turbar la notte, e farsi oscura
La sembianza del ciel, ch'era sì bella,
E il piacere in colei farsi paura. 30
Un nugol torbo, padre di procella,
Sorgea di dietro ai monti, e crescea tanto,
Che più non si scopria luna né stella.
Spiegarsi ella il vedea per ogni canto,
E salir su per l'aria a poco a poco, 35
E far sovra il suo capo a quella ammanto.
Veniva il poco lume ognor più fioco;
E intanto al bosco si destava il vento,
Al bosco là del dilettoso loco.
E si fea più gagliardo ogni momento, 40
Tal che a forza era desto e svolazzava
Tra le frondi ogni augel per lo spavento.
E la nube, crescendo, in giù calava
Ver la marina sì, che l'un suo lembo
Toccava i monti, e l'altro il mar toccava. 45
Già tutto a cieca oscuritade in grembo,
S'incominciava udir fremer la pioggia,
E il suon cresceva all'appressar del nembo.
Dentro le nubi in paurosa foggia
Guizzavan lampi, e la fean batter gli occhi; 50
E n'era il terren tristo, e l'aria roggia.
Discior sentia la misera i ginocchi;
E già muggiva il tuon simile al metro
Di torrente che d'alto in giù trabocchi.
Talvolta ella ristava, e l'aer tetro 55
Guardava sbigottita, e poi correa,
Sì che i panni e le chiome ivano addietro.
E il duro vento col petto rompea,
Che gocce fredde giù per l'aria nera
In sul volto soffiando le spingea. 60

Como fugiste, ó tempo então sereno!
Nada que dê prazer na terra, dura,
Exceto o peito de esperança pleno.
Olha o turvar da noite, e como escura
Fica a face do céu, que era tão bela,
E o prazer que ela era ser tortura.
E nuvens, das que vêm parir procela,
Assomam lá da serra, e incham tanto,
Que a sua sombra a lua e estrelas vela.
E via-as se espalharem em todo canto,
Tomando o ar aos poucos, mais e mais,
Tornando-se lá em cima um quase manto.
De estar mais fraca a luz já há sinais;
Enquanto lá no bosque acorda o vento,
No bosque do mais lindo dos locais.
Mais forte se tornava num momento;
Poder que todo pássaro acordava
Voando pelos galhos em tormento.
E a nuvem que, crescendo, mergulhava
Em direção à costa, com um dedo
Tocava o monte, e o outro o mar tocava.
Já tudo em meio a um cego escuro, cedo
A chuva se podia ouvir tremer,
Crescia o som com a nuvem, e vinha o medo.
Dentro delas, horríveis a ranger,
Riscavam raios, e ela pisca, vendo
A terra triste e o ar a enrubescer.
Ruíam seus joelhos, e tremendo
O trovão já rugia no compasso
De um rio que se lança ao ar, horrendo.
Ela estacava, e olhando o céu tão baço,
Desesperada mais e mais corria,
Com pano e trança perseguindo o passo.
E o duro vento com seu seio abria,
Que pelo ar negro um jorro glacial,
Em sibilos, à face lhe impelia.

E il tuon veniale incontro come fera,
Rugghiando orribilmente e senza posa;
E cresceva la pioggia e la bufera.
E d'ogn'intorno era terribil cosa
Il volar polve e frondi e rami e sassi, 65
E il suon che immaginar l'alma non osa.
Ella dal lampo affaticati e lassi
Coprendo gli occhi, e stretti i panni al seno,
Già pur tra il nembo accelerando i passi.
Ma nella vista ancor l'era il baleno 70
Ardendo sì, ch'alfin dallo spavento
Fermò l'andare, e il cor le venne meno.
E si rivolse indietro. E in quel momento
Si spense il lampo, e tornò buio l'etra,
Ed acchetossi il tuono, e stette il vento. 75
Taceva il tutto; ed ella era di pietra.

Vinha o trovão caçá-la fero e mau,
Rugindo horrivelmente e infatigável:
E crescia em ciclone o temporal.

E à toda volta via-se implacável
Voar de ramos, folhas, pedras, pós,
E um som jamais à alma imaginável.

E ela, do relâmpago feroz
Cobrindo os olhos, prende o véu com a mão,
No meio já da nuvem vai veloz.

Mas tanto ardia a vista da explosão
Do raio, que venceu-a seu tormento
E ela parou: faltava o coração.

E olhou atrás. E exato em tal momento
Cessa o raio, e no ar o negro medra,
Aquieta-se o trovão, e estaca o vento.

Calava tudo: e ela era de pedra.

XL.
FRAMMENTO: DAL GRECO DI SIMONIDE

Ogni mondano evento
È di Giove in poter, di Giove, o figlio,
Che giusta suo talento
Ogni cosa dispone.
Ma di lunga stagione 5
Nostro cieco pensier s'affanna e cura,
Benché l'umana etate,
Come destina il ciel nostra ventura,
Di giorno in giorno dura.
La bella speme tutti ci nutrica 10
Di sembianze beate,
Onde ciascuno indarno s'affatica:
Altri l'aurora amica,
Altri l'etade aspetta;
E nullo in terra vive 15
Cui nell'anno avvenir facili e pii
Con Pluto gli altri iddii
La mente non prometta.

XL.
FRAGMENTO: DO GREGO DE SIMÔNIDES[273]

No mundo cada evento
Só a Jove[274] pertence; a Jove, ó filho,
Que justo a seu contento
Cada um delibera.
Depois de tanta era
Nosso cego pensar inda é tortura,
E nossa permanência
(E vem do céu a lei dessa aventura)
Só dia a dia dura.[275]
A todos a esperança bela irriga
Com a ilusão da aparência,
Vem dela, e em vão, inteira essa fatiga:
Alguns a aurora amiga,
Outro o ano imagina;
Não há um só na terra
Que um futuro melhor, que com Plutão[276]
Os deuses bons serão,
A si não vaticina.

---

[273] Simônides (viveu *c.* 660 a.C.) de Amorgos — e não o de Ceos, que é personagem no Canto I — foi um famoso poeta iâmbico grego. Leopardi traduziu também a "Sátira às mulheres", o poema mais famoso que dele nos restou. Este fragmento é atribuído por alguns estudiosos ao outro Simônides, com o que não concordava Leopardi.

[274] Outro nome de Júpiter, o pai dos deuses.

[275] Para dizer da incerteza e fragilidade da existência.

[276] Aqui, é o deus da riqueza.

Ecco pria che la speme in porto arrive,
Qual da vecchiezza è giunto 20
E qual da morbi al bruno Lete addutto;
Questo il rigido Marte, e quello il flutto
Del pelago rapisce; altri consunto
Da negre cure, o tristo nodo al collo
Circondando, sotterra si rifugge. 25
Così di mille mali
I miseri mortali
Volgo fiero e diverso agita e strugge.
Ma per sentenza mia,
Uom saggio e sciolto dal comune errore, 30
Patir non sosterria,
Né porrebbe al dolore
Ed al mal proprio suo cotanto amore.

Mas ao porto a esperança não se aferra,
Antes, ou por velhice
Ou por doença, ao Lete[277] é arrastado;
Este o incansável Marte,[278] aquele o irado
Pélago rapta, e qual se os consumisse
Um negro afã, ou nó que a nuca enlaça,
Outros caçam refúgio sob o solo.[279]
É assim enorme o mal
Que ao mísero mortal,
Feroz e vário esmaga, e o faz com dolo.
Se sou quem sentencia,
O sábio, de ilusões de tal teor,
Padecer não iria,
Nem daria ele à dor,
E em prejuízo seu, tão grande amor.

---

[277] Um dos rios do mundo dos mortos; ao cruzá-lo os mortos deixavam para trás toda a memória do passado.

[278] Está por guerra.

[279] Suicidam-se.

XLI.
FRAMMENTO: DELLO STESSO

Umana cosa picciol tempo dura,
E certissimo detto
Disse il veglio di Chio,
Conforme ebber natura
Le foglie e l'uman seme. 5
Ma questa voce in petto
Raccolgon pochi. All'inquieta speme,
Figlia di giovin core,
Tutti prestiam ricetto.
Mentre è vermiglio il fiore 10
Di nostra etade acerba,
L'alma vota e superba
Cento dolci pensieri educa invano,
Né morte aspetta né vecchiezza; e nulla
Cura di morbi ha l'uom gagliardo e sano. 15
Ma stolto è chi non vede
La giovanezza come ha ratte l'ale,
E siccome alla culla
Poco il rogo è lontano.
Tu presso a porre il piede 20
In sul varco fatale

XLI.
FRAGMENTO: DO MESMO[280]

Tudo que cabe ao homem é fugaz,
E há um dito perfeito
Do bom velho de Quios,[281]
Que diz que são iguais
A grama e a raça humana.
Mas esta voz, no peito
Acolhem poucos. À esperança insana,
Que é, nos jovens, do ardor,
Damos abrigo e leito.
Enquanto é rubra a flor
Da nossa verde idade,
A alma, por vaidade,
Cem doces pensamentos nutre em vão,
Não crê na morte ou na velhice: o ter
Cautela não preocupa o homem são.
Mas é pior e tolo
Quem não vê como voa a juventude,
E nem como ao nascer
A pira está à mão.
Tens o pé, ou vais pô-lo,
Sobre a trilha mais rude

---

[280] Isto é, de Simônides de Amorgos, como o fragmento precedente. A mesma divergência quanto a qual dos dois Simônides se devia atribuir o poema anterior persiste aqui.

[281] Epíteto de Homero; segundo alguns, nascido em Quios.

Della plutonia sede,
Ai presenti diletti
La breve età commetti.

Do reino sem consolo.[282]
Goza o aqui e o agora:
Viver é ir embora.

[282] O reino de Plutão; o mundo subterrâneo dos mortos.

Sobre o autor

Giacomo Leopardi nasceu em 29 de junho de 1798, no pequeno burgo de Recanati, região das Marcas, na província de Macerata, na Itália. Seu pai, o conde Monaldo Leopardi, de inteligência medíocre, mas com ambições literárias, reuniu em sua casa uma biblioteca com aproximadamente vinte mil volumes. Tendo levado as finanças familiares à beira da bancarrota, a administração dos bens do casal estava a cargo da marquesa Adelaide, mãe do poeta, que conduzia a economia doméstica com mão de ferro. As relações afetivas entre os cônjuges, e também entre pais e filhos, eram gélidas e formais, e o ambiente da casa trazia estampadas as marcas da disciplina e da austeridade, aliadas a um conservadorismo extremo.

Aos dez anos de idade, Giacomo, já então um menino-prodígio, inicia um período que descreverá mais tarde como "sete anos de estudo louco e desesperadíssimo", no qual praticamente se tranca na biblioteca paterna e lê com avidez enciclopédica. Sem a ajuda de preceptores, domina o grego e o latim melhor do que o italiano, se empenha em vários trabalhos de filologia, compõe obras de erudição, diálogos filosóficos, poemas e traduções de textos clássicos. Emerge desses anos de estudo exaustivo com o corpo e os olhos arruinados, fato que o atormentará pelo resto da vida, e uma bagagem de conhecimentos prodigiosa.

Por volta de 1815, Giacomo Leopardi inicia uma nova etapa de seu amadurecimento intelectual e existencial. Entra em contato com as grandes correntes de pensamento da Europa neoclássica e romântica enquanto aprofunda a consciência de sua própria infelicidade e da opressão paterna. Ao mesmo tempo, começa a se corresponder com literatos de renome, como Pietro Giordani, por exemplo, que reconhece de imediato o gênio do rapaz encerrado na clausura da província. Outro fato importante é que começa nessa época a fazer as primeiras anotações de seu *Zibaldone* — uma miscelânea de reflexões e comentários em registros diversos que só seria publicada entre 1898 e 1900, mas cujo processo de escrita contribui para afinar no poeta uma visão de mundo, um estilo e um *pathos* únicos em todo o Ocidente. Por fim, influi em seu espírito uma primeira paixão amorosa, por uma prima mais velha, casada, que se hospedara na casa de sua família por três dias. São essas experiências de cunho artístico, filosófico e amoroso-existencial, tingidas por um pessimismo radical, que estão no fundo de sua grande obra poética, os *Cantos*, que foi construindo ao longo de toda a vida adulta e cuja edição integral só viria à luz postumamente.

O sonho de ultrapassar os limites de Recanati se realiza em meados da década de 1820, quando, além de Roma, Leopardi conhece Milão, Bolonha, Ravena, Florença e Pisa. Por algum tempo sustenta-se precariamente fazendo trabalhos para uma editora de Milão, a qual publicará em 1827 a primeira edição de seus *Opúsculos morais*. Em 1830 abandona a cidade natal de uma vez por todas. Em Florença encontra o jovem Antonio Ranieri, personalidade extrovertida e complementar à sua, que será seu amigo mais próximo nos últimos sete anos de vida. Em 1834, ambos sem recursos, decidem ir a Nápoles, onde residem familiares de Antonio. Alternam a vida na cidade com uma casa emprestada nas encostas do Vesúvio, e é lá que escreve o poema "A giesta, ou a flor do deserto", considerado o ápice dos *Cantos*. Quase cego, praticamente inválido, Giacomo Leopardi falece aos 38 anos, em Nápoles, em 14 de junho de 1837, enquanto a cidade atravessa uma epidemia de cólera. Em 1845, sob os cuidados de Ranieri, vêm à luz a primeira edição integral dos *Cantos* e o volume de seus *Pensamentos*, elaborado alguns anos antes pelo poeta a partir das anotações do *Zibaldone*.

Sobre o tradutor

Álvaro A. Antunes Fernandes nasceu em 1953 em Além Paraíba, MG, e lá cresceu. Viveu o ano de 1970 em Long Island, nos EUA. Por quinze anos, viveu e trabalhou em São Paulo e no Rio de Janeiro, na indústria informática. Em 1984 graduou-se em Economia, no Rio de Janeiro; em 1990, obteve um mestrado em inteligência artificial em Edimburgo, na Escócia, e, lá também, em 1995, um doutorado em ciência da computação. Viveu no Reino Unido os últimos trinta anos. Na área de ciência da computação, foi pesquisador na Heriot-Watt University, em Edimburgo, por seis anos e, depois, professor no Goldsmiths College, da Universidade de Londres, por dois anos e, por vinte anos, na Universidade de Manchester, onde se aposentou em 2018. Desde então, vive em Buxton, Derbyshire.

Nos anos 1980 foi um dos fundadores da Interior Edições, para a qual traduziu *The Aspern Papers/Os papéis de Aspern*, de Henry James (1984), *The Hunting of the Snark/A caça ao turpente*, de Lewis Carroll (1984), os *Canti/Cantos*, de Giacomo Leopardi (1985), e *Safo: tudo que restou* (1987), uma recriação indireta dos fragmentos de Safo. Traduziu a versão de Ezra Pound para o inglês moderno do poema anglo-saxão "The Seafarer" (do século VIII) para o *Suplemento Literário de Minas Gerais*, e esparsos de Novalis, Púchkin, Ezra Pound e Catulo para a revista eletrônica *Musa Rara*. Para a revista eletrônica *escamandro*, traduziu Mina Loy e Hope Mirrlees. Trabalha atualmente numa antologia de poemas longos de mulheres poetas do modernismo em língua inglesa.

Este livro foi composto em Sabon
pela Franciosi & Malta, com CTP
e impressão da Edições Loyola em
papel Pólen Soft 80 g/m² da Cia.
Suzano de Papel e Celulose para a
Editora 34, em outubro de 2021.